我在上海等着你

WO ZAI SHANGHAI
DENGZHE NI

何菲——著

上海大学出版社

图书在版编目(CIP)数据

我在上海等着你／何菲著. —上海：上海大学出版社，2023.8

ISBN 978-7-5671-4766-9

Ⅰ.①我… Ⅱ.①何… Ⅲ.①散文集–中国–当代 Ⅳ.①I267

中国国家版本馆CIP数据核字(2023)第121626号

责任编辑　司淑娴
封面设计　缪炎栩

我在上海等着你
何　菲　著
上海大学出版社出版发行
(上海市上大路99号　邮政编码200444)
(http://www.shupress.cn　发行热线021-66135112)
出版人：戴骏豪
＊
江苏句容排印厂印刷　各地新华书店经销
开本　890×1240　1/32　印张9.5　字数230千
2023年8月第1版　2023年8月第1次印刷
ISBN 978-7-5671-4766-9/I·688　定价：49.00元

版权所有　侵权必究
如发现本书有印装质量问题请与印刷厂质量科联系
联系电话：0511-87871135

这一刻,让我们同频

快四年没出版过新书了。在工作之余,我依旧坚持写作,为主流报刊、新媒体头部平台写专栏,有一搭没一搭更新一下自己的公众号……还给不少不同业界的友朋写过序跋。轮到自己的新书需要一个序,想来想去,似乎也只有自己适合说上几句。

文字是我的生存方式之一,尽管相处密度若即若离。但在我所能表达情感与意图的方式里,文字的神秘加成作用最为明显。文字里藏着一个天堂。

多年来,我写了不少关于城市文化气质类的文字,还有成人之恋的。不少读者也习惯于用我的文字抵挡寂寞与虚无的考验。人到中年,我的内心已经很少再发生海啸,不过那些曲折幽微、缠绵悱恻和荡气回肠的东西仍能引发我很大的兴致。

我的老师说我是个有好奇心的人,这个特质到老都不会变。成人世界如果还有一座城市,无论能让自己用想象维持对她的感觉,还是能用她维持自己想象的能力,都还是可贵的。我想自己与上海的关系,其弦歌雅意一直会涌动着难以名状的潜流。

《我在上海等着你》是一本关于上海都市文化与海派情感的书,不是一朝写成,是近几年行走、思考和体验结果的选择性集中表达。本书以行走、寻味、风华为线索,链接了魔都的人文、历史、两性、羁旅、生态、心态与世相。有对视、交汇、碰撞的瞬间,也有恪守、沉淀、融合的规则。这些种种,竟也构成了魔都大致的掌纹和褶皱。我只是以魔都红尘中人的视角,从社会生态、艺术文化、两性情感、人际规则等诸方面记述大都市熟男熟女妙趣横生的酸甜际遇,那些独属于上海的世情、温度、肌理、光泽与挥之不去的寂寥,以及形成这些背后的逻辑自洽。

"传奇"这顶帽子很重,上海却扛得起,这座城市有着浑然天成的整体优雅,有着来自根部的生命力和聚合力,且极具吸收力和同化力,既纷纭又规范,吸引了无数有着细腻追求的人。新旧空间在此互动,横街窄巷也有见惯世面的眼锋急智,盖因自开埠以来她就享有城市发展的天时地利人和。也因此上海是复杂的、3D的、演进的,承载着某些秘密且不容易被定义的。也因此,她让烟火日常拥有了价值,让现实变得值得去生活。想要收获关于上海的独家滋味与感受,必须经过沉浸式的忍耐、体验和等待,以及灵性和诚意的点染。

不过进入上海是有物理与精神门槛的,只有打通她的任督二脉,才能掌握其掌纹与脉息。

十里洋场,浪奔浪流,上海是个大码头,苏州河汇入黄浦江最终奔流入海,在地理与文化上的双重意象,使得唯有上海才能被称为"滩"。海派文化绝非中西文化简单粗放的结合,而是中国江南文化的灵动纤秀与西方欧陆文化的高雅精致的一拍即合,是东西方文化中最精美的两大分支文化的精准卡位。将这样的文化聚焦在个体身上,必然产生不同程度的矛盾与压力,也会渐渐打磨出属于各自圆满浩瀚的价值体系。

本书还有少部分内容写到成年人的情感。人到中年,越发觉得爱情并非爱情本身,而是一条没有设定终点的路。在投入与出离中,寄寓、消融、审视,成就一段不可取代的历练、个体化的黄金把握和一个更完整的自我，成就一种远见超越未见，寻找让生命极度舒展的超越。

　　对于这些文字的梳理我不免匆忙，未尽之处也只能以好友徐正濂先生的金句"对于好的破坏，无过于求'更好'的一闪念"来聊以自慰。感谢上海大学出版社副社长黄晓彦先生和整个编辑团队的倾力打造。

　　从出版成书的节奏上说，我不算高产作家，只希望我的作品能使读者置身疏密有致的磁场里，体会流淌的旖旎、缱绻、澎湃与遗憾，读之能有行云流水、丝滑润泽的感受；而那些止于唇齿、掩于岁月的情感，最好也能诱发亲爱的你们深刻走心的记忆和情意，在某一时刻，我们能达到同频。

何　菲
2023 年 5 月

目 录

◆ 行走

北京山高,上海水深 ··· 3

魔都的哥伦比亚生活圈 ······································· 8

地下铁,都会的掌纹 ··· 14

淮海路,纠缠明灭的情感线 ································· 18

上海的第四眼美女在虹口 ···································· 24

山阴路,静水流深 ·· 29

宝藏汉口路 ·· 36

徐家汇,一代女性的精神教父 ······························· 41

西区 ··· 45

衡山路的断舍离 ·· 51

虹桥的大时代小日子 ·· 56

籍贯宁波 ··· 61

在香港,怀上海的旧 ··· 64

在水一方 ··· 72

唯同道者同路 ··· 75

魅影地图 ··· 80

十分Macau,十分澳门 ………………………… 87

◆ 寻味

我在上海等着你 …………………………………… 95
能饮一杯无 ………………………………………… 98
咖啡是上海人血液里的氧 ………………………… 102
舌尖上的才子们 …………………………………… 109
今晚喝汤 …………………………………………… 114
魔都饭局 …………………………………………… 117
大蒜的文化版图 …………………………………… 121
粗人不吃蜜饯 ……………………………………… 125
整座江南都是笋的粉丝 …………………………… 129
是否思乡,胃最知道 ……………………………… 132
生煎面前人人平等 ………………………………… 138
舌尖上的才女们 …………………………………… 142
唼蟹季 ……………………………………………… 146
宇宙的全息性在一颗皮蛋中 ……………………… 150
火腿的深意 ………………………………………… 153
糕团风光 …………………………………………… 156
馄饨饺子,南北两路 ……………………………… 159
少少苦,轻轻甜 …………………………………… 163
情热料理 …………………………………………… 166
鲁迅,衣食住行在上海 …………………………… 170
天一生水,茶事乾坤 ……………………………… 176
惠明茶,不退红尘心褪俗 ………………………… 179
新会陈皮,雅士之间的相认密码 ………………… 183
鲅鱼的北方,鳍鲳的南方 ………………………… 186

岁月神偷 ··· 189

◆ 风华

上海的圈层 ··· 195
熟男熟女的老友记 ··· 198
梅雨季,风到这里就是黏 ··································· 203
上海男人,拼的是腔调 ····································· 207
世间闺密 ··· 212
海派情感,爱得刚刚好 ····································· 216
旅人 ··· 220
戒指 ··· 223
好人家的女儿 ··· 227
暗燃的可能性 ··· 230
只为吻你才低头 ··· 234
我心里有过你 ··· 238
他比风,更懂浪 ··· 242
成人之恋,出场顺序就是命运 ······························· 246
地气 ··· 249
朋友圈江湖 ··· 254
风衣好年华 ··· 257
型男的手表 ··· 261
做头 ··· 266
衣短情长 ··· 269
胸中有丘壑 ··· 275
论美女 ··· 279
最私密的事 ··· 282
我在上海这一年 ··· 287

行走

北京山高,上海水深

每年一到秋天,我就开始琢磨着要去北京转转。草根如我,去首都往往没多少硬事。不过也正因去的是首都,多少还有些堂而皇之的理由。

水土这东西奇怪得很,京沪物理距离并不算远,不过1000多千米。但北京的风是硬朗的,山是雄浑的,水是冷冽的,一过长江便山温水软了。可见长江天堑果然是个天然分水岭。

在我看来,北京是一座即使去过100次依旧值得仰视并追随的城,其迷人不仅在于形,更在于气,某种整体性的气韵一气呵成。而上海的江湖,也从来不在表面。1924年,日本作家村松梢风首次用"魔都"指称上海,意蕴复杂,斑斓多彩,暗潮涌动。在北京工作了37年、在上海工作定居8年的山西籍好友曾感慨:上海的水很深很深。与北京的水深不同,上海的水深在于表面低调无痕,所有惊涛骇浪都在海底发生。若论京沪双城的共性,我觉得能在两地略有作为者,没有一个骨子里是安分的。他们的表达都不在于热烈,而在于饱满,在于理性。

北京值得江南人郁达夫写出经典名篇《故都的秋》:"在中国,文字里有一个'秋士'的成语,读本里又有着很普遍的欧阳子的《秋声》与苏东坡的《赤壁赋》等,就觉得中国的文人,与秋的关系特别深了。可是这秋的深味,尤其是中国的秋的深味,非要在北方,才感受得到底。"他将南国的秋与故都北平的秋作对比:"正像是黄酒之与白干,稀饭之与馍馍,鲈鱼之与大蟹,黄犬之与骆驼。"

同一个人,在北京待 10 年和在上海待 10 年,会形成完全迥异的风格,京沪水土的差异可见一斑。北京山高,高不见顶,上海水深,深不见底。

北京市井饮食的整体调性并不入我这个江南胃,然而冰糖葫芦和小吊梨汤却只有北京的最好,前者刺激味蕾,后者抚慰身心,渗出质朴温暖的味觉记忆,有时牵一发而动全身。不过冰糖葫芦必须衬着北方青灰墙砖胡同为背景,才能真正具有乡愁感,离开了那一个个扎满了冰糖葫芦的形似狼牙棒的草垛,明媚娇憨的情趣就减少了大半。上海最大的好处是海纳百川,虽然我在上海没吃到过好的冰糖葫芦,但唯一一次吃到冰糖葫芦奶油蛋糕,却是在魔都。小吊梨汤是每个京味馆子里的必备,小酌时,一壶梨汤入喉,足以慰风尘。

北京城的秋冬,雍和宫别具况味。坐落于北京东北角的雍和宫皇气厚重,兼有汉、满、蒙、藏等多民族建筑风格,是清康熙帝送给四子胤禛的府邸,即后来的雍亲王府。雍正帝即位后,将雍亲王府改为行宫,赐名雍和宫。乾隆帝也是在雍和宫出生,一座潜邸出了两朝帝王,因此雍和宫也被称为"龙潜福地"。乾隆九年(1744),雍和宫最终改为皇家寺院,为当时全国规格最高的佛教寺院。历届中央政府以雍和宫为平台,优礼历代班禅大师,其在国家民族宗教事务中的重要地位和影响力可见一斑。每次去北京,雍和宫几乎是我必去之地。深秋季节,可以看到金黄色的银杏大道和硕果累累的柿子树,雍和宫内梵香袅袅,灵气氤氲,气势恢宏。

雍和宫门口的摊子上,晶莹绚丽的冰糖葫芦、滚烫的迁西油栗在一色青灰的建筑里、在北方特有的晴冷空气中,格外有人间烟火气。迁西在河北,北京俯仰皆是河北人,北京与河北山水相连,唇齿相依,为了维持北京的巨大消耗,河北省贡献了相当多的资源和人才。河北这个省份,最大的优点和缺点都是离北京太近了。这和上海与江浙的关系从来不一样。江浙沪自从衣冠南渡以来一直是南方的经济中心,三者均衡发展,可以说上海的周围都是富邻居。我的河北籍好友们,但凡走出故乡,无一例外都在北京更加如鱼得水,却需要时间、事件甚至机缘来适应以上海为代表的整个江南。上海是个格调超级复杂的地方,想看到骨子里去,是要冲破层层迷雾的。这座城市的分寸与温度复杂而微妙、动态且演进,不容易被描述与定义,却是魔都人文魅力的精髓。掌握了此中劲道、门道,就在无形中打通了上海的任督二脉。

一直向往北京的山,举目满青川,霞霭烟岚。北京肃穆,多山多城墙,上海灵秀,有两河和良港;北京是乡土而干燥的,上海是都市而湿润的;北京是政治的,上海是经济的;北京是军事的,上海是航运的;北京有奥运会、冬奥会,上海有世博会、进博会;北京深沉厚重,属于宏大理想,可以扬名立万,上海是外冷内热、精致便利的,属于市民生活;北京爱情,是一种士与士之间的相知,可以解忧,而上海爱情,是杨柳岸晓风残月;到了北京,那种"位卑未敢忘忧国"的情愫油然浮升,而在上海,美酒加咖啡里仿佛能看到一江一河的流经。北京和上海都能吸引到最优秀的人士,也一定程度让人纠结惆怅:能吸引到你的东西,往往是不容易驾驭的。不过身处双城的他们只有看多炎凉不强求,却不会两手一摊不作为。北京城,古为今用,上海滩,洋为中用。

在外行走,饭与局是没少参加的。对于普通闲局小酌,北京人很随意。但正式的北京饭局,对于主题、规格、邀请的人物、座次、聊事的顺序、敬酒的方式和分量等,都深有讲究和形制,妥妥的"厅局风"。上海饭局虽也有一定的规则路数,却更讲究"相见亦无事,不来忽忆君"的默契随性。据我观察,在北京浸淫过多年的优秀人士,即使并非土生土长,也能在谈吐做派中凸显一种风采与辨识度。他们不会特意让自己卓然于人群,却有着温和轩昂的气场,江湖在他们身上既轻盈又磅礴,既奔流又安宁。这是北京某些阶层文化的一部分。若有些真性情肯流露,也会在熟极而流的社交套路背后,有某些个性化表达。

而在魔都浸淫多年的优秀人士,即使并非土生土长,也会形成一种稳定且精准的味道,也可以说是腔调,一部分靠家境、出身、阅历,大部分靠悟性。黄浦江不长、不深,但比较宽阔,而且它的流向是海洋,所以喝过黄浦江水的质感人士,往往从未放弃过向海内海外的拓展之心,他们依靠天然的悟性混合着后天对阅历的提炼整合,最终调配出专属于自己的那种腔调,无法复刻,独一无二。这是一个从海绵吸水到大浪淘沙的过程,这种力量感往往有着柔韧的表达。

作为六朝古都、九个政权定都所在地,北京历来是政治与文化中心,有历史的荣耀和积淀,连建筑都很有威仪。而上海是按国际化模式建立起来的现代化大都市,是中国现代化的一种象征,工商业与金融业高度发达。北京国贸80层的米其林餐厅可以俯瞰全城最佳夜景,横平竖直的马路、不远处的山峦尽收眼底。不过上海这类地方实在太多,那些超高层建筑的顶楼酒吧、五星级酒店的行政酒廊,这种情调比比皆是。中国最美的夜景毫无疑问是在上海。一条黄浦江、一湾苏州河,把鳞次栉比的高层建筑衬托得摩登秀气,举国无双。而北京的王府宫苑、胡同深处,信手拈来的历史和传奇,弥漫着唯靠"帝都"底蕴才能滋养的神秘包浆。

每次去北京我都住在朝阳门外某酒店的20层以上,视野极开阔,前方无遮挡,能看到国贸CBD、央视"大裤衩",长安街唯美而庄严,车辆行人如蝼蚁,北方的黄昏落日又圆又大,有种地远天长的感觉。北京能提供给人们的起点、资源、机遇、眼界都使得它能成为真正的"帝都"。那时我会感慨,北京是个让人能深深了解痛苦和浪漫为何物的地方。相比于上海,北京不是一座生活流的城市,适合市民阶层消费的场所与上海不能同日而语。然而它地气厚重,是庄严肃穆、雍容华贵的城郭,是围墙连着围墙,大院连着大院,是庭院深深深几许,每块砖瓦门当,都华贵而灵透。北城有故宫景山、国家部委、公司总部、清华北大,也有金融街、国贸CBD、三里屯、望京SOHO、奥运会主要场馆和首都机场。而南城则是牛街、菜市口、天桥、大栅栏,是曾经的宣武、崇文,是老北京人的童年,是城南旧事和京华烟云。不同人眼里的北京,压根是不同的,体制内的、文人艺人的、"996"码农的、南城人的,当然还有如我这般过客眼里的北京,千差万别,却都能各自安身立命……

而真正的上海,是头顶的悬铃木和魔都人千沟万壑的心域。这座从开埠至今早已形成成熟职场文化的城市,人们都有明晰的职业、事业与生活的界线。他们默默励精图治,尽量做一个价值输出体系里不容易被替代的人。未必讷于言,但一定敏于行,有着难以量化的得体。虽说圈层业已固化,阶层跃迁在当下并不容易实现,但上海相对公允的竞争机制和较为清晰的上升渠道,仍能让人嗅到机遇的味道。

京沪双城之所以魅力无穷,我想主要在于它们都有着符合各自历史、人文、逻辑、生态的调性和微妙人情,它们在这些情态里完全地展现了自己。风云际会在北京,静水流深在上海。

魔都的哥伦比亚生活圈

新华路—淮海西路—番禺路—法华镇路—凯旋路—延安西路及其中的阡陌巷弄是我最基础的生活圈，是我的西区掌纹。这片区域，俗称上海的"哥伦比亚生活圈"。每年魔都深秋至初冬法国梧桐叶渐渐凋落的季节，这一带多个路段总被划定为落叶不扫的景观路段，是它的高光时节。

对于刹那间诗意的领略和对普通细微事物之美的体会，是中国江南人的独擅之处。上海没有奇山异水，夺目的是都市风光，但上海人内心却多细腻浪漫，喜欢在一草一木的荣枯往复中感受某种生命的美学况味。而"落叶不扫"是用极大的刻意追求自然荒芜之美。

浓荫密布、花木扶疏的新华路是上海最早作为景观道路打造的景观路段之一，被誉为"上海第一花园马路"。邬达克作品"外国弄堂"、各国风格老别墅、红色革命家旧居、总领事馆、公使领事官邸、近代民族资本家私邸、影城、民族乐团、轻音乐团星罗棋布。漫步其中，时常能看见文艺界退休官员与老派文化名人。这一带一年多前还曾散落着20多辆标着"寻找新华路"字样的黄包车。去年秋天，新华路的红色电话亭，还变身为24小时开放的新华书店快闪店。这些细节总让人恍惚，不知今夕何夕。1000多年前，闷骚大师李商隐为证明"扇裁月魄羞难掩"穷尽风骚,在我看来海派闷骚之美的精髓就是隐忍而不失优雅的性感,是欲说还休的故事感和氛围感。上海的哥伦比亚生活圈,提供了呈现这种故事感和氛围感所需要的几乎所有元素。

上海很少有笔直方正的路,番禺路、新华路、法华镇路、凯旋路等道路的走向都极难描述,一侧均都在淮海西路,然后辗转迷离,各奔前程,延伸开去,其形态布局让我想到小时候玩的一种桌游:游戏棒。

番禺路走向混沌,形态蜿蜒,调性南北差异巨大。它地处上海城市西区,南北跨长宁、徐汇两区,长约1768米。1925年工部局越界筑路,命名"哥伦比亚路"。开埠以来,上海的宽松友好、开放包容使其成为外国人在亚洲的黄金落脚地。当时美商普益地产公司在哥伦比亚路周边购地百余亩兴建高级住宅区,作为在沪侨民和达官贵人聚居的后花园,这片整体区域被命名为"哥伦比亚住宅圈"。1943年,哥伦比亚路更名为"番禺路"。

番禺路的北端是延安西路。延安西路番禺路口地块(今龙之梦丽晶大酒店、长峰大厦、佳信都市花园)曾是"中国抗生素工业摇篮"——著名的上海第三制药厂,1951年制造出中国第一支青霉素,结束了从国外进口盘尼西林的历史。上药三厂的前身是时任上海市长陈毅批准建立的上海青霉素实验所。

在上药三厂的对面,则是为全国健康卫生事业做出过突出贡献的、近70年未曾开放的原上海生物制品研究所。在上海生物制品研究所时代,我曾隔着栏杆多次朝里探望,深潭古树,绿影婆娑,人迹罕至,神秘莫测。这片区域由3处历史建筑和11栋贯穿新中国成长史的工业改造建筑共同组成,内有孙科别墅、哥伦比亚乡村俱乐部、海军俱乐部及附属泳池和多幢工业建筑。曾是旅沪美侨的集会娱乐场所,前几年逐步开放,成为文化、艺术、时尚、餐饮为一体的园区：上生·新所。

番禺路的中端是上海影城和银星假日酒店。每年梅雨季节，正是上海国际电影电视节举办的时节，各路影星常在这一带出没，有鲜衣怒马的，有简衣素行的。这块区域当年是哥伦比亚骑术学校，教授外国侨民子女基本的马术，后来又成了长宁板箱厂，再后来成了上海文化地标之一：上海影城。

番禺路北端与中端之间则有不少西式旧宅散落在弄堂深处，恰似遗珠，低调日常。番禺路55弄、75弄、95弄，平武路2号、8号、10号、14号、18号与著名的新华路211弄、329弄两条U字形别墅弄堂一起，串起了真正的"外国弄堂"线。那些深宅大院有些成了神秘莫测的会所，大多数仍是普通住家，百年岁月形成的物理与情感的皱褶，使其静水流深。

再往南，穿过红庄，就到了淮海西路。过了淮海西路就进入了徐汇区。番禺路的最南端在虹桥路，但番禺路的徐汇区段与长宁路段有着全然不同的调性。以淮海西路至延安路那一段番禺路为直径，圈出了哥伦比亚生活圈的精华。

前几天我和友人晚餐过后，沿番禺路信步往北，穿过淮海西路、新华路、法华镇路、幸福里、云阳路、牛桥浜、平武路，穿过交通大学、红庄、上海影城、银星假日酒店、幸福集荟、平武路附近的西式旧宅遗珠、被爬山虎缠裹的西班牙式洋房、有着许多鸽子元素的邬达克故居、上生·新所哥伦比亚花园……一直走到延安路口的一家露天咖啡馆喝了杯咖啡。法国梧桐树叶飘飞，无数岁月淬炼的细节渗透在哥伦比亚生活圈内。这里没有昔日法租界的矜贵，头顶却依然有着悬铃木，有着千年法华的熏染，有着海纳百川有容乃大的气韵，十分混搭，一任自然。

对旧物旧情旧人旧厂房旧时光的珍存与涵养，有节制有策划的吐故纳新，仿佛是这片区域的一贯追求，勾勒出人文与生活业态的整体气质。这气质不仅可以呈现为法华镇路的千年石础和银杏树,也可以呈现为孙科、马相伯、于右任、贺绿汀、荣漱仁、董竹君、陈香梅、邬达克等不胜枚举的住客,也可以是交通大学、东华大学、复旦中学、少年儿童出版社、光华医院,是西区老大房、红宝石西饼店和终年排队的秋霞阁鲜肉大包,这气质也能被称为"文脉"。也因此,区域内的一切风物,在我看来,除了叙述,还有意味。

秋雨滴滴答答地打在伞上,心也湿润起来。感性是湿的,理性是干的。关于上海精致社区生活的大多数元素都在这一带伏藏、栖息并焕活,你会发现,一切都是对的:时间、地点、人物和因果。哥伦比亚生活圈跨越文理雅俗的、既市井又文艺又暗燃的感觉,像极了命运。

这片区域从来不是上海的门面和名片,但从布局到细节皆有功夫,作为一个让普通人安心过日子的空间一直存在着,保存了被忽视的世俗文化和市民价值,温良平静,传统摩登。中西新旧的冲突与融合成为这个区域的重要线索,它不仅是个完整的社区符号,更是个微缩的、开放的、有着精细颗粒度的上海。

我在这片区域生活了十几年。它不停进行着微更新,可无论那些小店、小街区如何变化,不管时间这只蜘蛛编织创造的如何错综复杂,神奇的是这片区域的气质、观点与现实生活总是能够适配。别墅旧舍,书店黑胶,梧桐咖啡,华洋杂处,它既非一目了然的生机勃勃万象更新,也不是寂灭无聊,而表现出动态守恒的哲学追求。这样的路,走一生都不会腻。

在我刚搬到这片街区时,番禺路还很静谧,从不堵车,幸福里还是一片封闭式的厂房,复旦小学还叫幸福路小学,旁边地块早已从钛白粉厂变成了文艺界名人云集的高档小区,华政附属中学还叫番禺中学,上生·新所还是上海生物制品研究所,被爬山虎缠裹着的西班牙式洋房里还有一爿莫名其妙的婚纱店。当时在这条路上,每隔500米左右就有一家书报亭和彩票店,那是纸媒的黄金时代,每周几种报纸上、每月多种杂志上几乎都会有我的专栏,一家一家买过去,颇有成就感。当时云阳路口番禺路口的中型超市还开着,在20世纪90年代至21世纪的最初十几年,上海有大量这种体量的超市。难得魔都下雪天,家人会在这家超市买火锅食材,我们在封闭式阳台吃火锅。火锅的蒸汽映在窗上,家人就在窗上用手指画小熊,这情景好像过去了许多年,又仿佛就在昨天。

时间再往前,千禧初年时魔都流行川菜,法华镇路至云阳路之间的番禺路上,有几家长条形的川菜馆,菜精致不贵,是我与当时的闺密常常约会的所在。我们还常去番禺路近虹桥路的"海蓝云天"去洗68元的澡,那时大浴场也很流行。当时我们的话题是风花雪月、男人女人。后来她移民去了海外,消失在我的生活里,我也很少会想到她,我们之于彼此就像寂寞夜路上的一个伴。但记忆有时就像个强盗,不经意间就会突然从斜刺里窜出来。如今这些店已成为日式居酒屋、烧鸟店、墨西哥菜和一些西式酒吧。

草蛇灰线,伏脉千里。回想起认识20多年的好友Steven,当年住在番禺路近虹桥路那头的高层大楼里。他一直是无龄感时尚青年,毕业后进入外企。千禧初年我第一次去滨江大道星巴克,去百富勤广场楼上的M-BOX,去当时瑞金宾馆、复兴公园一带老外云集的时髦酒吧,都是他带着我。我们一直不紧不松地交往着,没有靠得很近却也一直在磁场范围内。十几年前他结婚移民去了美国,疫情以前每年有小半年在亚太地区开展业务,西区长宁仍是他的落脚点。我们的关系依旧像双轨,温暖童真。他记得许多细节,比如他回国休假时我请他吃清炒蟹粉,后来他每次吃到蟹粉总会想起我;我曾送过他一个扇面,上书《三国演义》的开篇词,他带去了迈阿密,这扇面在他在美国重新开始生活和事业时,激励着他……我们一年见不了几次面,却依旧在早已搬到新华路的

M-BOX 喝酒，在马哥孛罗、棉花酒吧、兴国路武康路一带吃东西喝咖啡。

新华路的"马哥孛罗"是迟暮的女神，仿佛会与墙内的中式宫殿式大宅（国民党著名官僚陈果夫旧居，原汉语大词典出版社）相守到天荒地老。这是上海最后一家马哥孛罗门店了。顾客都是街坊，店员清一色为上了年纪的上海女人，白净温和。马哥孛罗有许多年没涨过价了。2020年疫情以后，我很担心它消失，可春天如期而至，它竟如期营业了。怀揣着刚出炉的核桃魔杖，我有种"但为君故，沉吟至今"的感动与惆怅。不过几个月后，它最终还是消失了。不久以后，M-BOX 也消失了，也带走了我们的青春岁月。

Steven 2020年大年初一回美国后，我们有三年多没见了。我将马哥孛罗、M-BOX消失的消息告诉他，他也唏嘘不已。等他下次回来，在这一片区域，我们能去坐坐的地方多了一处幸福里以及围绕幸福里开设的一些特色小店，这片由原上海橡胶制品研究所改造而成的文艺消费小街巷，正日益成熟，也形成了薄薄的包浆。

地下铁,都会的掌纹

8年前,我供职的单位从徐汇区搬迁去了苏州河北岸,虽然地处北外滩的"黄金C位",我却从心理上排斥了好几个月。午休时我在附近修眉毛,同样的连锁店,苏州河北岸是南岸价格的一半,小妹手艺态度皆佳,却因手指上明显的胡椒粉味让我心里灰暗了半个下午。

我的通勤路线有两条地铁可直达。10号线地铁走淮海路—南京路—四川北路一线,有6站在苏州河南岸,而3号线过了中山公园后有7站在北岸临水行驶。我若选择地铁出行,基本会坐10号线。回程,到了新天地,心开始欢快活泛起来。到了上海图书馆站,就仿佛到了家。

上海人爱讲"经纬度",做人做事举止行为都精细到刻度,你的坐标在哪儿,哪儿就是你的经纬度。你是五角场风格,他是淮西做派,因为经纬度的不同而导致的习惯和思维差异,细微而固执。

多数人认为,真正的上海,在黄浦江以西苏州河以南,两者缺一不可。真正的上海在静安寺,在淮海路,在武康路,在徐家汇,甚至在虹桥、西郊,在公馆洋房里,在千沟万壑的人心深处,那儿沉渣泛起的一段段韵事才是真正的中西文化的融合,尽管在这个区域里,上流社会和底层生活近在咫尺。在延安路高架上遛车时,两边开阔的视野和错落林立的新老建筑足以让人心潮澎湃,而久居上海的人士却习惯于对它视若无睹。从甲级写字楼里出入的光鲜男女晓得如何浸淫在都市的节奏、氛围和世情里,也会告诉你:田林和梅陇才是他们的归宿。上海人,理智而雍容……曾被遗失的东方情调在这个区域里首先复活了,这情调风流蕴藉,让人又喜又恼,遍布本城人特有的接头暗语。

然而蜿蜒蛇行的十几条地铁线路,犹如上海的掌纹,一定程度上稀释了区域性格,同时也将城市切分得更细密。阅不尽的人情世相,通勤的周而复始,这里实在有着无数对视、交汇、防守、碰撞的瞬间,也有无数恪守、沉淀、融合的规则。

X 先生也是地铁族。他生于 1984 年,IT 专业,家住金桥,毕业前夕收到多家张江企业发来的高薪 offer。他体验了两个月后,还是坚持去了苏州河畔的加拿大公司,尽管薪水比张江少,路途比张江远。这个从小学习绘画并酷爱西洋古典音乐和周易的理科文艺男,离张江的物理距离很近,心理距离很远。他所心仪的是那种一把长卷发慵懒地绾着、一双大耳环荡荡悠悠、一串古怪的镯子松松套在细腕上的女子,不说气质有多么灵动流转,可至少不是很软件很科技的、不是吊一块胸牌兢兢业业于发明新药或新式仪器的女科学家。

当然张江不乏美女,可她们是当代科技版的穆桂英、花木兰,有着巾帼不让须眉之势,让他生出许多敬畏来。X 先生发现倘若每天往返于金桥和张江两点一线的几站地铁,是等不来邂逅的。他若将青春锁定张江,不仅恐与内心花开的声音无缘,而且容易被迅速带累成终日穿素色夹克或圆领衫、满口术语的专业人士。尽管在工作时,张江男专注的神情会不经意流露出自信与性感,可那也是理性的力量,是科技的魅力。他认定当年 2 号线的尽头站张江,是摧毁他感性遐思的所在。

X先生终于无法心无旁骛地在远离世事的乐土清修钻研。后来他每天清晨穿着浅色条纹衬衫和棉质西裤、带着移动硬盘和面包酸奶坐上开往浦西的地铁，眼睛有点肿，头发用定型水固定住，碰巧还能取一卷免费报纸在通勤路上消遣。背着包的那个肩膀总有点酸痛，然而被紧邻的美眉压住的胳膊，却有着似有似无的甜。

他最爱从陆家嘴到南京东路的那一站。那一站特别长，几乎要开三分钟，黄浦江在头顶潺潺流淌，就像他对红尘烟火细致缠绵的情感。尽管他时常加班，很少有空闲去外滩走走，最多是午后在逼仄的茶水间里喝一杯黑咖啡或与来自北美的老工程师开开玩笑，但与大都会保持一点联系与互动使他安心舒泰，使他觉得所有辛苦的奋斗都是值得的。

就这样过了两年。12年前的深秋，X先生辞去高薪工作去法国4A公司香港分部工作，租住在北角的小公寓里，成为"港漂"。他依旧很文艺，时常在太平山顶的一抹云霞深处阅读他的命运。他每天坐港岛线从北角到中环上班，途经铜锣湾、金钟等繁华地段。他习惯了在"哐切哐切"声和风都特别大的香港地铁里不吃东西不喝水，直接到公司享用丰盛的员工早餐。他依然是大都会的地铁族。那里没有波德莱尔，唯有为它写了一句诗的庞德。就算是城市幽深黑暗的地下，也是唯有浓浓人间烟火方可进入的世界，涌动着现代的暗流和俗不可耐的漂泊。

又过了6年。X先生从香港转战巴黎。他依旧单身，依旧是地铁族，已然是高级IT工程师的他依旧文艺而有型，他觉得去巴黎真是去对了地方。

整个巴黎的地下世界犹如盘丝洞，基本每500米就有一个地铁站，而每个地铁站又像防空洞。巴黎地铁列车车型复杂而陈旧，大部分没有空调，许多车厢里密布着涂鸦作品，有些地铁站还有艺术展览，中转站里街头艺人的表演也十分精彩，这一切都提醒着他:这里是从1900年就开始地铁运营的巴黎;善于走自己的路,才能走别人没走过的路。

与上海地铁族上车看手机、香港地铁族上车看马经迥异,巴黎地铁族大多拿着大部头的诗集或小说在阅读,他们部分地活成了X先生希望自己成为的样子。

巴黎城有五环,二环之内是小巴黎,二环以外是大巴黎。Metro地铁多数行驶在傲娇的小巴黎,而RER区域快铁的运行范围则覆盖一环至五环。因为有上海、香港等复杂地铁之城的生活经验,X先生很快对巴黎地铁熟门熟路。不出一个月,他已能够周末独自去四环的凡尔赛宫流连。他特别钟情于圣米歇尔戴高乐星形广场的几个转运站,它们把香榭丽舍和塞纳河畔的一众博物馆连成了一片。巴黎让他欢欣,因为这里不止有奔波,更有领略和漫游,这里不仅有脚下,更有天空。

走遍了半个地球,X先生依然怀念那些年魔都的地铁1号线。从上海火车站至锦江乐园,链接了上海最经典的人文、商业、娱乐和羁旅,这条脐带是上海人心里亘古不变的情感线,在繁华喧嚣中也承载了都市人挥之不去的20亿光年的孤独。

闪回到12年前X先生辞职的当晚,我们在新华路一间小小的居酒屋喝酒。然后我们散步到我家。他看了看他的熟睡中的小外甥。微醺间,X先生说自己要去香港,就什么都没有了。我正疑惑,他接着说:"姐,我只剩下机会了。"

淮海路,纠缠明灭的情感线

每天都要走过淮海路,只不过那是淮海西路,与传统意义上的淮海中路商业街是完全迥异的概念。它是淮海路的余脉,从华山路往西依次经过法华镇路、新华路、番禺路、安顺路、凯旋路这几条"哥伦比亚生活圈"内的马路,就与虹桥路衔接了。到了虹桥地界,老上海情调渐渐消散,进入另一种调性的魔都。这段淮海路,是新旧上海的过渡。

我有时也会向东穿过华山路,越界到魔都真正的顶级街区湖南路、兴国路、武康路、泰安路一带,这一带的昵称是"梧桐区"。更多时候我止步于华山路。华山路似一道峡谷,我的街区与对岸看似近在咫尺,却难以逾越。我想那是阶层感的羁绊。那些矜贵的小马路优雅超然,有着因见多世面而气定神闲的能量场。名人故居、艺术院团、政要私邸、各国驻上海总领事馆、洋房会所、街心花园,偶有几家咖啡馆和酒吧,几爿语焉不详的小店,高墙浓荫、庭院深深,既有着旧时风华,又有着某种对世俗文化居高临下的包容和倦怠,看不到灯红酒绿火树银花,却是高阶出尘,一身旧雪,却也春风有度。

沿着淮海路,再往东越过常熟路,消费主义气息逐渐浓郁。常熟路转角的美美百货是早期上海高端奢侈品商店的代表,是老一代富婆、成功女性的集体记忆。当年宝庆路转角百富勤广场楼上的 M－BOX 音乐酒吧有音乐学院毕业的歌手驻场,座无虚席,民谣、摇滚、乡村音乐、布鲁斯等风格多元,DJ 都很专业,是魔都知名的音乐秀场。它也是我十几、二十年前夜生活的据点之一,同时代的还有茂名南路的老上海风情的 1931',汾阳路白崇禧旧居内的宝莱纳餐厅、复兴公园内的 Park97 兰桂坊……那是个消费气息鼎沸的时代,我们也恰好是娱乐、消费欲望旺盛的一代人,就连我那时写的书里也有着浓浓的消费味。那些年上海的都市报纸有几十种,月薪 5000 元的编辑们教月薪 1 万元的人如何有格调地吃喝玩乐,加上无数类似我这样的专栏写作者加持,都市小资文化有着鲜花着锦、烈火烹油的意味。那时夜晚 10 点以前的淮海路及其沿线马路总是水泄不通,百盛、巴黎春天周年庆仿佛是永不落幕的狂欢。

不过任何一种商业模式都有保鲜期,渐渐地很多店已不知所踪,有些成了一种逝去的休闲业态的象征性存在,遗址般的存在。许多风物如同一梦,速热也速朽。

再往东穿过 20 世纪 90 年代上海时尚青年有着集体记忆的华亭路,就到了东湖路和汾阳路。这两条马路不仅形状对称,倾斜角度对称,且情调氛围旗鼓相当,是淮海中路沿线的一对高雅机翼,一双出彩的翅膀。继续往东,就是襄阳路。襄阳公园与著名的襄阳路服饰礼品市场隔着一条淮海路,襄阳市场里熙熙攘攘的红尘烟火,各国各色人等摩肩接踵,涌动着世俗的沉溺与现代的暗流。襄阳市场消亡后,这地块被新鸿基地产打造成了成了环贸 iapm。这也是儿子与我每次逛淮海路时点名要去逛的 MALL,他觉得有氛围感,但他不知道,其实襄阳市场也有着属于那个轰轰烈烈的大时代的热力与生动。环贸 iapm 中庭大而宽阔,内部线条流畅精致大气疏朗,空间留白很多,艺术与业态结合,是个有很强辐射效应的商业体,给整个商圈带来了革新与活力,也带动了淮海路周边的升级。

过了陕西南路就真正进入曾经最核心区段的淮海路了。有关百盛、巴黎春天、国泰电影院、K11、尚贤坊、中环广场、大上海时代广场、连卡佛、香港广场、瑞安广场、柳林大厦的回忆扑面而来。值得一说的是,K11和环贸iapm两个占据淮海中路东西两头的项目似两道硬菜,撑住了如今淮海中路商业百货的台面。但有一点是肯定的:传统商业气息正逐渐凋敝,旧业态无可避免地走向衰落,奢侈品最风光的时代已经过去。

重庆路南北高架似一条天堑,将淮海路两侧的调性显著区分开来。东侧是国际化的,西侧是本地化的。西侧过街天桥原本穿过一家汤馆,前些年上海流行粤港煲汤,如今成了一爿网红小龙虾店。而"最上海"的香港三联书店、劲松参药店、长春食品店、哈尔滨食品店、全国土特产食品商场、红房子西餐馆、老大昌、老人和、永远在排队的光明邨、妇女用品商店、古今内衣店、周大福、龙凤珠宝店以及各种钟表店、美发店,对于我而言更多只是淮海路上的动人布景,很少流连,也不走心,却也不太会忘怀,它是淮海路传统商业最淳朴本真的模样。

还有陆续消失的新华联商厦、巴黎婚纱、侬侬婚纱、大学毕业后我揣着第一个月工资买羊毛衫的巧帛服饰、有着秋千架和泡沫红茶的仙踪林……这些聚散离合的大小珍珠串起了一条纠缠明灭的时间之链。无论是有着深刻而长久关系的知交,还是只有瞬间交集的旅人,都是项链上遗世独立的一环。在这条时间之链上,气息氤氲不散的仍然是人,是路与人、店与人之间产生的"场",是过往的自己。

如今的淮海中路,除了那些难以名状的商厦和老字号,已慢慢嬗变成阿迪达斯、耐克、PUMA、MUJI、H&M等运动品牌、快时尚和各色潮牌的旗舰店集中地。10年前这一带还是香街美陈，如今摇身变成了中性冷淡风。前几年还有几只仍在挣扎的传统小店，比如某丝绸店，儿子路过时嘀咕一句："这种衣服，像舞女穿的。"我忍俊不禁，那年他9岁。

这一段淮海路上有两个亮眼的品牌值得一说：一是"niko and …"，一是"TX淮海"。我第一次探店都是跟着儿子。前者是日式杂货铺，而日本也是儿子去过的第一个海外国家。这里既是日杂市集又是小众拍照地，还有咖啡简餐的无缝衔接，这些心水小物杂件小贵，却也能给人愉悦柔软的沉浸式体验，让人想到两个字：宠溺。这种宠溺不是"金粉世家"式的，而是"流星花园"式的。

而"TX淮海"则更是一个妖场。它的前身华亭伊势丹、万得城、阳光527皆落寞收场，成为淮海中路上著名的人流洼地。而"TX淮海"如元宇宙般横空出世，被打造成一座以数字化基因驱动的商业体，每个空间都在内容化、潮流化、酷炫科技化甚至策展化，与Z世代年轻消费模式一拍即合。一楼临街的外摆空间、小广场的懒人沙发、娃娃头雪糕雕塑、随意可以坐下的长台阶、每个楼层供创意人士使用的舞台、丰富的潮牌、没有清晰动线的商铺展示、整体空间设计不豪华但好拍……形成年轻人认同的场景体验闭环。走在其中，我常常会迷路，儿子却乐此不疲。至少在上海，它还找不到任何对标的商业体案例。对比之下，东京的原宿和纽约的布鲁克林也显得老了。在这家店里，随时能听到店员叫我"姐姐"。哈哈，姐姐！从美眉出现到姐姐盛行，不得不说我都踩在点上，赶上了一个个好时代。如今"姐姐"不再是个称谓，而是一种状态。

前几天好友画了一幅彩铅画，茂名路淮海路路口，国泰电影院如定海神针般矗立在那里。那无疑是上海最著名的路口之一，也是我当年最熟悉带感的路口。在20世纪90年代末至21世纪最初十年,那儿云集着最海派的女子和型男,风里都带着奶油和咖啡香味。

国泰电影院往东是锦江饭店(俗称老锦江)、苏浙汇、兰心剧院,还有一溜手工订制男士衬衫的店面,清一色上海师傅,对面是花园饭店,能吃到当时上海最有高级感的下午茶之一。再往左去,是低调而奢华的锦江迪生……那个路口右前方是在"第 N 百货"这个圈层里格调最高的"二百永新",往前是"音乐之声"餐厅和巴黎春天,对面则是百盛,地下还有季风书园。在这块方圆几里的区域里,放眼之处皆是各具特色的美眉。她们云鬓衣香,血管里流着不安分的血,并认定其最终流向高贵与飞扬。她们的起点,或许只是这一区域 30 平方米的新式里弄房子或是城市外围的普通新村,可这并不妨碍她们梦想自己在不久以后的将来过上更想要的生活。不管原乡在何方,她们的参照物都不是北京、广州甚至香港,而是东京、纽约和巴黎。魔都从来是滋养并助长有缘人的,是她们心智的启航港和光华的来处。

一晃经年,这个路口依旧车水马龙,但对于我们这代见过淮海路最高亢消费热情时代的成年男女来说,氛围是真的不一样了。除了还会经常去老锦江吃饭,其余部分于我多数成了布景。"二百永新"早已变成冷淡风的优衣库。当年的美眉分成了三股:一部分成了中女,一部分成了结婚生子后仍有自我意识与要求的女子,一部分成了阿姨。前两股合称:姐姐。

上海姐姐依旧有气质有理想,与美眉的紧张用力不同,姐姐们更懂得沉入到生活里去,她们的日子不仅有美容、健身和购物,不仅有柴米油盐、星辰大海、诗和远方,更有夯实的专业技术、价值观的力量和日臻完善的内在成长。

她们内在其实是有攻气的,火气是不太有了,更善于与自己讲和、与生活斡旋。她们见过些世面,也吃过些苦头了,能够将某种认知和提炼落实到具体生活。她们在淮海路东头买纪梵希小黑裙,穿优衣库牛仔裤也无妨,她们在老锦江吃"甬府",也会在"蛋魂"吃薯条,看《彭博商业周刊》,同时也刷 B 站,涂大牌口红,穿基本款衬衫配风衣荡马路,路过武康大楼时不再拍照,一片秋叶落在身上,却有着难以量化的凛冽与性感。她们看多炎凉,目光如炬,为人处世妥当潇洒,很少喇叭腔,深知分寸的缺乏是油腻的开始。淮海路,链接了她们最经典的人文、欲念、际遇、成长和记忆,是一道驻留、出走、归来又绵延的情感线,轻盈而磅礴。

上海的第四眼美女在虹口

用了6年,我才渐渐喜欢上上海音乐谷一带街区。

如果说外滩、陆家嘴是上海中心城区的第一眼美女,衡复、武安(武康路—安福路)、虹桥、徐家汇等是第二眼美女,五角场、苏河湾是第三眼美女,那么音乐谷街区就是第四眼美女。

这片街区有点妖。地处北外滩和四川北路两个发展带夹角之间,在虹口港的腹地。与北外滩、老外滩、陆家嘴共同构成的上海中央商务核心区黄金三角近在咫尺,异质感却很强烈。

它有着混沌、包容的美学力和独特的都市掌纹。曾是上海极为复杂的地区之一,历史建筑云集,人文底蕴深厚,是原公共租界北区与华界的交界处,开埠较早,华洋共处,尤以日本人、英美人、犹太人居多。工业、商贸、文旅与居住功能并存,势力盘根错节,前世今生一言难尽。它是复杂的、3D的、演进的,承载某些秘密且不容易被定义。也因此,它让烟火日常拥有了耐人寻味的价值。

它以海伦路、溧阳路、四平路、梧州路的围合区域为主体范围,核心区域约28万平方米,保留着1200多米的河道,被虹口港、俞泾浦、沙泾港3条虹口内河蜿蜒环绕,8座百年小桥散布其间,是上海唯一保存完整水系格局的历史文化风貌地区,市中心稀有的滨水社区形态的石库门里弄和音乐主题文化使这一带既复古又摩登。

体会一个街区像体会一个女人,能看到第四眼,眼光已经有了深度和立意。年资和阅历不够是没有这耐心的。之前工作单位搬到这一带时,我真心嫌鄙这一带太老旧了,外表寒素,衣衫褴褛。当时海伦路在拓宽,金融街海伦中心尚未竣工,周围老旧石库门星星点点地在拆迁,整个街区就像是个尘土飞扬的大工地。闺密说,别着急,你们那儿有很多神奇好玩的地方,比如一座很有名的时尚剧院,是单身理工宅男的周末小天堂。

果然我很快发现,每到周末黄昏,穿格子衬衫、背瑞士军刀牌双肩包的年轻男士们将嘉兴路哈尔滨路一带围得水泄不通。20世纪30年代建造的上海滩首批影戏院之一的嘉兴影剧院,变成了全国最大的女团SNH48的常驻剧场"星梦剧场"。这座剧院当年由英商业广地产公司投资兴建,由华人经营,初名天堂大戏院。古老的剧院、潮流的地标、悠扬的音乐和蓬勃的年轻人,构成了魔都的另一张别致拼图。

这些年,这片神奇而隔膜的街廓巷弄不停地发生着某些嬗变。这些嬗变不是推倒重来、大拆大建式的,而是蜿蜒迭代的。变化看似悄无声息,却意味深长。比如曾经经年累月不断层叠加建、虬结成团的1913老洋行,被剥丝抽茧般复原为百年以前的结构。比如始建于1929年的哈尔滨大楼原是美国人开设的汇芳锯木公司,后来成了著名的游民窟,1949年以后成了上海辛克实验机厂,前些年成了半岛湾时尚文化创意产业园;原有的复古情调建筑风貌悉数得以保留,并点缀上了各种音乐元素……音乐谷逐渐成为一个画着精致裸妆的特色美人,外表旧气却也中西合璧,内核文艺又不乏烟火气息,十分有料但无法归类,不很惊艳却难以言喻。

20世纪80年代起,坐落于辽宁路46号的上海音像公司凭借一流的录音棚和全套先进的音像复录系统蜚声海内外。至今那儿仍拥有亚洲最好的专业录音棚之一。而那片地块在80年代以前曾是一片军事要地。中国唱片业起步晚,赶上了唱片工业蓬勃发展的末代狂欢。后来在此地址上组建了我国首家跨媒体音像产业集团:新汇文化娱乐集团,后隶属于SMG上海广播电视台。2009年,原国家新闻出版总署批准集团在园区建立国家音乐产业(上海)基地,向世界展现中国音乐产业的未来发展和方向,这就是音乐谷初创时的抓手。前些年音乐人宋柯说"唱片已死",多数人没注意到他的后半句"但音乐不死"。轮换的只是载体形式,不变的是内容为王。好的音乐可以广为传播、历久弥新,它们之所以动人,大抵因为在人类所能表达爱意的感官信息里,声音对情感的加成作用最为明显。音乐里藏着一个天堂。

经过多年发展打造,这片开放式街区已成为AAA级旅游景区和上海市重点文化创意产业聚集区,打造出长三角音乐版权服务平台,也推出数字技术赋能音乐版权服务平台。街区产城融合、文化腹地功能日趋完善,成为虹口区全力打造的三大功能区之一:中部商旅文体融合发展区。另两大功能区是:南部金融航运双重承载区和北部科技创新产业集聚区。

可贵的是,在腾笼换鸟的过程中,老街区有中长期整体规划地保留了大批老建筑:上海工部局屠宰场、和记洋行制冰厂、哈尔滨大楼、英商老货栈、嘉兴影剧院、人力车夫互助会总会、嘉兴路巡捕房等,修旧如旧,依然熠熠发光。街区在此基础上建立了国家音乐产业基地、1933老场坊、半岛湾创意产业园、1913老洋行、1930鑫鑫创意园、SNH48星梦剧院、三角地艺术园等数个重点项目。而1921年建造的瑞庆里、1931年建造的瑞康里作为上海市第一批风貌保护街坊,也被列入了上海市历史文化风貌区名单。

瑞康里已有80多年历史,是虹口区少有的保留完整的街坊式片区,也是唯一一个临水而建的石库门片区,中国新闻界泰斗赵超构先生曾居住于此。曾经公共租界和华界的分界线从中穿过,形成"一里二界"的现象和两种管理模式。这些年,瑞康里内外兼修,既保留了历史风貌,又因地制宜启动综合改造,留住了街坊肌理,也留住了记忆。在瑞康里,仍能真切地嗅出小时候弄堂里特有的气味,那是油煎带鱼、风鳗、镇江陈醋、阴沟、磨出包浆的竹躺椅的味道,间或能听见蒋调的《夜探》,那是上海的布鲁斯。

音乐谷前掌门人李磊是土生土长的虹口人,在闲暇时他致力于挖掘建立详细的街区历史文化档案:哈尔滨路258号原是晨光出版公司,始建于1946年,先后出版过老舍、钱锺书、巴金、徐志摩、端木蕻良等作家的重要作品,经理兼总编辑是赵家璧。晨光出版公司在中国文学史上有着不可取代的地位;在白色恐怖笼罩的20世纪30年代,我党在哈尔滨路290号的德式洋房嘉兴路巡捕房建立了租界巡捕体系中的第一个中共地下支部;弘一法师在出家前与日本妻子的寓所,就在海伦路……有关音乐谷街区内的上海第一座真正意义上的消防瞭望塔(救火会)的前世今生,前不久也恰恰在街区内的辽宁路46号出版,而我则是该专辑的责编。

音乐谷的街道巷弄阡陌交错、五味杂陈,有些路是断开一段复又接上的,有些是沿河曲折迤逦的,许多老虹口人也弄不清。原远东最大的现代化肉类制品加工厂、被誉为"清水混凝土界的上古颜神"的1933老场坊,浓浓古早工业风的1931老洋行、哈尔滨大楼、1930鑫鑫创意园,都市水乡与毗邻的"魔都三件套"等,使得音乐谷被纳入上海影视拍摄推荐取景地名录,时常有影视剧组在此驻扎。不少形似变形金刚的大型转播车杵在弹硌路上,帷幕一拉,民国剧、时代剧、时尚剧轮番上演,异常出片,让人有强烈的沉浸式感官体验。沙泾港畔的临时帐篷里领盒饭的影视人比比皆是,他们拍出了《伪装者》《欢乐颂》《小时代》《三十而已》《101次求婚》……如梦似幻,可盐可甜。这一带也是各种艺术沙龙、高端演出、空间实验、元宇宙主题乐园的集聚地。

爱默生曾说,城市靠记忆而存在。在我看来,街区改造,就像酿造葡萄酒:什么样的土壤,怎样的时空,经了谁的手,遇到了何种调和,出来的效果千变万化。

这些年城市日新月异,吊车、挖掘机等现代化机器日夜兼程,许多老土地没了,有时也令人惆怅。而这片主题式街区整体开发以精致打磨为主,改变了以拆为主的旧区改造模式,对旧厂房、旧民居的创意式翻新与修饰,对河道、驳岸的重新治理与维护,对街区灯光的艺术改造,使其氛围情调浑然天成,汇成一股独特的清流。在这片兼具艺术创意和人文宜居功能的街区走走,很欣慰那些旧时建筑精品被最大限度保留了下来,没被悉数夷为瓦砾碎砖的小山。音乐谷外表虽不惊艳,却时常让人有种肺腑之感,别具乡愁意味,盖因保持着早期开发的空间特色与都市纹理,既保留原汁原味,又赋予现代生活的乐趣与智能,被日益打磨成一个名副其实的大文创。

上海开埠100多年来有三个"世纪级"的规划开发:19世纪的外滩,20世纪末的陆家嘴,21世纪初的北外滩。比起咫尺之遥的北外滩,内河环绕的音乐谷没有浪奔浪流,没有激荡澎湃,却是烟火的、记录的、承载某些秘密的,见证了百年上海的都市文艺产业发展和近现代工业文明,变化寂静无声,回望却是翻天覆地。

山阴路,静水流深

父亲有位要好的大学同学曾住在山阴路。他们有着超过半个世纪的友谊。

小时候逢年过节,父亲总会带我去他家聚会。我们坐21路电车到鲁迅公园,然后走一小段路就弯到了静谧祥和、有着独特氛围感的山阴路。他住在山阴路57号的四达里。

20世纪二三十年代,山阴路的住户大多是医生、律师、教授,还有不少文化名人、左翼进步人士和日本侨民。四达里是我对山阴路最初的认知:幽深的弄堂纵横阡陌,四通八达,宛如迷宫,有着柳暗花明的幽微。清水红砖的三层楼房,属于早期石库门建筑,在山阴路各式住宅建筑中不过普通档次。但在石库门建筑的整体大类中,因其外立面精致美观,内部设施较为完备,可归于中上等。

小时候我并没觉得四达里弄堂间距狭窄,盖因人小,看什么都是大的。那是20世纪80年代末90年代初,住在二楼宽敞朝南间的世伯用可乐可乐泡光明牌中冰砖招待我,这种别致吃法让我对山阴路居民不动声色的摩登海派记忆深刻。

四达里还曾住过左联的常务会秘书、左翼作家沙汀,以及中国耶稣教自立会主席俞国桢。

自从千禧初年世伯乔迁到西区的新式公寓后,我再没有去过四达里。前些日子信步走玩,四达里情态风貌如故,仿佛时光停滞。头戴塑料卷发桶的阿姨用沪语对一位娟秀文雅的短卷发老太说:"阿婆,今朝买了啥?"阿婆指着马甲袋气定神闲地说:"买了块爱森里脊肉给阿咪吃。阿咪爱吃肉。"

阿咪是阿婆的猫。

山阴路独特的人文生活场域温存又难忘,被列为上海永不拓宽的马路之一,至今依然没通公交车。它的定位从来都是住宅区,20世纪一二十年代建造的各式民宅占了九成以上。这条浓荫密布、沉着从容的小马路坐落于虹口东北角,南起四川北路,北与祥德路接壤(地理位置上山阴路与祥德路是同一方向的马路),长651米,1911年筑路,原名施高塔路,1943年更名为山阴路。施高塔路这个路名在民国文学作品里不时出现,带有笃定殷实的古早气息。

山阴路称得上是海派民居建筑博物馆。枝枝权权的弄堂、支弄和形态多样的民居混合保存着上海石库门里弄、花园洋房、日式小筑等建筑样式,内里曲径通幽:以恒丰里、四达里为代表的早期石库门建筑,以文华别墅、大陆新村为代表的新式里弄,以千爱里为代表的日式花园里弄,以及独立成套的西洋式公寓施高塔大楼(现名山阴大楼),还有淞云别业、留青小筑、东照里、兴业坊、三山小区等,足以彰显山阴路的宁谧外表下的丰富和神秘。

山阴路是住过一些风云人物的。最著名的当属山阴路132弄大陆新村。那是红砖红瓦砖木结构的三层新式里弄房屋,由大陆银行上海信托部投资。

无论是路过还是专程,总有人会在弄口前驻足凝望,鲁迅故居就在大陆新村9号。他和许广平及独子周海婴在那儿度过了人生最后的四年半。

鲁迅故居有三层,建筑面积约230平方米,保留了大先生当年生活时的原貌:小花圃、屏风、瞿秋白留赠的书桌、旧藤椅、版画、铁床薄被及永远停在凌晨5点25分的闹钟和1936年10月19日的日历……他许多战斗性杂文集的撰写、对历史小说的编选、对《译文》杂志的编辑、对《死魂灵》等作品的翻译和对瞿秋白译文集《海上述林》的编校出版,都是在这里完成的。大陆新村9号简朴无华,却有着别样的氛围感,仿佛能触到大先生庄严而忧郁的气息和最深的孤独和感情。

毗邻的8号,是鲁迅纪念馆第一任副馆长、新中国博物馆事业的开拓者谢旦如的故居。他曾开设过西门书店和公道书店,出版进步诗集和刊物,参与创建上海通讯图书馆,参加左联活动。先后两次在自己的寓所掩护瞿秋白夫妇。瞿秋白1931年在上海居住较长时间的房子,就是谢旦如家在南市(今黄浦区)的一幢旧式里弄楼房。

6号居住过茅盾夫妇。短短几十米弄堂,当年共产党人、爱国人士、左翼作家常常出没。

在老上海,虹口是日本侨民的集中居住地,许多建筑按照日本人早年生活习惯建造。大陆新村正对面的山阴路133弄东照里就是仿日式三层新式里弄住宅,初建于1921年,初名日照里,抗战胜利后改为东照里。弄堂宽敞,和风浓郁,矮墙庭院构筑起人间烟火,是当年日侨居住点。

1933年3—6月,中国共产党早期主要领导人瞿秋白与夫人租住东照里12号的一间20多平方米的亭子间,这原是内山完造夫人分租到的房子,也是瞿秋白遇害前在上海的最后一处寓所。瞿秋白在那儿编了一本鲁迅的杂感集,并写作长达一万七千字的长序,他与鲁迅友谊之深厚可见一斑。作为左翼文化的实际领导者,风度翩翩才华横溢的瞿秋白堪称鲁迅的真正知音,两人相濡以沫,不仅联手进行文学创作,更携手度过一段危难的岁月。鲁迅曾书赠瞿秋白:人生得一知己足矣,斯世当以同怀视之。

山阴路2弄有五排坐北朝南红瓦灰墙的三层楼日式小筑,风格洗练玲珑,日式拉门、日式浴桶,配合榻榻米的柳桉木地板,矮围墙里的庭院素雅佗寂,水杉与樱花树林立,这片目前上海唯一保存完整的日式小筑,名曰千爱里。千爱里前弄堂出是山阴路,后弄堂出是甜爱路。

鲁迅先生终身挚友日本冈山人内山完造的寓所就坐落于千爱里3号,这是他在上海的第四处寓所。

20世纪初内山完造在虹口开办内山书店,经销中日进步书籍,发行当时被禁售的鲁迅著作,并代售鲁迅自费出版的《毁灭》,利用日本人身份支持中国进步力量,多次掩护帮助鲁迅、周建人、许广平、郭沫若、陶行知、夏丏尊等文化界进步人士。方志敏的狱中文稿、北平与东北地下党转给鲁迅的书信等都是由内山书店转交的。鲁迅先生最后的墨迹,是让许广平带给内山完造的信,托内山尽快打电话请须藤医生为他诊疗⋯⋯

从第一次去内山书店购书,直至1936年去世,鲁迅先生去内山书店不下500次,购书达千册之多。内山书店是鲁迅先生购书、会客、收转信件、沙龙,甚至避难的所在,留下了鲁迅先生晚年重要的履痕。这里也是马克思主义先进思想早期登陆中国的重要阵地之一。可以说,鲁迅与内山完造并未相逢于最好的年纪,却展现给了对方最丰富的自己。

鲁迅逝世后,内山完造被聘为《大鲁迅全集》编辑顾问。1947年,内山完造回国。在日本,他依旧致力于中日友好活动。1950年,他参与并创建日中友好协会,当选理事长,曾6次访华。1952年,他声明反对日本政府与台湾当局相互承认。1954年,他参加接待新中国第一个访日代表团。1959年,他以日中友好协会副会长身份来华访问,因脑溢血病逝于北京。依其生前意愿,葬于上海万国公墓(今宋庆龄陵园)。后来,内山书店旧址被列为上海市文物保护单位。2022年,内山书店旧址、前新华书店山阴路店和周围空间贯通后被修缮改造成为"1927·鲁迅与内山纪念书局"。

如今,千爱里内山完造旧居庭院里的两棵水杉郁郁葱葱,已经高过屋顶了。

20世纪二三十年代的上海,左翼文学与海派文学共存,各种文学期刊层出不穷。上海不仅是中国文化之都,亦是世界谍报之都。山阴路145弄花园里2号,就曾居住过一位红色间谍、日本进步记者、时任《朝日新闻》常驻上海的特派员尾崎秀实。他是内山完造的好友,同样热爱中国。派驻上海三年多,他结识了许多中国左翼文化人士,撰写了多部政论性著作。鲁迅《阿Q正传》最早的日文译本,序言《论中国左翼文化战线的现状》就是由他撰写的。

山阴路343弄小区旧时被称为青庄,草坪如茵,格调高雅,系独栋花园洋房建筑,1949年以前是基督教青年会的宿舍。弄内1号曾住过中国基督教"三自"爱国运动领袖吴耀宗。而弄内3号则是著名社会活动家、指挥家刘良模故居,他曾指挥演唱《义勇军进行曲》《开路先锋》等救亡歌曲。在第一届全国政协会议期间,他与徐悲鸿、郭沫若等提出以《义勇军进行曲》为代国歌的建议获得通过。

山阴路69弄恒丰里是早期新式里弄,为三层及假三层的砖木结构房屋,结构较为复杂。中共中央党校1926年就设于弄内90号,当年在册的党校学员中,李硕勋、沈雁冰(茅盾)和杨之华(瞿秋白夫人)等28人在列,罗亦农是党校校长。1927年上海工人第三次武装起义指挥部联络点也在恒丰里。1946年,郭沫若将在重庆创办的群益书店搬迁至恒丰里77号。如今几乎无人会想到,这条墙砖斑驳、灯笼高悬、生活气息浓郁的上海里弄,曾是军徽与佩剑闪耀之地,忆往昔峥嵘岁月稠。

有时我觉得山阴路很远,这种"远"更多在于心理感觉,是旧时代的隔世感,是旧路、故居的秘境感。去一趟山阴路似乎完成了一次海绵吸水,也完成了一次大浪淘沙。这条短短的小马路,聚集了 34 处名人旧居和 14 处历史遗迹,它们毫不突兀地融入山阴路的生活场景中,触手可及,感觉很贴肉。周围居民也将那些名人视为芳邻、故人,却并不以此自诩,带着某种距离的亲切与尊重。有读者告诉我,他小时候常常去东海舰队首长家——山阴路 274 弄两侧的小洋房的院子里捉蟋蟀。

上海的百年历史,有一半封存在弄堂里。相比许多弄堂成功的商业转型和定位打造,山阴路那些纯住宅弄堂承载着更多宝贵的私人记忆。它们与繁华若即若离,开门是风景,关门是人生,指向曾经真正的上海中产阶层生活。属于山阴路的风华与记忆,复杂又赤忱,凝缩成曾经风云际会而今气定神闲的独属于山阴路的况味。在文华别墅门口四五平方米的烟纸店内,我买了瓶乌龙茶。住户兼店主边剥蚕豆边聊:"这房子外观好看,里面要住好几户人家,破旧杂乱还有白蚁。"她建议我进去走走。小区内古木苍郁,曲径通幽,有着旧时代的回光,在夕照下,更显出某种沧桑、贵气与惆怅。

直到现在,山阴路依然是远离尘嚣的,自成一派,难以归类。超市和便利店寥寥,咖啡馆酒吧更是无处可觅,倒是有不少存在了很久的小吃店:万寿斋、光头生煎和面馆、红玫瑰食品厂、广德香盐水鸭……它们成了一种亘古存在,犹如老苏打饼干的滋味,旧情旧意和乡愁变迁不时涌动。万寿斋窄小的店堂里永远人头攒动,必须见缝插针找座位,颇有 20 世纪八九十年代的氛围,它的小笼馒头皮略厚,模样并不精致,但口味地道古早。麻酱拌面据说可以独步虹口。而红玫瑰食品厂更像是个怀旧食品门市部,从康元手指饼干、泰康万年青饼干到光明巧克力威化,都是老式零食饼饵,足以勾起儿时记忆。不久前它搬家了,搬到溧阳路,依然在虹口,改名为"小辰光额味道老底子额么事"。

匪夷所思的是,山阴路的一条弄堂内,竟藏有一爿看似与时代格格不入的塑料制品厂,20世纪60年代曾是上海乳胶厂外包车间,70年代做塑料雨衣,成为街道工厂的遗存。

复杂的弄堂网络通向哪儿,恐怕除了住户谁也搞不清楚,就像没几个人能拿捏上海人心一样。意气风发时我们以为自己是风,时光荏苒,才发现自己是草。草木人生,鲜少变化的是山阴路。也因此这一带的一楼一景、每一道灵魂褶皱都显得暗潮澎湃,风动无声,静水流深。

宝藏汉口路

如果说南京路、淮海路是一线明星,是上海的门面,那么汉口路当属第二梯队的实力派,文商并举,自有不可名状的气场和深不可测的气质。

汉口路东起中山东一路,西至西藏中路,连接外滩与人民广场。鸦片战争后上海开埠,黄浦江畔开辟了英租界。清朝江海北关所在马路被命名为海关路。1862年,英美租界合成公共租界,决定用中国省名和城市名分别命名南北向和东西向马路。1865年,海关路更名为汉口路,至今已经有157年。

在上海民间,汉口路俗称三马路,与之平行的南京路、九江路、福州路,被称为大马路、二马路、四马路。

据统计,在武汉之外,全国的汉口路有19条之多,而上海汉口路大概是其中最有名且见过大世面的。

狭窄的上海汉口路是报业街、海关街、金融街,满满的历史、墨香与传奇。长度仅1500米左右,因信息量巨大而显得既深且长,波澜壮阔,风云诡谲。

在汉口路,有1927年落成的海关大楼,楼上大钟的每一次敲响都昭示了上海的觉醒和力量,其四代变迁连接成一条通向现代化国际化的必经之路;有1908年竣工的中国第一家中央银行大清银行旧址,1912年中国银行在此宣告成立;有1921年建成的中南银行大楼;有1928年竣工的四行储蓄会大楼。汉口路151号为原浙江第一商业银行,汉口路422号曾是中国最早的证券交易所。

汉口路193号是原公共租界工部局,楼高四层,正门设在江西路汉口路转角,这栋大楼见证了上海各个历史交替的时刻。它曾是公共租界内最高行政机构,1945—1955年是上海市政府所在地。上海沦陷时,此处被"汪伪"用作伪上海市政府;光复后是上海特别市的市政府;上海解放后,成为新中国最早的上海市人民政府所在地。1949年5月28日,陈毅市长和上海解放前夕国民政府最后一任代市长赵祖康在此举行了新旧上海市政府移交仪式。此后,赵祖康成为新上海政府第一任工务局局长。至今此地仍为许多上海市级机关使用。

汉口路也曾是全国报业中心。山东路是汉口路上的一条狭窄枝杈,当时叫望平街,连接南京路到福州路,短短二百余米。新中国成立前,山东路与汉口路交界的这片弹丸之地上有十四五家报馆。1872年,英人美查在汉口路望平街转角的砖木结构二层小楼里创办了《申报》。1916年,中国报业泰斗史量才斥资70多万银两推倒重建了一栋拥有100余间房间的五层大楼——申报馆大楼。《申报》这份近代中国发行时间最久、影响力最大的报纸在这幢新古典主义装饰风格的建筑里发展壮大,它的发展史也成为中国近代报业发展史上的一个缩影。

汉口路300号是解放日报大厦。《解放日报》1941年创刊于延安,是中国共产党机关报,新中国成立后是中共上海市委机关报。汉口路274号1949年以前是新闻报大楼,1949年以后《新闻报》改名《新闻日报》,20世纪60年代初并入《解放日报》。

除了上述报纸外,早年这里还有《民立报》《民强报》《时报》《天锋报》《神州日报》《晶报》《上海画报》等众多近代小报。

每次去汉口路,我必然会去申报馆大楼坐坐,似乎还能感觉到曾外祖父儒雅温煦的气息,心里会变得非常柔软。

我的曾外祖父凌树焘(1880—1956),字子屏,浙江富阳人,清末民国教育、书画、报业界人士,出版有《翰雪楼画评》和书法作品若干,书工魏碑。曾历任上海市立西城小学(1958年改名为蓬莱路第二小学)首任校长、上海南洋商业专门学校监学等。并协助刘文渊、许铸成创办上海青年书画会。1927年受《申报》总经理史量才聘请,加入申报馆务管理团队,助力《申报》冲顶全国报业之最,直至1942年荣休。曾外祖父即使到了晚年,还是妥妥的型男,其"型"不仅在于貌,更在于气。

在我大学刚毕业的几年里,申报馆大楼底层开了沪上港式茶餐厅翘楚新旺茶餐厅,其招牌菜啫啫鱼头让我回味至今。如今,此地成了欧式复古咖啡餐厅 The Press,内饰与大楼建筑的原有调性相得益彰。

期待申报馆大楼早日蝶变成中国近现代报业发源地展馆。昔日报业遗址,今日旅游景观。

1933年开业的扬子饭店是一朵时间的玫瑰,复古怀旧,有着考究的外表和耐人寻味的细节,独特的小阳台、浴缸、玫瑰舞厅以及无数传奇韵事。她是上海建筑遗产级历史酒店,凭借欧洲20世纪30年代装饰艺术风格蜚声全球。不久前被列入全球历史酒店成员名录。而此次列入也是将上海建筑遗产推向世界的重要里程。

扬子饭店坐落于汉口路740号,曾被誉为"远东第三大饭店",蜚声海内外,毗邻邬达克设计的远东著名教堂沐恩堂。这里曾是政客富商名媛的社交场,阮玲玉、胡蝶、周璇、姚莉、徐来等明星都与之有着深刻的联系。阮玲玉在人世间最后一夜的流连地就是扬子饭店,也或者说扬子饭店是她的归途。她在著名的弹簧舞池与情人唐季珊尽余欢,与友人们挥手作别。而富商唐季珊是扬子饭店的股东之一。阮玲玉去世后,《申报》曾有一篇报道写道:"前夜尚在,扬子酣舞。"

"银嗓子"姚莉曾是扬子舞厅的驻唱歌星,一曲《玫瑰玫瑰我爱你》使得这位外表朴素清纯的姑娘一举成名。此曲后被改成英文歌曲,由美国男歌手 Frankie Laine 灌成唱片,荣登 1951 年美国流行音乐榜榜首,也是中国流行音乐首度驰名世界。

愿得一心人,白首不离分。这样美好的夙愿在民国女明星中,能实现的人少之又少。但姚莉是个例外,她一生平顺,结局美满。扬子饭店是姚莉的福地,她正是在那儿邂逅了她的终身伴侣——当时扬子饭店董事兼副总经理黄志坚的儿子黄保罗,两人携手一生,风雨同舟。扬子饭店为纪念这段美好的婚姻,将名曲《玫瑰玫瑰我爱你》保留下来,用作房间的背景音乐,也旨在以玫瑰之名,推动海派文化的传播。

我与扬子饭店几乎是一拍即合的,总觉得会在这里发生些什么,与自己的人生将产生某种更深层次的链接,而不仅是吃饭住宿与拍照那么浅层。曾看过一部电影《时光倒流七十年》:一家历史悠久的酒店让男主人公回到七十年前,重温了一段美丽的爱情故事。第一次踏入扬子饭店时我下意识想起这部电影,甚至脑海里还回荡起了电影插曲的旋律,这种感受奇妙而走心。这些年,高兴了、沮丧了、得意了、失意了,我都会在扬子饭店和申报馆消磨一些时光。总会觉得自己的心情,她和他都会懂得。

1923 年建造的东方旅社曾坐落于汉口路浙江路的西南隅,如今旅社早已不知所踪,只留下一个悬疑的东方旅社案:这里曾是一家中等规模的西式旅社,共有 110 间客房,设有大厅,生意兴隆。1931 年,林育南、李求实等多位共产党人在此被捕,后不幸牺牲,成为中共党史上的一大谜案。

20世纪90年代东方旅社这栋西洋式老楼仍在，名为"东方城"，不知哪一天迭代成了居民小区"中福城"，裙房被一圈美食小店租用……可以说，汉口路上每栋建筑的历史都足以撑起一本书，见证上海从近代到现当代的嬗变与转折。

"二战"结束前的上海是全球情报人员最密集的城市之一，是远东第一情报之都。当时的上海，多方势力盘桓牵制，进行着合作与争斗，是全球政治风云的小镜像。而当年行政机构、报馆、洋行、饭店、舞厅、文人学者、革命之士、明星富商、情报人员、各路洋人、基督教徒云集的汉口路，也是谍海风云的真实场景地。1937年上海沦陷后，上海的华界民不聊生，而外方自治的租界依旧歌舞升平。木心曾说："国际间谍高手云集，谁也不放过远东最急剧的情报旋涡。"

至今汉口路给我的感觉依然十分复杂，难以言喻。这里各种中西新旧业态比肩，庙堂与江湖貌似融合，本土与国际仅一步之遥。周边阡陌密布，高低错落，在物理空间上呈现出丰富的都市景观群像。机关、银行、酒店、报社、教堂、商厦、民居、玉器行、珠宝店、茶馆、瑜伽馆、茶餐厅、各种小型食肆、深夜食堂、便利店、烟纸店、武馆、中医馆、中古店云集。纹理凹凸不平，纵横捭阖，值得细细揣摩。其中既有历史的纵深、政商的跨度，又有市井的烟火、文化的暗流和其他潜在的可能性；既有王宝和大闸蟹的鲜腴，也有埃塞俄比亚罕贝拉G1豆子烘焙出的咖啡香。走在汉口路，我有时会片刻恍惚，以为在香港，只是空气中若有若无的评弹蒋调和湿凉的黄浦江风提醒我，这是在上海。

徐家汇,一代女性的精神教父

1996年初秋至2000年夏,是我在桂林路100号的大学生涯。大一伊始,我懵懵懂懂被选进学校的礼仪队,分得一红一白两件廉价旗袍。辅导员兼队长建议我们每人买支睫毛膏,这会让眼睛看起来更有神。有同伴说去附近小店逛逛,我却暗自决定去东方商厦。

那时上海只有一个东方商厦,坐落于徐家汇商圈。那天下午,我独自乘坐43路双层巴士,沿桂林路、漕宝路而行,经过当时冶专、化专(后合并成为今天的上海应用技术大学)的外墙,开到上海市第八人民医院时开始嘈杂,拐弯到漕溪北路便豁然开朗。途经漕溪公园、望族城等有颇多说法的地标,以及华亭宾馆、上海体育馆等恢宏建筑,再经过天主教机构集中区域,最终到达徐家汇商圈。

我在东方商厦一楼化妆品柜台买了一支睫毛膏,在对面的大千美食林(2001年以后是美罗城)吃了一个套餐,然后慢慢向东踱到橡胶厂的大烟囱处折返,踱过中西合璧的藏书楼、140年来从未中断气象观测的观象台、"远东第一大教堂"徐家汇天主教堂、圣母院旧址(今"上海老站")、光启公园的一角……一直走到华亭宾馆附近的车站等车。那时对面的八万人体育场尚未建成,奥林匹克公园更是尚未预见,上海体育馆显得十分宏大。那个下午到黄昏，我的青涩被打磨掉一层，对美好的感知落到了实处，似乎完成了某种重要的成长仪式。

"海派"在很长时间内算不得一个褒义词，不过我从小直觉自己与海派之间将会有千丝万缕的联系，这主要取决于我的母亲。20世纪80年代初，母亲从画报上看到法国美女的发饰和风衣，便依样编织了两条宽边发带，她戴蓝色的，我戴红色的，再为我裁剪制作了一件墨绿色束带小风衣，喷点来历不明的香水，这些仪式使幼小的我不自觉娉婷起来，也第一次博得某种散发着不可名状气息的评价：海派。这不是一种物理的特质，而是精神的，能让人释出更多内容。对有气息的人、事、物带感，控制压力及时享乐，较为客观理性开阔地看待事物，这些我自幼栽种的习惯，在徐汇这个区域找到了支持和衍生，且将延续若干年。这些年海派文化复兴，我理解的海派不仅是时尚洋气的表象，也不仅是商业贸易等业态，而是在"西学东渐"进程中，西方文化附着传统江南文化所交融嬗变出的一种都市文明：既有历史性又有现代性，行之有据却又无章可循，全靠悟性。

我想说几句我的大学。这座坐落于徐汇区、充满自由慵懒和阴柔之气的大学声名平平，却有着不少著名的文科学者、教授，比如翻译了《基督山恩仇记》《茶花女》《悲惨世界》的大翻译家郑克鲁、《中国诗词大会》学术总负责人李宝广、中国电影家协会副主席任仲伦等。他们没有学究气，个个长袖善舞、经济优越，懂得与时俱进。他们穿着得体、风度翩翩、知情识趣，举止间充满魅力，懂得用成熟男性的目光去欣赏和宽容那些赏心悦目且才情横溢的女生。校园氤氲着温润潮湿的空气，建筑多为民国风，《何以笙箫默》《小时代3》《西西里艳阳下》等数不清的文艺影视作品都在此取景，被誉为上海十大影视取景地之一。这里也孕育着一批批海派调性的女孩。她们的美并非舞台型的，是生活流的，多半是有所修饰的,因此也多了不少婉约而精致的心计。她们在校期间最经典的"望野眼"路线,是乘坐6站43路公交车到达徐家汇商圈,当时的她们不会想到,这条逛街路线正通往海派文化的源头、中国近代思想学术和文化的策源地之一——徐家汇源。

历史学家朱维铮曾说:"谁要了解17世纪迄今的中西文化交往过程,谁就会把目光投向历史上的徐家汇。"身处原蒲汇塘、肇嘉浜的汇合处,徐家汇起初只是上海的普通村落,晚明文渊阁大学士、著名科学家徐光启对它的声名远扬起到关键作用。他曾在此建筑农庄、著书立说、进行农业科学实验,破除了中国古代农学中的唯风土论。1600年,他遇到了对他人生有着重要意义的意大利传教士利玛窦。利玛窦与他的教友们不远万里踏浪而来,将天主教义与儒家文化融合,使传教在包括上海在内的中国沿海城市获得空前成功。那些年,东儒徐光启和西人利玛窦,用难以想象的胸襟与风骨,用文字、思想,用数理化,使上海从明代就成为中西文化交流的中心,将上海带入近代之上海,实际上也是将中国带入近代之中国。徐光启也成为近代意义上的第一个上海人。

徐光启往生后,安葬于肇家浜北原(今光启公园),围绕着他的墓地,他的后人繁衍生息,徐家汇也逐渐发展成"慕西学之心,穷天地之想"的大本营和重要孔道。徐家汇是物理上的小地方,却又是有着大襟怀的所在,既闪现着陪伴了它400多年的理性的、格物致知的光芒,也留存着亘古不变的东方神韵:从容、旷达和暗蕴的骄傲。它更多让我感到的是海的气息,通往更深邃无垠的远方。这让我不由想到前几年在纽约曼哈顿举办的房地产推介会上,开发商用的广告词是:来中国,来上海,来徐家汇!

太平洋百货门口的小广场是地铁1号线徐家汇站的重要出口,在20世纪90年代末至21世纪的最初几年,那儿是上海一道独有的都市人文景致。在那儿,美女的外延被无限放大,放眼之处皆是或优雅、或风情、或知性的各色美人。她们化着不浓不淡的精致妆容,表情出离,气质冷艳,她们有一点是共同且必需的:有容貌,有理解。徐家汇是世界500强企业的聚集地,有着众多全国知名乃至世界闻名的资源实体,因此她们中不少人热衷于供职外企及跨国婚姻,她们认定自己血管里流着不安分的血,并最终流向"高贵与浪漫"。她们只是潜伏了下来,只要是潜伏,就有潜移默化成为真正的徐家汇美人的可能,就有在这座城市升值的希望。不经意间,徐家汇不仅成了她们痛与快乐的启航港和光华的来处,也滋养她们的宏大视野、风骨、风范、风华看遍,她们拥有最多的,恰恰是眼界、经验和理性。她们最大的迷茫也不是小情小爱,而是在时代机遇中、在理想与现实之间的何去何从。

岁月无声。渐渐地,徐家汇有了港汇广场、汇金百货和徐家汇公园,而太平洋百货也将淡出上海。出现了很多,也消失了很多,我也发现让眼睛更有神的,不是东方商厦里的雅诗兰黛睫毛膏,而是心智与心量,是将心灵门户向世界文明敞开。渐渐地,从徐家汇走出来的女子,从缺乏独立思维、毫无风格又想出挑的女孩,到淡然面对目不暇接的繁华,再到最终形成独一无二的风格和深不可及的气息,拥有了坚定逼人的妩媚。她们不仅安排妥帖了自己与社会的关系,也安顿好了"自己"。

而徐家汇对于她们最大的价值,并非《人约黄昏》里华丽神秘的哥特式教堂双塔尖顶的剪影和冷艳迷离的秘恋,并非上海老站里的宋美龄专列和上海熏鱼,也不是百代唱片小红楼前的满地梧桐和时代曲余音绕梁,而是终于明白,成为自己是一项浩瀚渐进的功课。

西 区

2022年初夏,因新冠疫情"休克"良久的上海开始陆续恢复正常,能骑着小黄车在我居住的新华路街道溜达,给了我很大抚慰。车兜里装着可乐,风轻盈可人,法国梧桐看上去像巨大的莴笋,我的心渐渐晴朗起来。只是看看人,就很高兴。路人虽互不相识,却都有默契与共情的眼神,不禁生出几许温情体恤。

从2020年至2022年底的几个寒暑,我离开上海的次数与疫情以前无法同日而语。很多安排无法预设,常常被迫中断。却也并非全无裨益,因为我有更多精力与热情去领略本城各街区的边边角角。谁知道今天的因缘际会不会是明天的命运收获呢?

新华社区地处长宁区内环以内,温馨高雅,安定祥和,梧桐咖啡,华洋杂处,以"人文新华"为主线,有新华路、华山路、法华镇路、定西路、泰安路、番禺路等6条人文景观道路。这一带的阡陌巷弄是上海的里子,其氛围与人情,本城人单两个字即可概括:西区。

之前我大约知道新华社区是由淮海西路(南线)、华山路江苏路(东线)、延安西路(北线)和凯旋路(西线)围合的区域,后来看地图才知,东线可以折到兴国路。新华路街道很小,占地面积仅2.2平方千米,居民73230人(2010年)。新华路、番禺路、华山路太有名了,不再赘述。只想提一下红庄,那是我认为这一带最带感的住宅之一,在上海影城斜对面,毗邻新华路豪宅楼盘新华路一号。红庄在1947年以前曾是一片茭白田,1947年由旧上海中国农民银行投资,征地建造新式里弄住宅。因外墙是红砖砌筑的清水墙面,故名红庄。红庄的标配是钢窗和柚木地板,一梯一户,颇有品位,至今仍质感十足。每次我经过遮天蔽日的法国梧桐掩映下的红庄,心就会兀自安静下来。

蜿蜒十余里的淮海路因优雅开放、人文荟萃闻名于世,是国内外众多政治活动家和文人墨客在沪的寓所和活动场地。不仅见证了上海国际大都市的发展变化,也见证了中国共产党从石库门到天安门的筚路蓝缕的艰苦奋斗历程。

淮海路有东、中、西三段。我日日要经过的淮海西路修筑于1925年,是最后一批的公共租界越界筑路,原名乔敦路,后陆续改名为陆家路、庐山路、林森西路。为纪念淮海战役胜利,林森路于1950年改名淮海路。淮海西路与5.5千米长的"东方香榭丽舍大街"淮海中路调性不同,弱化了香街美陈氛围,而更偏于实用。沿路有交通大学、胸科医院、解放军455医院以及在建中的上海融侨中心、上海市人民检察院第一分院等。而最西端就是凯旋路与虹桥路交界处。

原以为低调的凯旋路建于解放初期,未曾想它也是1925年工部局越界筑路的作品,初名凯斯威克路。凯旋路(新华路街道段)最著名的是曾经的沪杭铁路内环线,如今的上海轨交线,以及1971年建成的新华路隧道,隧道穿过凯旋路和当年的沪杭铁路,是上海第一座下立交,有效缓解了当时东西道路的拥阻。

如今凯旋路上网红小馆、深夜食堂云集。上面开着地铁,下面吃着宵夜,不失为魔都热气腾腾的市井景观。如果不是骑行,我甚至不会知道在凯旋路凯田路上还有一个综合体:IM Shanghai 长宁国际,各种潮流店、品牌咖啡馆云集,可能是新华社区最现代化的区域。凯田路也成为上海最年轻的咖啡街,原先属于上钢十厂片区。看来汽车和双脚到不了的地方,自行车能。

法华镇路有着厚重的历史感,它是以古时地名作为路名的古道,紧邻新华路,东起淮海西路,西至延安西路,形态蜿蜒,声名显赫,法华镇历史悠久,有着"先有法华,后辟上海"的说法。

法华镇路上曾有一座千年古寺:法华禅寺。该寺建于北宋开宝三年(970)。后以法华寺为中心向外扩展形成颇具规模的集镇,始称法华镇。清乾隆、嘉庆年间,法华镇成为上海县西部首要集镇。昔日的法华镇沿李漎泾(即法华浜)而建,就是今天新华路和法华镇路中间的狭长区域。鼎盛时期,浜上有17座桥梁,水路畅通,寺庙众多,商贾云集,宅园成林。当年法华镇遍植牡丹,有"小洛阳"的美誉。

1958年法华浜填浜改扩建,整条法华镇路仅存"香花桥路"和"种德桥路"两个充满禅味气息的地名,原法华禅寺改建为交通大学法华镇路校区和"525创意树林",内尚留百年银杏树两棵,为法华古刹仅存遗迹。如今,法华镇路上唯有千年石础和百年银杏树静静诉说着曾经的沧海桑田。每月总有一两次,我会带上一瓶纯净水为古银杏树浇水。

如今法华镇路也是特色餐厅酒吧星罗棋布的马路,华洋杂处,亦古亦今,梅雨季节,槐花清香溢满周边。有些路边小店外表刻意做出扫地僧的调性,但品质不俗,三五好友,一瓦遮头,小酒小菜,可以慢慢聊到天荒地老。

定西路低调隐秘又藏龙卧虎,是魔都人青睐的宵夜街,是少数只属于本埠居民的上海马路之一。西区马路要优雅不难,难得的是江湖气,这江湖气不是小城镇的,而是五湖四海的,是国际化的,基础体温很高,人与人之间的链接紧密,而这种紧密却并非没有门槛，它更像是同人的深夜食堂，让平时习惯性摆好功架正襟危坐的人放下身份和面具，享受最接地气的风物与人情。在定西路常常能撞到当红明星、业界大佬等。不必担心唐突佳人，反倒有一番知情知趣的快意。这条路上从来不缺开着豪车来吃夜宵的老饕，人气爆棚宛如烈火烹油，各种肤色的人在此相聚，不为劈情操，只为一个目的——吃。

海鲜烧烤店、热气羊肉店、潮州砂锅粥、日式烧鸟店居酒屋、韩国烤肉店、港式茶餐厅、蒸汽海鲜、东北铁锅、精酿啤酒、特色面馆、潮流小吃、奶茶店、西饼屋、咖啡馆、茶叶店、洗脚沐浴做头美甲、密室逃脱剧本杀一应俱全，还有治疗疑难杂症的中医馆、艾灸堂、国营老字号餐厅、二手名牌中古店、裱画店、地下酒吧、浓荫密布庭院深深的洋房会所……甚至凌晨两点还有火锅店在排队。鱼龙混杂，层次参差，涌动着人间烟火与当代都市的暗流，生机勃勃，不加修饰，快意江湖，自成宇宙。能相约在定西路的深夜食堂吃过饭的人，交情必然不一般。格调超级复杂的定西路，岂是谁都吃得明白的？

因为毗邻定西路，每个周末午夜我都能听到异国醉汉的嬉笑怒骂声，法华镇路新华路一带间或还有哈雷摩托狂飙的嘶吼声。这里可谓骚动而迷人，有种禁忌之美。

在定西路近法华镇路一带，有几条弄堂蜿蜒逶迤，内里别有洞天，这里曾是上药集团中华药业分公司的厂房，原名上海中华制药厂，创建于1911年，是近代中国第一家民族制药工业企业，生产了家喻户晓的龙虎牌清凉油、风油精和人丹，在清凉类产品中独领风骚。弄堂的另一端在延安西路。这条弄堂里还藏匿着几栋邬达克风格的洋房和曾经的长宁区重点小学：法三小学。

长宁区第一个创意园区上海映巷创意工场也在定西路近法华镇路，是旧厂房改建的创意设计园区。前身是建于20世纪80年代的上海塑料模具厂,大门狭小,满满的怀旧工业风,里面却曲径通幽。许多时尚传媒、建筑设计、高级成衣定制、动漫制作等创意产业公司落户于此,其中不乏德国、法国公司。

定西路、凯旋路一带当年散布着不少工厂,它们在国家的各个发展时期做出了不小的贡献。定西路延安西路口的亭枫宾馆就是原来的上海淀粉厂,取沪语谐音:亭枫。定西路往南的尽头是安顺路,那儿正如火如荼地建造着上海融侨中心。融侨中心的前身是上海城市雕塑艺术中心:红坊(2005—2016),可比肩北京人心中的798艺术区;而红坊的前身是上海工业遗产上钢十厂。红坊时代,通过改造建于1956年的原上钢十厂冷轧车间,这个地块实现了由老工业建筑向文化地标和文化创意产业聚集区的转变。而今红坊转世,向着打造上海艺术商业地标的目标进军。

华山绿地是上海西区的天然氧吧。绿树高耸葱郁,遮天蔽日,有错落起伏的山地和潺潺溪流。绿地前的小广场也是各种肤色、国籍的邻里之间社交、玩耍的场地。华山绿地的前身是幸福邨,1949年以前,华山糖果厂在此研发推出了蜚声中外的百花牌花生牛轧糖,成为几代上海人的味觉记忆。几经辗转,如今这款糖果被"大白兔"品牌纳入旗下,不断进行着品牌赋能,老树发新芽。

华山绿地一侧的幸福路上曾有着许多先锋夜店和地下音乐酒吧,在上海亚文化圈中颇有名气,活跃着众多艺术家、独立电影人和老外。这些夜店见证了无数DJ、音乐人和知名厂牌的兴衰,后来大多成为过眼云烟。如今幸福路上最知名的项目是幸福里。幸福里原址是建于20世纪60年代的上海橡胶研究所,长度不过百米,是个小而美的微型的综合体业态,致力于重塑周边人口的邻里生活,打造公共休闲空间,是存量时代城市更新中较为成功的商业改造项目。

那些日子,我经常骑行过新华社区,几乎了解那里的每一道褶皱和肌理,有人戏称我是"人文新华"的代言人,我妈也一直说我"脚头散"。我一边骑行,一边会想到,在我二三十岁时,上海真是五光十色的欲望都市,是冒险家的乐园,每个人都像打鸡血般在全球化进程中努力地自我实现,也为行业创造了一个又一个奇迹。疫情使得原有的秩序和运转逻辑被不同程度改变,但这座自开埠至今始终默默励精图治的城市,文明的基因与自觉从未离开。

衡山路的断舍离

衡山路这些年是清寂了——清寂而不落寞,有着欲说还休的故事感和浑然天成的高级感。在我日渐懂得"少即是多"的年纪,衡山路也正悄悄做着减法,灯红酒绿少了,喧嚣的旧业态走向沉寂,高雅风华再现。所有的消失和出现都有条不紊,有理有据,成为大文创佳作。

岁月像支射歪的箭,不明归宿,只是一眨眼,就跑出了很远很远。在我很喜欢热闹的年龄,也正是衡山路宝马香车、商户云集的时代。1999年9月,衡山路被列为"上海市十大专业特色街"之首,进入它的鼎沸年代。登峰造极时,这条2.3千米长的路上云集着160多家商户,其中有100多家酒吧。酒吧街的标签现在看来是拉低了衡山路的品位,就像真名媛挂满五光十色的假珠宝,当时却还陶醉其中不自知。而真正的名媛应该像安娜·卡列尼娜,只需一袭合身的黑色晚装裙和几缕散落在颈间的鬈发,素以为绚,就惊艳了全场。那种磁场是灵魂散发出来的力量。

衡山路从来都是上海的门面,也是一条通道,是徐家汇与淮海路之间的优雅衔接。法租界时期,这条原名贝当路的马路浓荫密布,是高级花园住宅和休闲娱乐场所所在地。1943年贝当路改名衡山路,南接繁华的徐家汇,往北毗邻淮海路,中间镶嵌了一段全长仅300多米却也传奇无限的宝庆路。

爱尔兰剧作家萧伯纳在游走衡山路、复兴路一带时曾说:"走进这里,不会写诗的人想写诗,不会画画的人想画画,不会唱歌的人想唱歌,感觉美妙极了。"

走在衡山路上,我时常会想起那些消失的、有些清流气质的店,进而追溯到一些往事和往事中的人,如此就温柔而惆怅起来。原来他们都还在记忆内存里,只是我很少再将文件夹打开罢了。那时十年八年的风华锦绣就是一世一生,仿佛后面的日子都不要过了。不知不觉,如今正在上演的恰已是后半部剧情,在衡山路梧桐叶荣枯循环里,有时也会感到岁月的情动,《至少还有你》有一句歌词深合我意:你掌心的痣,我总记得在哪里。

20世纪90年代中后期的"天秤座"是我去过的第一家衡山路的酒吧西餐馆,气氛不错。那时我还在读大学。它开在天平路附近,今天汇金百货对面。当年带我去的小伙伴在千禧初年技术移民去了爱尔兰,而"天秤座"也不知在哪一年悄悄易主。

衡山宾馆是衡山路的地标之一,其前身是著名的毕卡第公寓,建于1934年,由法商设计,风格典雅清丽。一楼沿街的毕卡第咖啡馆幽暗优雅,老派得有点固执,经年未变。我和不少友人在那儿有过相聚,包括长跑奥运冠军王军霞,当时她怀着与第二任丈夫黄天文的孩子,眼睛充满温柔笑意。如今他们也已分手许多年。

对面凯文公寓一楼的凯文咖啡馆也是我有一搭没一搭不间断去过20年的店了,同样是复古风格,狭长的不规则房型勾勒了这座老公寓的转角。屋内有扇门通向一个很小的花园,花园里散落着几组桌椅,梧桐和绿草栽种在花园外的三角绿地里,与园子若即若离又相偎相依。在这个地段,凯文咖啡馆一直是很平价的,多年没怎么涨过价,品种也很少有变化,连菜单都是老样子。

衡山路的店开开关关,能坚守独有风格的却不多。我对凯文咖啡馆的好感源于其气质的沉着内敛却又别致有趣。这符合我对几乎一切人、事、物的鉴赏标准。可惜的是,这家老派而风雅的咖啡馆于2023年3月关了,可能在咖啡最世俗化的今天,"凯文"选择默默退场,是另外一种态度的表达。

20多年前的衡山路夜晚是Miss Sex,车水马龙活色生香,到处都是面目模糊衣着鲜美的人。那时我常去吴兴花园的"云亭"吃饭,吴兴花园不大但草坪青翠,坐在临窗的位置,窗外的青草、蒲公英和雏菊一览无余。如今"云亭"早已不知所踪,吴兴花园成为上海市反兴奋剂中心。

香樟花园也是存在感很强的所在。老洋房、半圆形沙发、中西合璧的美食、影影绰绰的烛光、脚感很好的拼花印尼地毯,还有小得不能再小的花园以及园中穿房而出的生机勃勃的香樟树、浓郁的摩卡咖啡、芝士烤龙虾、优雅的红颜蓝颜,这些精致要素构成了千禧初年的上海影像。前几年香樟花园变成了一家火锅店,那棵香樟树矗立在油烟中,笨拙而无奈。好在不知从何时起,香樟花园又成了"一尺花园"咖啡店。业态转变,又回到相对更"像"的情趣上来。

桃江路衡山路口的"俏江南"曾经晶莹剔透,流水潺潺,不知何时成了辉哥火锅店。那时桃江路也曾破墙开过许多店,如今早已返璞归真。弹硌路依然情调满满,尤其车轮碾过时的质感;曾经东平路口的泰国餐厅藤蔓老树缠绕,东南亚风情浓得化不开,如今店门与围墙一同被砌牢,墙上刷着"建筑可阅读"的字样,显示它处于待定状态。东平路另一端的"和平官邸"前不久我刚去过,因地理位置特殊,手机信号微弱。这一带依旧高墙浓荫、庭院深深,既有着神秘的出身,又有着不动声色的亲和与包容,点到为止,心照不宣。

曾经,地铁1号线衡山路站出来一拐弯就是一条曲径通幽的翠竹小路,通往"唐韵"茶坊。有许多年魔都很流行这类和风汉韵的自助式茶坊,后来慢慢衰落的同时,大量新兴公共空间如雨后春笋般涌现出,名曰"会所"。"唐韵"所在地如今已打通成了永平里,一个老式洋房里弄改造成的小型休闲园区,衡山路口进去,永嘉路口出来,咖啡、酒吧、西餐厅、面包房、豆捞坊云集。在当下的上海,这种网红打卡地风格的园区不胜枚举。

永平里对面依然是"欧登"保龄球馆,却早已没了往昔的烈火烹油,保龄球馆只占据一隅,成了一种逝去的休闲业态的象征性和遗址般的存在。

记得"欧登"旁边曾是一家"寒舍"茶馆。"寒舍"前身,曾是一家书吧:耕读园。二三十岁时我很喜欢"寒舍",尤其是衡山路和戏剧学院附近的那两家。午后的阳光透过沿街的大玻璃斜射进来,空间里咖啡香、茶香、烟草香漫溢,朴素而恣意。

那些年,晚上八九点钟,衡山路从乌鲁木齐路到高安路一段总是水泄不通,领馆广场的繁华登峰造极。如今酒吧餐厅已屈指可数,这些风物如同一梦,速热也速朽。

对知性的涵养、对旧物旧情旧时光的珍存,让衡山路慢慢洗却铅华,告别浓妆时代。告别不仅是因为低端业态削弱了其固有的格调与韵味,交通制约也是很大因素——庞大的车流量对于需要开放空间的业态有着天然制约。

如今衡山路东段和西段又开始重新集聚人气,东平路的啤酒坊已成为老外最喜欢的上海酒吧之一。而西侧从衡山电影院以西到紧邻徐家汇商圈的衡山坊,人气日渐增高。衡山坊由11栋建于20世纪三四十年代的花园洋房和联排洋房组成,曾是著名的高档住宅区,不少文人雅士居住于此。重新修缮后的衡山坊集中了艺术、创意、精品商业和精致美食等功能,不啻为"迷你新天地"。而衡山坊一带,正是20多年前我第一次与衡山路亲密接触的"天秤座"所在地。

最近我在衡山电影院看过一部法国短片,它用浴室镜子讲述男人的一生,从刷牙时掉下一颗乳牙的小男孩,到脱下假牙的挂拐老翁,几个洗漱的重复动作,年华就在镜前流走了,散场后感慨万千。

穿过马路溜达到徐家汇绿地的百代唱片旧址"小红楼",它不仅可以享用当下,也能用来抚今追昔。在中国唱片发展史中,《义勇军进行曲》《大路歌》《毕业歌》等著名革命歌曲的创作都是极其重要的、"听得见"的红色记忆。作为职业音乐编辑,我欣见百代唱片馆的筹建,将重现聂耳、冼星海、黎锦晖等著名作曲家在"百代"的工作经历和创作历程。

衡山路及其延伸开去的衡复风貌区,是上海城市文脉的发源地和承载区,是兼具百年历史人文精神与未来时尚特色的文化高地。新旧交替、升级迭代之际的百年衡复,正逐渐恢复和重塑其清新隐逸、高雅人文、不紧不徐的气质魅力。有人说外滩是上海的大幕,而衡山路则是魔都的庭院,魔都的庭院正运筹帷幄,等待着整合一盘大棋。

对于这几年衡山路的断舍离,懂的人自然懂。不过事实上,它是不需要很多人懂的。如果很多人都懂,那它该有多普通。尽管它始终聚焦着众多深情的注意力,这世间,可以慰寂寥的人终究太少,但在衡复随意走走,就会觉得你的心情它都懂。岁月不居,弹指芳华,唯有经历过独特的人生场景,才能将一切得失归于平静。衡山路,其实像极了西区的上海人。

虹桥的大时代小日子

延安路高架是横贯上海浦西的重要轴线,过了中山西路内环,就到了虹桥地界。如果坐地铁10号线,过了交通大学就是虹桥路,在虹桥地界行驶8站后,终点是虹桥火车站。

到了虹桥地界,老上海情调渐渐消散,进入另一种调性的魔都。从虹桥郁锦香酒店(原虹桥宾馆)、虹桥友谊商城一带,一直往西延伸到G15沈海高速,以虹桥综合枢纽为圆心的方圆10千米圈,无疑是魔都国际化程度最高的区域之一。

我偏爱上海的西面。家住长宁徐汇交界处,除工作在北外滩,我的主要活动线路都集中在苏州河以南、陆家嘴以东。虹桥是我生活圈内存在感很强的区域之一。一直觉得虹桥不仅是个区域概念(它从地域上涵盖了长宁、闵行、青浦、嘉定的一部分,也是这些行政区资源重组、战略升级的产物),更是集中了CBD、商旅、外事、交通枢纽、高端会展和现代物流的综合概念。

20世纪90年代初,表姐嫁在仙霞路,记得去她家坐公共汽车要七弯八绕很久,但仙霞路有异于市中心城区的开阔疏朗让人心旷神怡。十几年后,表姐第二次结婚,嫁在龙柏地区,比仙霞更偏西,不过那一带当时已然形成属于虹桥西郊特有的富庶便利又洋气的生活氛围,是90年代后期至千禧初年的商业杰作。

水城路南北差异巨大。从气质上分，节点有两个，一是仙霞路，一是虹桥路。仙霞路往北直到天山路那一带老公房居多，气质市井驳杂。从仙霞路到虹桥路这一段上海居民不少，穿戴是虹桥风格，行事更接近天山做派。这一带新兴商品房和外销房云集，也曾聚集了洛神广场、和平广场等时尚休闲场所。咖啡馆、居酒屋、台式火锅店、韩国烧烤店、日文音像店、高仿衣饰店、俱乐部一应俱全。

虹桥路是水城路的分水岭。过了虹桥路，就叫水城南路了。过了延安路高架，水城南路愈发宽阔精雅起来，直至古羊路名都城达到高潮。曾经不少个夜晚，在台商、"红酒教父"阙光伦先生的盛情邀约下，吃完日式铁板烧，喝完"依风""作品一号"等佳酿，我们站在名都城高处露台俯瞰古北，霓虹氤氲，疏朗清新，让人很感激活在当下。

在这一带的任何一家店里，都能听到中国台湾人慢条斯理、谦词很多的国语。台湾人讲究规矩和适当的距离感，不卑不亢，不冷不燥，这也使得水城南路沾染了不少斯文含蓄的气息。古北水城一带至今仍散落着不少中国台湾小吃店和日本料理店，这样的小吃店罕有精鱼脍肉，也少有用浓墨重彩打造出来的大料菜，基本属于归隐派，细致真味，如同这一带精致实在的生活业态，很合中国台湾人和日本人心水。

如今，台湾人的聚会地点虽已扩展到魔都的各个角落，可古北水城始终是他们的固定据点，是他们的"小台北"。这些年随着南丰城、金虹桥国际中心、高岛屋等一批功能性、引领性项目的经营成熟，这一区域的商业能级再度提升。不过我更欣赏的是古北水城一带既开放外向又自成一体的社区生活。居民们到楼下的唱片店能买到罗大佑和中岛美嘉的 LP 黑胶唱片，然后去咖啡店吃个早午餐，逛逛设计别致的书店、文创小店，张大春林清玄的精致小品、设计师品牌手作杂物错落有致。街区里有樱花、红枫、银杏等观赏树木,四季皆美。几乎不出街区,就能满足物质精神的大致赏味需要,充满虹桥特有的场能。

跨过中环,虹桥镇接地气了。前些年微博上围绕一个主题"请用一条路名,证明你爱上海"开始了接龙。接到第57个时,有人提到金汇路,那个人就是我。

最早接触到金汇路是在2005年。那年,阙光伦先生创立了国内第一家葡萄酒仓储式批售中心:葡园。阙先生的出现给当时沉闷单调的社交方式带来微醺和别致。那时还没有金石广场,可以说,因葡园酒庄的繁荣才有了后来的金石广场。多家料理店开在广场上,葡园则坐落于广场最深处。金石广场不大,却自带文艺又倜傥的气息,型男熟女汇聚。这些年来,日本料理、蒙古火锅、韩国料理、中国台湾料理、全季酒店,再加上深藏功与名的葡园酒庄,大都会的周末,这座藏在上海西南一隅的小广场是个磁场。若想与熟人不期而遇,去那儿一抓一个准。

犹记15年前葡园开张那天,阙光伦告之我地址:葡园,金汇路462号迪欧咖啡对面巷。后来"对面巷"打通成为青杉路。那一带又有了乐虹坊、虹桥古玩城、阿拉城,再外延开去,有了爱琴海购物公园和万象城。

如今金石广场对面是阿拉城。阿拉城像阿拉丁神灯里的宫殿横空出世,直到我初次受邀去那儿聚餐,才知这一带竟藏着一个汇集不少上海弄堂经典元素的开放式情景休闲街区。相对而言,与阿拉城相距两千米的老外街101就有包浆了,它可谓上海城西最具国际范的夜生活休闲区。

老外街曾是闵行与长宁交界地的一段废弃的专线铁路旧基,杂草荒芜,破败不堪。经过近20年的深耕改造,它一步步化腐朽为神奇,成为集30多个国家和地区餐饮、购物、观光为一体的休闲街,融汇文旅园区、街区、商区等多业态,串起了各国人士的情感与乡愁。

老外街始终有种愉悦闲适的气息,餐厅酒吧的气质格调都不高冷,基础体温是热的,轻松随性的接触消弭了隔阂戒备,像一个个微缩的同乡会。谁最思乡,胃最知道。它不是上海的门面,知名度处于三四线水平,甚至在上海东区、北区和南区还不为很多人所知,却是国际化大都市快速发展中展示休闲文化、海纳百川的重要公共空间。

因为有爱琴海与万象城两个大型商业项目,如今吴中路—虹井路—虹莘路—紫藤路这片形成了商圈,让龙柏新村一带有了地标性去处。万象城被誉为西上海颜值最高的购物中心,其敞开式设计及地铁10号线无缝接驳周边街区,带动整个吴中路沿线成为上海城市发展的新商业中心之一。据说如今龙柏板块的居民对外都爱宣称家靠万象城附近。

爱琴海购物公园则是由国际著名建筑大师安藤忠雄倾力打造的荟萃文化、情感、生态与摩登等沉浸式体验的城市公共空间。光的空间新华书店、楼顶空中有机农场、国际马术俱乐部以及夜晚唯美震撼的"海上世界"音乐喷泉水舞秀,是我对爱琴海购物公园的情感点和关键词。记得第一次看水舞秀是在盛夏,背景音乐是酣畅饱满的《克罗地亚狂想曲》,将走出战火烽、烟断壁残垣之困境的心情表达得充分淋漓。末了飞溅一身水雾,引人开怀。据说这个音乐喷泉已成为上海又一个热门的表白地。

《来自星星的你》热播后,虹泉路韩国街就彻底出道了。从金汇南路到虹秀路的那一段虹泉路是韩国街的精华。虹泉路向北毗邻吴中路,向东毗邻合川路,在这一带,住着三万多韩国人。韩国街之于韩国人,类似唐人街之于华人。初雪炸鸡啤酒年糕,对于旅居上海的韩国人来说,寄托着乡土的情思。对于本地人来说,也是对韩国文化风情的领略玩味。

有时觉得闷了或从韩国刚回来的几日需要回炉感觉,我就会去虹泉路逛逛,虚拟一场放逐。虹泉路烤肉店的手艺和氛围能七八成复刻在韩国的感受。玛格利酒还是正宗的,不过终没有在济州喝的可口。奶油啤酒最大程度还原了韩国的感觉,值得啜饮。两家 Kmart 超市七八成货物都是韩国本土品牌,米糕、部队汤方便面、海苔、乐天糖果零食、韩国辣炒年糕、炒乌冬面,各式饮料一应俱全。井亭天地、首尔夜市、韩亚银行、韩国酒店、韩剧同款雨棚大排档、富乐满炸鸡、崔家烤肉、金寿司、正官庄红参、跆拳道馆、蜂蜜柚子茶等,目之所及多是韩文,耳畔也多是韩语。虹泉路是颇有感染力的,恍惚间让人有去了趟韩国的穿越感。上海最好吃的炸鸡烤肉大酱汤就隐匿在那一带的深夜食堂里,有着标准化、规模化经营所达不到的氛围和境界。

不同于长宁的虹桥经济技术开发区和闵行的虹桥商务区,夹在中环外环之间的虹桥镇,"虹桥"得更具生活流意味和市民价值。也使得这一带一切的出现和消失都自然随意,却因融合混搭而有了风景、风韵乃至风华。

籍 贯 宁 波

磁场是一种很玄的东西,比如我悄悄欣赏一个人,很快会感觉到他(她)也对我很用心;我不太要看一个人,然后会发现他(她)其实对我也反感。再比如我最近去了一次我的原乡宁波,然后身边陡然新涌现出许多优秀的宁波人,包括宁波籍上海人。我们建立了微信群"乡亲会",因宁波开始频繁互动,籍贯宁波仿佛是信用、能力、性情、审美的背书,属于宁波的能量开始如梦初醒般向我涌来。

我祖籍宁波镇海的澥浦,澥浦仍有何家弄。这条逶迤悠长的弄堂尽管已十分古旧,却依然能看出东南沿海渔镇昔日的繁华余韵。澥浦是甬北重镇,一个1077年就定名的古老渔镇,位列中国千强镇名单。明朝《宁波府简要志》有载:"澥浦,即古渤澥。西有昆仑山,东有渤澥岛,外大海,旧有镇。"祖父十几岁时来沪学生意,后独立经营米业,曾在黄浦闸北开了多家米行。这是普通宁波家族安家上海的普遍范式,兢兢业业,克勤克俭,踏实地经营起一份人家。接触观察下来,我发现宁波人基因里有四个非常明显的性格共性:

一是精干有能耐,用上海话说是"来事"。宁波人能文能武、能仕能商、能屈能伸、能经营、能吃苦、能蛰伏、能腾跃、能审时度势,也有智慧胆识,临门一脚非常硬。襟江带海的地理环境,绵长相续的商业传统,灵秀风雅的浙东文化及自唐宋以来重要港口的特殊地位,使宁波人具有天赋的商业敏感性,且无论他们的启航港在哪个领域,经过筚路蓝缕的奋斗,其志向必定不囿于行业的红海,而是深入到更广袤的蓝海。他们向海而生,于是拥有更开放的人生。

可以说,宁波是上海的祖父,如今上海户籍人口中至少有300多万宁波人后裔,他们创造了相当一部分海派价值观,为上海注入了强悍的海洋气质。精与通无疑是沪甬双城的性格特质,内心明镜,面子里子皆有追求。宁波多山,于是更多了一份坚忍厚重,宁波更靠近海,便更多了几许激情澎湃。

二是桑梓情怀。和任何一个宁波人聊咸蟹泥螺鳗鲞汤团,他们都会立刻精神抖擞,聊得齿颊留香。清代轶闻汇编《清稗类钞》里说:"宁波人嗜腥味,皆海鲜。"当他们离开了故乡,就愈加发觉味觉基因根本不会改变。宁波一切的好,是他们漂泊在异乡,混迹在一群异乡人中,更能深切体会的。宁波人很认老乡,喜欢抱团,资源交流,共叙乡愁。据说中国能被称为"帮"的商业团体只有"宁波商帮",宁波人早在20世纪初就占据了大上海的码头,成为当时中国第一商帮。邓小平曾说,宁波有两个优势,一个是宁波港,一个是宁波帮。

三是重视教育。我父亲1964年考进大学,那年本科全国招生19万人,祖父乐坏了,全家人都引以为傲,尽管家道中落,却毫不犹豫支持父亲深造。宁波人自古相信"富而教不可缓",作为著名的"进士之乡""院士之乡",被天一阁书香熏陶出来的宁波人深知教育乃立国、立身之本。腹有诗书商自通,甬商未入商海之前,大多受过较为正规的文化熏陶,因此多为儒商,其商道提早大半个世纪与西方现代社会接轨,也使得他们从一开始就懂得从金融、航运、制造等产业介入,更方便地融入经济全球化轨道。从清代的澄衷学堂、叶氏义庄到近代的宁波大学、希望小学,从遍布全国的逸夫图书馆、教育楼到各类奖学金、教育基金,宁波帮对科教兴国的贡献不遗余力。

四是规矩大,守礼数,讲信用,克己复礼,比较难弄。以前在宁波人家当儿媳是不大容易的。家里不论贫富,都绝不允许有凌乱和颓唐之气。在宁波籍家庭里,小辈从小就须洗耳聆听长辈关于人生经验和做人规矩的训诫,点点滴滴,事无巨细。他们普遍相信自古英雄出炼狱,从来富贵入凡尘。

宁波确实是繁华的渊薮,积淀深厚,商而不俗,文而不迂,涉狂澜若通衢。全球政界、商界、文化界、科技界、艺术界的宁波籍名人不胜枚举,每个响当当的名字都是一本厚重的传奇。不过从古至今,宁波人都很少刻意示强,如果出名而无实际利益,他们都不愿出名。可以说宁波人尽管颜值各异,但有一种味道却十分相似。

在香港,怀上海的旧

上一次去香港,还是好几年前的事了。有时想起香江,仍会有一种复杂的情愫经久不息。前几天第 N 次重温陈可辛 26 年前导演的影片《甜蜜蜜》,仍是感慨万千。以小人物在都市夹缝中的生存与情感折射大时代的波澜壮阔,没有比在东方之珠香港、东方明珠上海为背景更妥帖的了。背井离乡的天津人黎小军和广州人李翘去香港的目的都不是为了对方,但他骑车载她穿梭于港岛闹市的那一刻,两颗心无比靠近自在。那一刻想来也是他俩阅尽千帆、走过大半个地球再度相遇的终极线索。唯一遗憾的是,电影里如果有个香港上海人就更好了。

上海的天气渐渐冷了,清冽的空气里飘荡着海味腊味南北货腥香稠厚的气味和余音绕梁的评弹声。这味道有点儿像香港。想到香港,我就会想到三四年前香港老赵先生穿着老款杰尼亚风衣来上海招饮的情景,他那时候常常来。赵先生生于 1946 年,是香港上海人,大户人家出身。他父亲是无锡纺织业大亨,有数位太太。他母亲是二太太,上海人。家里同父异母的兄弟姐妹共有 30 余位,唐英年是他的表兄弟。他的上海话还是像香港第一任特首、宁波籍上海人董建华那样带有尖团音的老式上海话,国语却是广东腔得厉害。赵先生一副老绅士范儿,喝威士忌,微醺时爱给众人看相,反复与我强调:你田宅宫特别好,千万不能去开眼角!

我突然想到我认识的不少香港上海人,他们都会与我说相似的话。他们的辨识度很强,因为上海人不管身在何地、拿何种护照、PASS和身份证,自矜自爱的特性是不会变的,与生俱来的优雅要强可能是基因里的东西。那些1949年前后迁往香港的上海人,尽管早已融入香港主流社会,甚至上流社会,但他们至今仍习惯以上海人自居。他们说到"阿拉上海人"时总带些骄傲神色。他们中还有不少是宁波、苏州、无锡、湖州等临近上海的人士,他们统统把自己归为上海人。老上海人和香港人也将他们视作上海人,反正城市血统上是亲眷。邵逸夫、包玉刚等甬商杰出代表,在香港人眼中也都是上海人。我姨妈一家1984年移居香港,她说那时在香港的苏北人,也都说自己是上海人。

上海近代工商业的基础实在太好了。1843年上海正式开埠,从此外国商品和外资不断涌入这座亚洲天然良港,临近的江浙人口也大量涌入,短短二三十年间其繁华程度让来自日本东京的使臣瞠目结舌、自惭形秽。1927年可口可乐进入上海并建立了装瓶厂,喝可乐成为上海有钱人风尚儒雅生活的一部分。"请饮可口可乐"的广告画美女,正是当时蜚声影坛的阮玲玉。阮玲玉的广告效应使得可口可乐很快成为普通市民的流行饮料。1933年,可口可乐在上海的装瓶厂成为美国境外最大的可乐汽水厂。至1948年,上海已成为首个年销售超100万箱可乐的美国境外城市。记得20世纪80年代外婆在时隔30多年后再度喝到可口可乐时曾向我感慨:"可口可乐啊,外婆小时候就开始喝了……"而香港汽水厂正式生产可口可乐,成为香港特约装瓶厂,则是1948年底1949年初的事了。可口可乐只是一个很小很小的符号,却足以体现出上海当年的繁华,与香港远不在一个级别上。

那些香港上海人保留了许多上海特色的习惯,比如爱吃稀饭和生煎馒头当早点;爱选大牌料作去高级裁缝店量身定制衣服,而非拎起一件成衣就往身上套;爱与境况相当的江浙沪籍友人饮茶聚聊,说着说着又要数落起外省人士待人接物的粗疏。他们离开了上海,就越发觉出上海人做人的精致和周到,那不是坐井观天,上海人的钟灵毓秀,是他们混迹在外省人士中,更能深切体会的。潘迪华喜欢和王家卫、张叔平合作,因为大家都是上海人,都特别拎得清,在一个思维体系里,无须多言。而《花样年华》里房东孙太太和苏丽珍因为都是上海人,很快便谈好了房租。

17 年前我曾给一位时年 78 岁的香港著名实业家周先生撰写并出版过一本传记,在香港住过一段不短的日子。周先生是上海人,早年经历过抗日战争、解放战争,见惯生死离乱。21 岁从上海只身偷渡到香港后,他曾有过一段三餐不继的日子,大半个世纪的风雨,伴随着香港经济的起步腾飞,他完成了自身的原始积累、蓬勃壮大;改革开放后,他在大陆投资、开厂……见证了中国经济与社会的跨越式发展,而他这批参与缔造了香港经济辉煌的老牌实业家也在无形间成为推动香港历史发展的人。这样的人生,坎坷波折又波澜壮阔,既是命运安排,也是个人选择。

这位风度翩翩的老人年近八旬时仍保留着一口略带南汇乡音的上海话。每天由司机从半山的豪宅送到地铁口,然后坐地铁到坐落于柴湾的公司上班,勤勉异常。饮下午茶时,生煎馒头是永远的保留选项,是链接沪港时空与情感的使者,这份深沉的乡愁是他任何年龄、际遇下都不变的情感。

喜欢听香港上海人说香港的路名:诸如梳士巴利道、列拿士地台、摩利臣山道那些冗长拗口亦中亦洋的名字被他们用乡音吞吐出来显得格外圆润风情。湾仔有条路叫谢斐道,住在港岛几十年的姨妈说到这条路,我还以为是"霞飞道",联想到香港也有淮海路。香港上海人始终习惯说上海话,间或夹杂几个英语词汇和粤语尾音,虽然他们都听得懂粤语。他们的子孙习惯使用粤语,夹杂着英语,也完全听得懂上海话。于是在香港上海人的家中,就形成了很有趣的现象:祖孙三代中,爷爷说沪语、爸爸说粤语、儿子说国语和英语。粗看像鸡同鸭讲,细看才发觉对答如流。不过这样的家庭,随着爷爷辈逐年老去、故去,也将会越来越少。

上了年纪的香港人常说,餐厅茶楼里那些戴着翠镯钻戒、穿着靓衫的白胖女人,说话你侬我侬,桌上摆着好菜式,旁边陪着的先生客气斯文,穿得山青水绿,那一定是上海人。他们眼中的海派,就是会生活、会保养、擅交际。建筑设计师王致平先生,我认识他时,他就快80岁了,祖籍苏州,谦和低调,相貌清癯,一起饮茶时,不断为我斟福建香片,简单的米色薄夹克随意挽着袖子,袖口露出Burberry的经典格纹。潘迪华在1951年由沪抵港后,住在上海人集聚的北角,对香港第一印象是落后,似乡下渔港,彼时的香港不懂得如何去繁华。有一张老照片:潘迪华穿着黑色旗袍外加玄狐披风,翡翠耳环垂至香肩,巧笑嫣然熠熠生辉,惊艳了当时香港简陋的摄影棚。这个上海淑媛激起了香港人对上海与繁华的想象,她是香港人眼中高贵的海派真迹:独一无二,永远矜贵。这种感觉正是香港人后来追寻、拷贝并试图超越的。后来北角成了闽南人的天下,上海人逐渐奔去了荔枝角、黄埔花园、太古城,发达的则住到了半山和浅水湾豪宅。

作为中国最洋气的两座城市,上海和香港在国人心中仍然是离西方最近的所在,而两者领衔的长三角一体化、粤港澳大湾区都是重要的国家级区域战略。在国内国际双循环大背景下,上海领衔的长三角对内地的辐射大于粤港澳大湾区,在产业结构方面,互联网、大飞机、工业制造、新能源汽车、集成电路、生物医药等都是长三角的优势产业。而大湾区从推进基础设施互联互通到提升市场一体化水平,从探索科技创新合作到谋划构建协同发展的产业体系,也迈开了打造国际一流湾区的坚实步伐。

双城亦有不少神似的外表:上海外滩和香港维港,上海淮海路和香港弥敦道,上海徐家汇和香港铜锣湾,上海新天地和香港兰桂坊……两地上班族男士也有着十分相似的气质和细节:他们普遍发型整洁、衣着得体,背包里总有一包湿纸巾,尽量不使自己显得油腻可憎。在搭电梯时,无论地位高低,总会用手挡住电梯门,请女士先行。这种习惯成于内而形于外,是一种文化自觉。他们说话音量都不大,前几年香港自由行最旺时,香港地铁里大声咋呼的通常都不说粤语和沪语。他们大都讲究饮食,且擅烹调。对他们而言,庖厨并非普通家务劳动,而是上升到饮食文化的高度,值得花时间与精力。

这或许源于双城某段近似的身世。两地都深受中西两种文化的浸染。中式的谦忍和西式的豁达,成就了沪港男人温良体贴、循规蹈矩又不失乐天通达的性格特征。他们按揭买房,认真做事,供养家庭,从未放弃过向海内海外的拓展之心,当然暗地里也有酒台花径风月无边。他们也许能大富,却难以大贵,不会大恶,却也少了某种成就大事的魄性和狠辣;他们搅不动太大的政治风云,却适于从商和当高级白领。他们很少给予女人惊涛骇浪要死要活的体验,却能用另一种宜家宜室、透着烟火气息的情怀,串起平凡而缠绵的日子。他们的力量往往有着柔韧的表达,这也使得沪港女人的美里有了某种恢宏的气度。

走在扶梯速度比上海快一倍的香港,心里有点发笑,知道大家都在心知肚明地用心努力着,也不用那么吃重吧?湾仔那块弹丸之地很混搭,旧街陋巷和银行商厦比肩,行色匆匆和人情世故就摊在你面前。住在此地大半生的老香港人甚至不太习惯过海去尖沙咀,你会从他们的生活方式中感觉到他们对过往记忆的珍惜与惦念。很喜欢港岛的实体小店,那些连锁的化妆品店、不起眼的电器行也曾客似云来,都承载过我们早期赴港旅游的熊熊热情,如今不知是否别来无恙。

时间很快到了21世纪10年代,那时在一些零食店,港人磨蹭半天买了30港元的凉果,一旁内地游客出手豪爽,动辄即称了2000多元零食,结算时店主会面无表情地多赠送两罐腰果糖和一磅西梅。那时候姨妈口里还经常挂着百佳、惠康、屈臣氏等连锁商超、快消店的名字,那是香港人的烟火日常。这些年超市获利空间有限,百佳将被卖盘的传言不绝于耳,香港人真心不愿看到开在家门口近50年的超市消失,这些百货零售业为底层香港人提供了不少就业机会,当然,其中拼命干了一辈子也买不起李家一间厨房的香港人,也不在少数。

前些年爸妈曾多次赴香港探亲游玩。到港第一天,他们总是先逛上环的海味街。走过窄陡的鸭巴甸街,就从中环到了上环。那些陡坡和20世纪初的楼宇衍生出的怀旧光影,最合适黑白照片。何藩镜头下寂寥而执拗的老香港,上环是最重要的取景地,有着岁月神偷也带不走的古早味,保留着香港开埠初的风情。海味街一带以某某行命名的海味铺子少说上百间,每寸立面都恣意地展示着自家赞货。香港是移民城市,广东人和上海人最多,他们嗜食海味,春节年菜海味尤其不能断档。有几年姨妈在上海过年,她为我们烹饪的保留年菜是鸡汤煨鱼翅和发菜蒸大元贝,最家常的做法,却层次分明、鞭辟入里、回味悠长。

我20多岁最闹忙的年华去香港,最爱铜锣湾尖沙咀兰桂坊和山顶,年轮渐增后也爱上了上环。吃一块古法慢煎的西多士配冻鸳鸯,讨价还价买些元贝花菇,感觉那才是真正的好时光。

记得25年前那个燠热的夏日,电视机里,落日余晖下的香港美得惊心动魄,英属英治时代结束,末代港督带着潸眼抹泪的家眷登船离别。香港回归在我们这代人最热血沸腾的时代完成,我们对香港多少是有点情结并能相对客观看待的。曾有一段时期被新冠疫情憋闷久了,我臆想如果现在有三四天假期可以自由出行的话,我会选择哪儿,香港还是靠前的选项。尽管在我看来,过去几年少数香港人对待过往记忆像个始终不肯离席的赌徒,还有傲娇的公主病,在寻求新时期发展坐标和定位时,总是难以走出合适的节奏、给出理性的表达。真希望经历了这几年香港局势由乱到治的重大转折,落实"爱国者治港"原则,逐步破解经济社会发展中深层次的矛盾与问题,更好地融入国家发展大局,为实现中华民族伟大复兴更好发挥作用。作为传统与现代、高雅与世俗的混合体,香江必将魅力重绽。

和我从小一起长大的表弟作为人才从上海引进香港已有十余年。他成为了新一代香港上海人。香港待他不薄,他的职业和能力是在香港培养起来的。记得那个春夏之交,上海静态管理时,我们之间爆发了成人以后第一次正式的争论,虽然言语知性,相对克制,但谁也不会被谁说服。辩论的最后,是祝福各自的城市在遭遇无法预判的风险时,从容地顺势而为闯过难关。在低处辩论,在高处握手,才是成年人的友谊吧。

黄昏时的香港仍然有一种摄人心魄的温柔。若是怀上海的旧,再也没有哪个地方能比得上香港了。据说至今在湾仔、北角的一些酒吧里,依然能听到姚莉的《玫瑰玫瑰我爱你》,还有穿梭在北角、铜锣湾、筲箕湾的有轨电车,老上海单是看见那笨拙竖向空中的辫子,就有一种到了家的感觉。

前些年常有友人去香港公干,平时我们联络并不多,各忙各的,然而彼此之于对方,却始终是安心而稳定的存在。他们会冷不丁私信我:"给你买了么凤话梅王。"多年前我偶然聊到自己喜欢吃那儿的话梅,100元也就几颗,那家尖沙咀著名的凉果店名叫"上海么凤"。

一晃三年没吃到"上海幺凤"的话梅王了。2023年春日,有一天我收到快递,刚从香港回沪的好友,给我闪送了一大袋"上海幺凤"话梅王。

在 水 一 方

母亲怀我时在大连,临盆前不久才回到上海,整个孕期她常去海边散步,因此我的基因里自带亲水因子。有江河湖海,有港口,这让我感觉到生活的开放性和无限可能性,也有了对宇宙自然的敬畏。孔子叹"逝者如斯夫,不舍昼夜",苏轼挥就"大江东去,浪淘尽,千古风流人物",都是在大江大河边。彷徨时、憋闷时、得意时、失意时,我都偏爱去有水的地方转转。

暮色中的瓜纳巴拉湾有一种奇幻之美,崖顶的耶稣基督圣像在710米的高空张开双臂,深情凝望并拥抱浩瀚的大海与众生。瓜纳巴拉湾曾被葡萄牙航海家认为是大河入海口,"一月的河"音译为"里约热内卢",这片土地也以此命名,并成为世界三大天然良港之一;塞纳河把巴黎分成左岸和右岸,右岸是金戈铁马、英雄扼腕的厚重历史,左岸永远香颂悠扬、咖啡飘香,自古是文人骚客的云集地。至今传统巴黎人依旧认为,左岸才是真正的巴黎。

那次济州之旅因天时地利人和而让人深刻难忘。每天我们一行三人与当地友人环岛游海,把酒言欢。黛蓝夜空中,繁星与飞机清晰可见。晕乎乎爬上礁石,我打开手机里收藏的安德列·加依的《相见如初》。海浪声声,琴音如诉,此情此景,美而不伤,是无论多久从不散去的温存记忆。

"黑黢黢的大河,离得很近。它的表面。它的肌肤。在夜色青灰里相对明亮。"湄公河承载着杜拉斯复杂纷纭的感情,是她在垂暮之年对那段自传式刻骨情事的深沉回忆。一水连六邦,这是一条具有神秘多元气质的大河。直到因缘际会我在湄公河航行了四天三夜,途经中国、缅甸、老挝、泰国后,它对我仍有着特殊的磁场引力,那只属于热带山林河流特有的秘而不宣、意味深长的气息。那几日雨季开始了,深夜的湄公河水涨满河床,在晃动的船影和大山的倒影里,不远处的原始森林依稀可见。喝着老挝啤酒、口嚼坚韧老挝糯米饭的我,对时间的感受淡漠了。

淡水河是台北的母亲河,由大汉溪、新店溪及基隆河汇聚而成,最终汇入台湾海峡。内河入海在地理与文化上的双重意象,使得淡江夕照成为宝岛八景之首。于右任先生暮年在淡水河入海处悲怆喟叹:"葬我于高山之上兮,望我大陆;大陆不可见兮,只有痛哭⋯⋯"他去世后,坟冢就位于淡水阳明山。

如果没有缠绵灵动的湘江,长沙只是一座散漫快活的中国中南部内陆城市。但有了湘江和江边古意幽深的岳麓书院,长沙自然而然有了江天暮雪的湖湘文化的诗意,有了3000余年历史的曼妙蝉衣。瓯江是中国东海独流入海的河流,从温州城蜿蜒而过。夹在吴越文化与八闽文化之间的温州总让人感到氤氲徘徊的古瓯情结,这也使得温州荡漾着商业文明和世俗文化的波影。瓯江也拯救了丽水大山里的小县城青田,一泓瓯江水穿小城而过,顺瓯江往东南60千米就是商业气息浓厚的温州。温州是青田人的出海口,他们带着巧夺天工的青田石雕,沿瓯江而下到达温州,继而是宁波、上海、天津,再到日本、西欧,成为著名侨乡,实现了这座东南之硗壤的最强逆袭。

每到一座长江沿岸城市,我都习惯于去江边看看。比起苏州的精致、杭州的秀美,南京自带某种磅礴与压抑,它有王气,承载过民族理想,有过六次屠城的经历,因此也具有我们民族比较欠缺的悲情气质。我觉得相较汉口、宜昌、重庆,长江在南京段才更像长江,它是如此森森万象、落落芳华。而到了泰州段,则多了柔软,少了奔突,多了岁月静好,少了别绪千重。长江岸线的汤汤江水,在南京段是属于历史的,属于王朝的背影,浩瀚悲情;而到了泰州段,则属于乡愁,属于鲥鱼、刀鱼、河豚,属于生活。

有着黄浦江、苏州河的上海是个大码头,十里洋场,风云际会,足够的传奇感能让人忽略身处其中的繁华难来、情怀易散。这两条沉淀了上海历史、辉煌和垃圾的河流,搭建起了魔都的水域框架,也是上海人生态心态的分水岭。两河最终合流汇入东海,沿岸的风景和故事,可以满足史诗大片和都市风光片的构成,是全球上海人的乡愁。我有个北方友人曾说,他少年时代幻想从外白渡桥跨过苏州河走到外滩,再拐到南京路一直溜达到凯司令吃块栗子蛋糕,这条线路和行为基本完成了他对上海的美妙臆想。

2022年的春天极不寻常,在上海全域静态管理前三天,我特地去了一次外滩,我需要水的慰藉。春寒料峭,江风柔和湿凉,并不萧瑟,我在亲水平台上走了一段,游客寥寥。有位衣着考究的老先生对着黄浦江吹萨克斯,曲目并不通俗,背影十分忘我。他的脚边还有一杯咖啡。

唯同道者同路

我有个同事,他的通勤方式很神奇。他家住金山,每天坐城际火车到上海南站,再换乘两辆地铁来单位。因为衔接快,耗时并不很长。这让我想到日本的电车男,尽管在目前的我们看来,日本新干线和城轨,从硬件上已落后了。另一个女友在苏州大学教书,每周去三次苏州,高铁往返,却也从容自在。而家住南京的友人退休之前是上海某大学教授,退休后则天天活跃于沪宁线,每天看他微信朋友圈的所在位置很有趣:上午在南京,午餐在无锡,去苏州喝完茶后跳上高铁,20多分钟后就到了上海虹桥。和好友们把酒言欢后再坐高铁回南京。有时住一夜,次日再次第游玩回去,补上常州或镇江。就这样好几年,他被友人们戏称为"沪宁线游侠"。中国人格外喜欢江南,精致、富庶、才女,自古构成了江南无穷无尽的遐想张力。而事实上,江南的女子是超越遐想的。上海静态管理期间他的生活方式暂停了一阵,当朋友圈重又出现他不断变换的地标时,我莞尔:过去的日子终于又渐渐回来了。

1964—1969年,父亲在南京读大学,一年中除了寒暑假很少回上海,坐闷罐火车要开一夜,乘客们都席地而坐。更有不少慢车,从苏州到上海经常临时停车,中午从苏州开出来,到上海时已是傍晚……半个世纪过去了,火车成了通勤车,日行千里,早已无须披星戴月。从敞篷车到闷罐车,再到绿皮慢车、动车、高铁……从烧煤到内燃到电动高速,近百年来,火车、车站、铁轨甚至连火车票的变迁足以成书。

有许多年铁路系统属于半军事化管理,每当列车启动,列车员与站台工作人员互相敬礼的场景总会勾起人们强烈的仪式感和乡愁。在很长一段历史时期,绿皮车是中国铁路的象征,许多人对绿皮火车的特殊感受难以名状,不仅接地气,还有汗酸气。这是社会各阶层的大联欢,不认识的人也可以天南地北聊上一路。好友曾在四川旺苍县工作了14年,那是个典型的"大三线"地区,回陕西老家要到四川广元坐火车。当时春节的火车在广元一般不打开车门,因为人太多,即使他们买了座位票也必须从窗口爬进去,各种滋味冷暖自知。身手矫健的同伴先爬进车厢,再麻利地接应大家的行李和土产,然后他奋力一跃,伙伴们合力将他拽进车厢。汽笛响起,火车向着家乡的方向隆隆行驶。他们很快忘了刚才爬车窗的狼狈与不快,汗水濡湿的脸上绽放出灿烂笑容。正如没爬过车窗的"50后""60后",不足以聊乡愁,没坐过红眼航班的"70后""80后",不足以谈人生,只因这些庞然大物常载着漂泊与迁徙的人们回家。

百年火车站上海西站在我的记忆里不太有存在感。我在那儿只坐过一次火车,是绿皮火车。那是20世纪90年代末我的大学时代,摄影专业教授带领我们两个班学生去江西龙虎山采风。深秋的黄昏,我们从上海西站出发,于次日凌晨天还没亮时到达距离龙虎山最近的一个小站。简陋的硬座车厢四面窜风,我们却非常兴奋,谈笑、打牌、唱歌,车厢里充满年轻落拓的气息。

离我家最近的火车线路是凯旋路上曾经的沪杭铁路联络线,如今的上海轨交线。凯旋路、长宁路口曾有一座小小的火车站——长宁站,是原上海铁路局管辖的一座三等站。长宁站于

1916年随着沪宁沪杭联络线开通运营投入使用,时称梵皇渡站,1935年改名为上海西站,后上海西站移至真如镇,而它则在1989年改名为长宁站,是金山小火车的终点站。金山小火车也是绿皮车,从长宁站(中山公园旁)至金卫东站。1997年长宁站停办客运业务并拆除。2000年底后,长宁站为轨交明珠线中山公园站所取代。如今是上海地铁3、4号线中山公园站的站房。

有淘汰的,也就有新建的。近日沪渝蓉沿江高铁上海至南京至合肥段初步设计获得批复,它将为上海带来两座高铁站:宝山站和崇明站。而正在建设中的沪苏湖铁路和未来的沪苏湖二期,也为上海增添了松江南站和上海东站。国家沿海通道上的上海东站将成为上海铁路的主客站之一,接入多条铁路,与浦东国际机场形成浦东综合交通枢纽,与虹桥枢纽一起共同构成上海两大国际级客运枢纽。

绿皮车时代,品尝月台流动售货车里的当地特产是坐火车的一大乐趣。记得十几年前我与好友华东理工大学教授、博导赵黎明先生初相识时,得知他是山东德州人,我脱口而出:"德州扒鸡!"他就乐了:"那可是坐火车的高级享受啊!"作为"天下第一鸡",至今中国北方各大火车站,德州扒鸡依旧占据手信的"黄金C位"。但凡高铁从北京站出发,我总会买一只德州扒鸡和一听雪花啤酒慢慢吃上一路,京沪线更添滋味感。

京沪线列车一过长江,月台美食就更多了。富庶的江南山温水软,吃食也别致:南京盐水鸭、镇江肴肉、常州萝卜干、无锡小笼包、苏州蜜汁豆腐干……待到一一品尝完,列车也过了昆山,列车员开始扫地,收拾垃圾。擦擦嘴,喝口茶,上海也就到了。

而上海南站是我2006—2010年动车出行南方的首选。短短4年,去的地方却不少,且多是说走就走的旅程。记得有次去长沙,是近15点的车,到长沙时间是23:55,这在当时已属神速。早有当地友人开始攒局,指示我宵夜地址。落座,人还未到齐,就吃起了当时很流行的嗦螺和口味虾。那夜的螺,麻辣鲜烫肥腴 Q 弹吮指留香,后来似乎再也没吃到过那么好的螺。

去年春节假期过后,好友 L 先生从车后备箱里取出两盒他老家陕西富平的柿饼和琼锅糖赠我,是他回沪时在火车站买的。物离乡贵,这些淳朴的土仪依旧散发着关中平原的温度,让我感到的不止他的友谊,还有他的某种惆怅。故乡是来路,是归途,连接着他的前世与今生,年轮渐增,故乡与他之间的交集必将越来越虚无,难以栖居又无法割离。那些车站美食链接了乡土与都市,指向刹那与永恒,在纯粹与虚无、霓虹与庄稼、此岸与彼岸间不停摆渡,成了与灵魂长相厮守的故乡的图腾。

20 世纪末至 21 世纪的最初几年,我去沪宁杭沿线城市时常坐双层城际火车,一层贴地而行,二层视野开阔,因为重心高,自重大,运行时速并不快,正好将明媚的江南风光尽收眼底。随着交通运输业的发展,如今许多经典双层列车已逐步淡出主流。感觉动车才出现没几年,高铁时代就来临了。公交化开行的高铁精确到秒,人流物流信息流加速涌动,大大缩短了城市间的时空距离,节省了时间与精力,却也无可避免流失了许多情趣、记忆和故事。正如好友所说:"绿皮车以人为伴,高铁以手机为伴。"

2006—2010 年,我去北京若是火车出行常选择从上海新客站出发的卧铺,四人一个小包房,晚上 7 点多开车,次日清早到北京,睡眼惺忪地先去吃碗老北京炸酱面,领略一下北京市井的早晨。这些年去北京我喜欢去程坐飞机,回程坐高铁,这意味着可以快快到,慢慢离开。高铁一启动,林忆莲并不为人熟知的《南方的风》的旋律就涌上心头。出于好奇,前几年我还尝试过一次动卧,是从北京南站到上海站。与之前的硬卧软卧都不同,动卧是纵向卧铺,设计感、整洁度和私密性都超乎想象的好,而且 11 小时"夕发朝至"意味着从出发到抵达能拥有两个完整的白天。不过如今这种动卧已不再跑京沪线。

有许多年,有关火车的表达偏于粗粝,象征着草根和奔波,其实再没有哪种交通工具能像火车的气质那般深刻而漂泊,既有怀旧感、文学感,又如时代曲。如今火车不仅仅是交通工具,也成了旅游项目,比如在旅游大省陕西,就有了"轨道+旅游"的系统布局,在推动高速铁路、城际铁路建设的同时,陕西省积极扶持开设旅游专列,以旅游为主,兼顾交通,以山水为主,兼顾人文。坐小火车游秦岭,沿黄河轨道画廊线直至华山,文旅产业赋能乡村振兴,推动沿线经济发展,加速产业由高速发展向高质量发展的转变。乡愁风物,驿路风雨,天涯情味,不期而遇,世间火车那么多,唯同道者同路。

而这一切,距离1905年我国首条由中国人自行设计运营的铁路——京张铁路的开工,仅仅过去了一个多世纪。

魅 影 地 图

婚姻实在是一种弥漫着各种"不可说"的存在,浪漫如徐志摩陆小曼,结婚五年竟然没在十里洋场上海看过一次电影。徐志摩在给陆小曼的一封信中曾写:"你真的不知道我曾经怎样渴望和你两人并肩散一次步,或同出去吃一餐饭,或同看一次电影。也叫别人看了羡慕。但说也奇怪,我守了几年,竟然守不着一单个的机会……"实在令人唏嘘。

电影有时是欲望的呓语。不知到了元宇宙时代,我们是否还需要电影院。但对于我来说,只有在电影院,影片中那些秘密与曲折的剧情才能让人有沉浸式体验,这是看碟、看视频不可能企及的效果,而神秘与曲折正是让生活美味化的香料。

上海是中国电影的发祥地。多数魔都人都有看电影的传统,并一代代传承下去。根据《鲁迅日记》不完全记载,鲁迅一生看过171部电影,从中得到精神的苏息。到上海后的10年,他看了140余部电影,习惯于买位置最佳的头等票。看电影可说是鲁迅先生平生最大的爱好之一。从20世纪90年代后期到21世纪的最初10年,我每周几乎要在影院看两场电影。只有在封闭空间,在精美的光影音效下,跌宕的情节才能完全铺陈,那些将爱未爱的情愫才能让人回味无穷。电影院是滋生暧昧的温床,光影、剧情、音乐、都有着极强的非日常性,恰好的空间给予男女无限的可能性。在电影院的 100 多分钟,将自己的人生寄托在主角身上,品尝各种喜怒哀乐,可说是虚拟的人生之旅。

在我各个时期的家附近,都有一家影院。与其说我是个影迷,不如说是个影院迷。闺密也曾对我说,她不想住在没有电影院的地方。她后来成了影视制片人,而我的本职工作中也有一部分是审片。据说在外地一些即使经济很发达的地区,去电影院看电影也几乎是极少数人能够保持的习惯,更多的人一生中进电影院的经历屈指可数。

13 年前我搬到上海影城附近,看电影的频次反而比之前 10 年少了。新华路与法华镇路中间的番禺路地块,1949 年以前曾是哥伦比亚骑术学校,教授外国侨民子女基本的马术,后来成了长宁板箱厂,1991 年成了上海文化地标之一:上海影城。疫情以前,每年六月,上海国际电影节、电视节期间和各种新片首映期间,常能见到各路明星在这里出没。那些美好的电影节回忆夹杂着湿漉漉的黄梅天的气息。

黄昏散步时,我经常在影城的冰激凌店吃冰激凌球,在真锅喝咖啡,在周边马哥孛罗、克莉丝汀和城市超市买次日的早餐,时常看到各种新片首映礼的横幅海报,看到明星和中外影迷,总想着明天就来,却因为看电影太容易反而多了念想、少了动力,频率不算很高。这些年,爱西西里冰激凌店、真锅咖啡、马哥孛罗、克莉丝汀陆续关闭。作为上海文化地标之一的上海影城,也与广大影迷暂别。32 岁的上海影城将紧随上海城市更新的步伐,焕然升级。

好友 Z 先生曾在市委宣传部文艺处工作,对于上海影城记忆良多。1991 年他曾陪同分管城市建设的倪天增副市长去刚落成的上海影城参观,犹记得倪副市长登临至这座沪上首家五星级电影院的最高楼层,意气风发地指点四周景观,欣喜与兴奋之情溢于言表。当时上海大剧院、上海东方艺术中心、中华艺术宫、梅赛德斯奔驰中心等都还没有建成,上海影城是市中心城区气势最恢宏的文化设施,的确让人自豪。

超级巨大的千人大厅是上海影城最引以为豪之处。不过上海影城可能是过于宏伟巨大了,甚至掩盖了它最优秀的设施和最豪华的阵容等特色。如今它已经有了包浆,早已融入了上海西区哥伦比亚生活圈的街景中,它是否重新装修对于如我这样的圈内居民来说并不重要,看过太多形式大于内容的东西,总希望古早的情调能尽量多保留些许,直到天荒地老。

我是很喜欢去上海老牌电影院看电影的,它们大多矗立于写满故事的老地段。小学时每到暑假就会去杨浦的姨妈家住一周,其中有个重要项目就是去控江路内江路口的长白电影院看两次电影。午后赤日炎炎下,表哥捏着姨妈给我们的零花钱,坐上6路电车,途中每人一根紫雪糕,回程到家后每人一块中冰砖。放映时表哥凝神观赏,而我则消灭话梅、牛肉干和汽水等一批零食,那时的电影记忆对我而言就是黑暗中的吃和睡。大学以后,我再也没去过长白电影院。前些年路过时,发现原址变成了长影动漫城,如今听说连这家动漫城也关门歇业了。前不久去了一次杨浦长白一带,街道依旧干净朴实、新村房子鳞次栉比,除了行道树长高了,氛围仿佛还是昨天。

在20世纪90年代中期以前,能去远东第一影院大光明电影院看电影绝对是扎台型的事。大光明电影院有着极其显赫的历史,曾是亚洲第一座宽银幕电影院和亚洲第一座立体声电影院,1928年由华商高永清与美国华纳兄弟创始人亚伯特·华纳合资建立,1933年由匈牙利建筑师邬达克设计重建,梅兰芳曾亲自为大光明电影院的开张剪彩。1999年情人节那天,对于已经在走下坡路的没落贵族"大光明"来说是个有着致命打击的日子。在两千米开外的梅龙镇广场,"新贵"环艺电影城开张了。之后它便以迅雷不及掩耳的速度将没落贵族大光明赶出了第一排。后来几年,"大光明"断崖式没落,有些不忍亲睹。卖票阿姨闲得无聊只有嗑瓜子、剪指甲的份儿。每次路过向里张望,总有种繁华已逝的怅然。2008年大光明电影院重建,这座建筑里嵌有邬达克名字密码的、他最中意的作品,带着强烈的氛围感卷土重来,让人仿佛重回1933年。虽难再现昨日辉煌,却凝固成一种不可忽视的回忆和情怀,嵌入上海的城市肌理。

深藏功与名的电影院何止"大光明"。前不久经过贵州路北京东路口时,我发现黄浦剧场竟然还在。黄浦剧场是国歌的唱响地,1935年电影《风云儿女》在此首映,《义勇军进行曲》由此地传播到全中国。1957年,周恩来总理在此观看筱文艳出演的淮剧,为剧场题名"黄浦剧场"。走进大门,老电影院的感觉扑面而来,两边的环绕扶梯,中间的烛台式的吊灯和彩色玻璃窗户以及周围墙上的陈列,都在昭示其不凡底蕴。如今黄浦剧场成了脱口秀、架子鼓、皮影戏、小提琴、钢琴等小剧场剧目的演艺剧场。

同是邬达克作品,停业了25年之久的"上海第一影戏院"长江剧场2018年后迎来了新的演出季。从1923年卡尔登大戏院的开幕,到如今长江剧场,这个剧院的历史经纬同样也是上海文化沿革变迁的缩影之一。而坐落于虹口音乐谷的全国最大的女团SNH48的常驻剧场星梦剧场,前身是20世纪30年代建造的上海滩首批影戏院之一的嘉兴影剧院,由英商业广地产公司投资兴建,由华人经营,初名天堂大戏院。前些年星梦剧场曾经门庭若市,这两年因疫情原因门可罗雀。而胜利电影院、平安电影院、大上海电影院、东湖电影院陆续淡出江湖。东湖电影院原名杜美大戏院,1939年生,1994年卒,曾是我国第一家立体电影院,1994年拆除改建为东湖大厦。

淮海中路茂名路口高尚繁华的地段，令国泰电影院占尽地理和人气优势。当年国泰开业时的宣传词是"富丽宏状执上海影院之牛耳，精致舒适集现代科学之大成"，又有"张爱玲曾在杭州连夜坐火车赶到国泰看外国新片"之说，让国泰至今仍笼罩着老派的文艺光环。国泰电影院所处的转角，也是最上海的转角之一。

　　2003年之前的国泰，单厅平坡式的设施曾一度给它带来和"大光明"一样的尴尬处境。后全面改建，拥有了三个风格迥异的阶梯式放映厅及颇有现代气息的下沉式观众休息厅，一扫原先的单调没落感。记得十几年前在卖品部的暖箱里，就能买到"麒麟"热咖啡，冬天拿来捂手，满满熨帖的感受；夏天既可买到老上海的冰冻盐汽水，又能买到哈根达斯的脆皮条。曾经走两个路口有个号称"新生代做作地"的著名的茶餐厅，马赛克地砖，带插销的卫生间，男男女女看完电影再吃上一些甜品小吃，黏得得的浓密关系就立现了。这家餐厅开了许多年，后来还是消失了。

　　建成开业于1952年的衡山电影院的地位很特殊，它既不属于少壮派、新贵派，又不属于没落派、怀旧派，似乎从未大红大紫，却也始终有着固定的粉丝。在西区读过大学的女生大约很少有没去过衡山电影院的，这个爱好也会持续到她们中年以后。每看完一部爱情片，她们觉得自己也谈了一次消耗元气的恋爱。散场后走在衡山路上，半天缓不过神来。记得我在衡山电影院看过《半生缘》《红玫瑰与白玫瑰》《长恨歌》《甜蜜蜜》《如果·爱》《外出》等不胜枚举的文艺片。

　　衡山电影院以"花园影院"闻名于魔都，它的氛围与衡山路相得益彰，沉淀了浓厚的海派怀旧情结。曾经的灰白墙面、三角尖顶、明星海报藏在外墙的爬山虎中的细节，使得衡山电影院总在我的睡梦中出现。以前的衡山电影院硬件实在算不得好，座位也相对简陋，却能勾起许多自传式记忆，氛围独一无二。2009年，衡山电影院停业重装,由表及里发生了剧变,不过与衡山路还是适配的,只是与我不再有联系感,于是也很少去了。

新天地国际影城是我很喜欢的现代化影城之一,由中国香港著名导演吴思远投资,是当时上海的顶级影院之一。坐椅无需机械调节,能按照观众给予椅背的压力自动后仰,舒适至极。而这爿影城的爆米花可算是上海众多影城中最好吃的,很多口味混在一起,焦香酥脆的味道让味蕾很是受用。疫情以后,看电影吃爆米花就成了一种追忆。

曾经去得最多的还有美罗城五楼的柯达超级电影世界和港汇广场六楼的永华影城。千禧初年,美罗城门口是著名的约会会合地,旁边的必胜客永远在排长队,思考乐书局人头攒动,星巴克、代官山、一茶一座、王品牛排、季诺咖啡里尽是时尚男女。那时还没有打车软件,22:00之后是很难打到车的,因为那是商场打烊和电影散场的时间……当时这些年轻的男女如今都已人到中年,在自己恰好鲜花着锦、烈火烹油的时代,搭上了中国高速发展的快车,享受到了各种切面与梯度的物质精神生活。如今入夜的徐家汇,已经很难再看到人流如织、车水马龙的景象。

这些年去过无数购物中心里的电影院,SFC上影影城、万达影城以及百丽宫等占据了shopping mall的顶楼,是商场的标配,互相绑架,彼此依存。吃饭购物时若突发兴致,有时也卡着表看场电影,不会特地前来,也没留下什么印象。作为购物中心内唯一一个对所提供的核心商品没有决定权的业态,影院竭尽全力能做到的体验改善——3D、按摩椅与爆米花,都敌不过一部影片的质量。虽然影院的体验感目前仍是无法替代的,但边际在逐渐下降。电竞、剧本杀的崛起,让新场景消费切分走了一部分蛋糕。

认识一对耄耋之年的夫妻,先生89岁,太太88岁,结婚55年了。先生每月买花送给太太,两人每月都会在上海影城看两场新上映的电影,手牵手入场,散场后他们依然手牵手,从不气急败坏,永远气定神闲。上海影城装修改造期间,不知他们会否依然保留着这个习惯。真希望有些浪漫和仪式可以永远驻留、永远新鲜,也希望一个时代的记忆和习惯不要被轻易迭代。当然这也考验着文化之都、演艺之都上海对其子民鉴赏力与生活趣味的理解与关怀。

上海的电影院是不缺流量的,缺的只是知己。

十分 Macau,十分澳门

被新冠疫情憋久了,我常常臆想,如果现在有三四天假期可以自由出行我会选择哪儿,澳门立马蹦到脑海里。

这座在珠江口西岸咸淡水交汇入海的一隅兀自骄傲的小城,有着中国境内保存完整集中的欧亚建筑交汇的历史城区,西方面孔与东方质感和谐共处,惊红骇绿浓得化不开。面相不会骗人,这个早晨喝咖啡、下午吃云吞面、婚礼吃鸿运大乳猪的曾经的混血儿,这个南欧面孔说粤语、广东人说葡国话的特殊所在,眉眼开阔,气色舒展,十分温厚心定。

这也许要感谢西人利玛窦。这个意大利传教士与他的教友们不远万里踏浪而来,将天主教义与儒家文化融合,使传教在首航地澳门获得空前成功,自那以后,掀起"西学东渐"的文化热潮。毕业于耶鲁大学的首位中国留学生是珠海人容闳。他 7 岁时被父母送到与家乡一水之隔的澳门某教会小学读书。澳门带给他机遇,也带给中国机遇,这文化热潮,从 16 世纪至 19 世纪,绵延 300 多年。

那年黄昏,我和友人们闲逛了高美士大马路到议事亭前地一个来回。胃里盛满在澳门科技馆酒会中吃的各种西点饮料,饱虽饱了,总不落胃。路遇街头本土小馆,无甚装潢,火车车厢座位,马赛克铺地,印有各种炒菜照片的海报贴在墙上,玻璃相隔的厨房内,大厨将菜炒得火光窜天。当地老饕惬意地脱了鞋,直接把脚搬到椅子上。就是这儿了。我指着墙壁对老板娘飞速点了烧味拼盘、辣子炒蚬、啫啫鱼头煲、蒜泥芥蓝、水蟹粥及几支 Macau Beer。再要点,她说三个人够了够了。她阻止我说一大煲水蟹粥太多又很贵,你们点一碗分分就好了。当一块烧肉就着第一口冰啤酒入喉时,那种闹闹嚷嚷的市井美味,实在是彼时最丰盈的快乐,无法复制与重现。

　　澳门人向来有好口福和美食天赋,也深知分寸与节制,对他们来说,清心寡欲和穷奢极欲都是犯罪。莲花地没有过炮火悲情,住在这块弹丸之地几十年的老澳门人甚至不太习惯过海去香港。可这并不妨碍他们见多世面、气定神闲。据说老澳门人一直想拍《家在澳门》寄托乡土情结,却终因票房、收视率分析不乐观等因素迟迟未能如愿。澳门本土演员不多,播音员多为兼职,因为缺乏广告商支持,电视台长期亏损。

　　曾去过欧洲、东南亚和日本的一些娱乐城,澳门威尼斯人是最漂亮的。葡京内饰里的风水局很神奇,能增强警醒和自制力,抑制赌运。不劝勉,不劝阻,当然,能否进退自如要视多巴胺和钱包而定。实在难以收手,门口亦有大量押店。事后如须忏悔,澳门大概是全世界教堂密度最高的东方城市了。若不开口,区分赌客和澳门人的简易途径是"观色",赌客脸上有一些强烈的情绪符号,本澳人脸上多为闲适松弛。出门买菜的阿嬷时常也会玩一把老虎机试试当日手气,却不会恋战,这与买菜一样,是日常生活的一部分,犯不着深沉、专注、动感情。

　　面相重于表达。澳门留存着曾寄宿他人家的优质小孩特有的不卑不亢。欧风亚韵让它十足混搭,旧街窄巷和摩天大楼比肩,大开大合与低调内敛摊在你面前。在这里不需要显摆,穿圆领衫人字拖、吃猪扒包的阿叔,家里泊着几辆豪车也毫不声张。它的居民天然有某种超然心智：你住你的主教山豪宅，我饮我10块钱的"鸳鸯"，一样自在好味，这是我们各自的命运和选择。这愈发衬出他们随性外表下深不可及的气息。据说澳门剩女很少，她们多谦忍豁达，绚烂从小看惯，中意的男子不是高富帅，而是有一技傍身的专业人士。在她们眼中，一份温暖可靠的情感胜过繁花似锦。

澳门人素性平实，极其低调。人与人之间的关系平淡亲切，邻里间知根知底，若非正式场合，披金挂银倒显得奇怪。澳门人不热衷于外表上表达、突出自己。因为城小，夜晚一通电话，10分钟内几个老友就能坐在一起饮茶吃虾饺了。如此，形成日亲日近日疏日远的关系，这很像是上海从前的小镇。人的资料底细高度透明化，很少需要装潢伪饰，却也导致了澳门中介业始终低迷——彼此都是街坊近邻或延伸出去不远的关系，还需要什么中介啊！

澳门人也很少组织铺张的饭局。俯仰皆是的肠粉云吞面总也让人吃不厌，它们使那些漂泊浪荡已久的味蕾，最终钟情于安静与家常的味道。

在澳门，申请注册资本小的无限公司极易获批。何厚铧在任特首期间取消了营业税，政府对于小本经营的夫妻老婆店税收总是网开一面，很是体恤扶持。这是个殷实宜居的地方，福利好得令人抓狂，人均寿命已跃居世界第二。有次看到一张当地水费单着实让我吃惊，这个仅50多万人口的城市，水费单却有中、英、葡三种文字可供选择，其中暗含着某种东方式的善意和骄傲。

既无深水港、资源也相对匮乏的澳门因为虚怀若谷，于是在国际国内有着超好人缘，也由此受益：成为30余个国际组织成员，享有欧洲共同市场优惠税制。就这点来说，澳门比香港可爱得多。其实在历史上，澳门远比香港富庶开阔，各种西式学校、教堂、广场、邮局、剧院、图书馆甚至墓地，伴随着西方冒险家的到来纷纷登场，澳门由此也成为西方宗教文化在中国传播的重要见证。这是个物理上的小地方,却又是有着大襟怀的所在,澳门更多让我感到的是海的气息。

在澳门老城区,占领高岗的不是炮台就是教堂,城内还有数不清的铺着海浪型葡萄牙黑白碎石的"前地"——小广场。阡陌密布、高低错落的马路狭窄蜿蜒却又条条贯通。老旧的理发店、菜场、海味店、药房时不时闪现,使这些小街感性异常。不少街巷短到没几步路,路名却是长而拗口:沙嘉都喇贾罢丽街、亚美打利庇庐大马路、路义士若翰巴地士打街……有些中式街名可以望文生义。2005 年,澳门古城成功申请成为世界文化遗产。

澳门的美食实在让人流连,饮食风格集中了葡萄牙、印度、东南亚等多国和粤港等多地特色。吃过了澳门的黄油蟹,顿感水蟹真的只能用来煮粥。名菜马介休是葡萄牙语 Bacalhau 的音译,即腌过的银鳕鱼,据说有上千种吃法,也是天主教徒平安夜斋戒食品。而我最初吃到称为手信的零食皆来自澳门,杏仁饼、牛轧糖、猪油膏和现烤牛肉干,在上海物质还不甚发达的千禧初年,感觉十分惊艳。我对澳门的虾酱也情有独钟,澳门温暖湿润的气候非常适合虾酱的发酵。广兴隆是一爿卖虾膏虾酱的老字号,前店后家,看上去像土地庙。

玛嘉烈蛋挞店有点传奇,坐落狭街陋巷,当时的老板娘是个黑胖悍妇,把蛋调得饱足,凝厚滟涟如熟女心事,皮极为酥脆,焦糖很正。在澳门,从政府官员到平民草根皆有一本蛋挞经,哪家口味最靓、何时出炉,总要掐着钟点过去,如赴一场老情人的幽会。

路环岛曾云集了澳门传统老船厂 20 多家,如今大多已关闭、废弃或半废弃。路边的绿铁皮居民屋却咖啡飘香,有间简陋而神奇的半露天咖啡店人气最足。店主汉叔原是造船工人,凭借徒手 400 转自制咖啡的手艺名满港澳,仅仅用速溶咖啡、糖与水以及超群的手上功夫就做出了绵密稠厚的奶盖和现磨咖啡的口感,将平凡物料点石成金。这番只属于老澳门的古早情趣,连周润发也为之着迷,成为常客。汉叔的坚韧或许正是澳门精神的写照。很久没去过了,不知这爿咖啡店是否还在。

有时我会翻翻昔日《澳门日报》社社长总编李鹏翥的文字。我们在 2013 年有过一面之缘。2014 年 10 月 30 日,他于香港养和医院逝世,享年 81 岁。李鹏翥是澳门文化界泰斗,是当年澳门少数会说国语的知识分子之一,也与著名海归书法篆刻家陆康相熟相知几十年。20 世纪 80 年代,《澳门日报》头版每日都有李鹏翥五六百字的"自留地",那些边边角角的本地风土人情世事流变恰似一锅老火汤,有着自成一体又灵变流通的滋味,十分 Macau,十分澳门。我总疑心他在市井闲逛时随身带着笔记本。在去过多次澳门以后,我发现这座小城活跃着许多专栏作家,这不算是个能被定义身份的职业,却是独立的民间发言人,且似乎只能在洋气复杂的城市诞生。也难怪,澳门是中国近代报纸的发源地之一,很多内地文化名人曾为澳门报纸撰写专栏。如今的澳门专栏作家,擅长借文字为澳门幽昧流动的旧时光定位、为正在经历的安定的当下造影。

很喜欢澳门特有的小日子。这座时常被台风袭击的城市,惊心动魄与平淡如水仅一步之遥,经历过葡萄牙殖民时代、1999 年回归祖国和几次亚洲金融风暴,四世繁华使它的居民天然具有通透客观的不俗心智。有人说,从走路速度和情态就能判断此人是澳门人还是香港人。澳门人的生活是件款式寻常的外套,要仔仔细细将衣料、针脚、纽扣琢磨翻看,才能辨出其中厚味。

澳门没有傲娇的公主病,能迅速找到适合自己各个时期发展的坐标和思路,不紧不慢跟随国家发展的节奏,走出自己的 style,也依然保持着自身独特的魅力,也因此它有了高远与强悍。东方与西方、传统与现代、高雅与世俗在此地协调相处,变幻演绎,呈现出鲜明的开放性与多元性,这也正是它能真正拥有一张国际脸的原因吧。

寻
味

我在上海等着你

前几天经过"四叶草"国家会展中心,一架飞机适时划过大虹桥的天域,心里突然舒畅异常。

这一带是长三角的中心、上海最重要的经济增长极之一,是中国新一轮对外开放的新高地,有着高水平的开放姿态和宏大叙事,也是东西南北中客似云来的沃土。经过几个月疫情笼罩的低压情绪与相对封闭倦怠的生活状态,那一刻我觉得曾经的上海和曾经的自己终于归来。

我和友人说:"再过三个月进博会又要开了。不知那条'三文鱼'还会来吗?"

2019年深秋,友人邀我品鉴了刚参加完进博会便洄游到市中心新式里弄会所里的苏格兰三文鱼。据说这鱼的品质等级被誉为值得花一辈子排队等待的美味。是夜,衣冠楚楚的各国客商与外交官云集,手执细长的香槟杯切切私语。先看了一部短片,然后听主人的中英文推介以及相关嘉宾致辞,再然后饥肠辘辘的我们喝着冰水让味觉归零。直至八点,主角登场。那种甘美灵动、旨味丰饶的口感和恰到好处的油脂比例在口腔迸裂胶着,套用村上春树名句,像"整个世界森林里的老虎全都融化成黄油"。

美丽优雅的华裔女主人快三年未见了,我们成了天涯若比邻的朋友。有时一想到进博会,我会条件反射般想到那夜的三文鱼和饱餐后刷步回家的三千米。这只是心理感受的点滴溢出。上海这座城市特有的风雅、容纳、开放和恢宏在任何时候都闪闪发光,而进博会对经济效应、社会文化效应、制度效应的溢出不知不觉间已深入肌理。成人世界如果还有一座城市,无论能让自己用想象维持对它的感觉,还是能用它维持自己想象的能力,都是极可贵的。更难得的是,它还有着世界舞台中央的站位与格局。

作为文科出身的升斗小民,我对技术装备、工业智能制造、元宇宙等大件的认知力很低,却对这些年走出去与引进来、卖全球与买全球的感受颇深。民以食为天,各种等级的西班牙利比里亚火腿、法国各产区的红酒、全世界的咖啡甚至阿富汗松子等在上海都触手可及。上海 8000 多家咖啡馆的数量是纽约的三倍多,在哪儿喝、喝什么,身随心动,全然活在自己的范式里。你喝你的一口 7000 元的罗曼尼康帝,我喝我的一杯 28 元的意大利浓缩,一样地道好味心满意足,因为这里是海纳百川的上海,是丰富多元的中国。

记得七年前我和几位好友还颇有仪式感地飞到秦皇岛海边吃蓝鳍金枪鱼,而这几年,足不出沪甚至不出家门,点点手指,亦能在半小时内大快朵颐极新鲜的"大脂"刺身。去年进博会上,一条由光明集团采购的 700 多斤的蓝鳍金枪鱼王最为吸睛,它从地中海漂洋过海亮相"四叶草",肢解秀至今想来仍饶有兴味,不知今年进博会上又将有哪些流量担当呢?

菜场是上海的里子,最烟火气的所在,勾连着过去和当下,在相当长时期内常常是蓬头垢面、不加修饰或修饰很少,却是能够窥探一座城市软实力和故事感的一个窗口。如果城市是一件衣服,它就是针脚、滚边,不起眼,却是品质和价值的明证。去年秋天,上海本土官媒邀约我在乌中市集做了一场直播。那是 Prada 菜场快闪活动的最后一天,菜场里穿长衫的大叔、穿旗袍的大姐,还有各种 Cosplay 造型的潮人们早已占据了拍照"C 位"。源源不断的时尚男女涌进菜场,他们看上去都兴高采烈。我这代人,年幼时经历过计划经济,年少时中国进入市场经济赛道,见到过 1999 年马路菜场拆违入室工程,经历过菜场的 1.0 版标准化、2.0 版示范性改造,经历过支付方式的多元化改变,经历过如今不少菜场蝶变成各具特色的氛围地,体验着业态的一次次升级迭代。而国际奢侈品牌与最接地气的菜场业态联手碰撞出的反差性、异质感和新闻力度也提醒了进博时代的上海人,不仅建筑可阅读,菜场也能阅读,只要通过设计赋能,不断优化体验度,逛菜场也能成为一场小小的文旅。买把青菜、喝杯咖啡、带束玫瑰,城市空间活化了,潮流生活与日常烟火共生如常,邻里生活悄然回归,我们也与青春和解了。

不久前我在附近的啤酒专卖店,与阔别六年之久的老挝啤酒(Beerlao)不期而遇。那一刻的惊喜如遇故人。因缘际会,2017 年初夏我有幸随船见证中老缅泰四国联合巡逻船艇编队的第 57 次湄公河联合执法。为预祝这段高危水域的征程圆满成功,我们在中南半岛腹地和东南亚诸国经湄公河进入我国的第一港关累口岸,第一次喝到老挝啤酒。醇厚柔美清冽的最佳比例,让我对它一见倾心。老挝啤酒出身显赫,有着多国血统,在老挝国内市场占有率高达 95%,也风靡中南半岛,是世界十大名啤之一,也是中国 - 东盟国际汽车拉力赛唯一指定啤酒。回国后,我时常怀念这款在长三角无处寻觅的啤酒,内心期待它能从边民互市,走到更广阔的中国乃至全球市场来。

店主见我拿起老挝啤酒,介绍说这是参加了进博会的啤酒:"好酒啊,一般人没喝过。"

原来我是"二般"的!原来人与人、人与物、人与国之间都是有引力波的,若有缘,早晚会在合适的时空与平台相遇,只须轻轻说一句:"我在上海等着你。"

能饮一杯无

黄酒给人的感觉真是很古早,也颇有城府。虽非主流酒,却也有着独特魅力和不少拥趸,是东方酿造界的楷模。

我有位北方好友,每次来上海,小聚时总是首选黄酒,且是瓮装鲜黄酒。上溯三代并无半丝江南血统、平素喝惯高端白酒红酒的他,笑称自己有个江南胃。

据他说,葡萄酒是舶来品,合适女人。中国北方男人最能接受的是酱香型白酒,而作为国粹的黄酒,调和中庸,最滋养东南沿海男人,它也是中医偏爱的药引子。

他颇懂黄酒搭配门道:与青梅加热后很带感,与大枣同食则甘厚丰腴,加些黑糖更是齿颊留香;干型元红和海蜇头、半干型加饭与大闸蟹、半甜型善酿搭广式烧鸭、甜型香雪配柚子肉松色拉,都能达到很好的配伍效果。而据我所知,抛开孔乙己的茴香豆,在绍兴人日常下酒菜中,盐煮笋和糟鸡是绍酒最贴切的伴侣。我们也去过开在上海虹桥地区的日式黄酒居酒屋,蓝布门帘,橘子灯,干净的原木桌椅,两三碟佐酒零嘴,坛子里温糯的黄酒被一柄长木勺舀在青花瓷小碗里,酒客正襟危坐,捧着碗盏啜饮私语,气氛类似茶道。

黄酒是世界三大发酵酒之一,其整个生命周期都在发酵。糯米、麦曲、酒药、水源、酿酒人的手势……这一切可控与不可控的组合函数的智慧转化，构成了黄酒极其中国化的灵动与含蓄。

日本人对黄酒的喜爱与精到并不亚于我国江浙沪闽人。情色文学大师渡边淳一生前十分爱食大闸蟹、品绍兴酒，日本前首相田中角荣、鸠山由纪夫等也都是中国黄酒的粉丝。绍兴酒在日本超市里是最受欢迎的中国货之一，盛夏天仍销量不减，他们喜欢冰镇后加柠檬喝。绍兴在日本有两张名片：一张是鲁迅，另一张就是绍兴酒。在传统日料店琳琅满目的酒单中，从未缺少绍兴酒的身影。不过绍兴酒最初传入日本，并非是从绍兴。直至中日邦交正常化以后，血统正宗的绍兴酒开始出口到日本，第一品牌是塔牌，然后就是古越龙山，日本人方才知道，喝绍兴酒是不需要放冰糖、青梅的，也知道了何为清爽与回香。日本人曾来绍兴偷师学艺，但"橘生淮南则为橘，生于淮北则为枳"，绍兴酒一旦离开一泓绍兴水，即使请绍兴老师傅去酿造，也只能称为仿绍兴酒。

中国台湾人也爱喝绍兴酒，就像他们爱喝台啤。日本人最早喝到的状元红、女儿红，其实是台湾制造的，更准确地说，是台湾中部南投县的埔里镇，那儿也是台湾的地理中心。100多年前，一对周氏兄弟从绍兴来到台湾埔里镇，他们发现那里山泉清澈甘美，堪比故乡的鉴湖水，于是尝试着用此水酿制黄酒，居然酒味鲜美醇厚，与家乡酒神似，故也唤之"绍兴酒"，聊表乡愁。此后他们的酿酒技术世代流传，成为岛内一绝。20世纪60年代，埔里酒厂停止了其他酒类的生产，专门生产黄酒，酒厂也成为工业旅游景点，是追溯宝岛历史的重要实物留存。

冰激凌中加朗姆酒、威士忌不稀奇，但加入黄酒就显得很独特了。我在东京的餐馆里吃过黄酒冰激凌，将一勺稠厚如浆的黄酒淋于冰激凌球上，果然风味芬馥，过喉难忘。在坐落于绍兴的中国黄酒博物馆，我第一次吃到黄酒棒冰，虽说叫棒冰，其实是一种由奶制品、糯米和黄酒构成的冰糕,没有冰棍的单薄感,却比雪糕清口且密度高,在甜糯奶香口感之余,酒味悠然释放,妥帖适宜。整根棒冰的酒精含量仅1%。

黄酒底蕴厚重,然而作为中国最古老的酒种,黄酒的现实地位却是被低估的。慢饮黄酒,坐谈风月的儒雅之风渐衰。黄酒也一直面临产品难出江浙沪的问题,很难在地域上有所突破。一起喝红酒的是情人知己,一起喝二锅头的是睡上下铺的兄弟,一起喝黄酒的绝对是自家人。话也说回来,能喝得惯黄酒的,在中国,除了江南人和海峡对岸的台湾人,剩下的也不多了。其中浙江黄酒一骑绝尘,出口量占全国黄酒出口量的八成以上。给东北女友喝太雕,她一口闷了之后,半响,咂咂嘴说:"黄酒就像江南男人,往好里说,温柔悠长有味道,能让人安心过日子;往刻薄里说,又温又面,滋味复杂且不太给力。"

确实很少见到北方人喝黄酒,这或许与北地的干冷气候和北人的豪放性情有关,黄酒温和儒雅的气质不可能在黄河以北成为社交场合和私饮享受的主流。但其药用价值也非白酒红酒等所及。医学名著《伤寒论》中云:"上九味,以清酒七升……一名复脉汤,治多疾。"实践证明黄酒的确具有通曲脉、厚肠胃、润皮肤、养脾气等保健作用。广东人也不怎么喝黄酒,凑到一起多半是喝茶,一旦喝起酒来也气势如虹,不过基本以红酒、啤酒、洋酒为主,黄酒在他们看来是做菜的料酒。著名的花雕鸡作为传统粤菜经久不衰,绍兴花雕是这道菜的灵魂。广东人坐月子时,黄酒鸡是一定要吃的,最好用酿造时间很长、醇厚芳香的客家老黄酒。在客家农村,黄酒十分普及,客家妇女擅饮"既解渴又有补"的黄酒。

其实早在《诗经》中就以"十月获稻,为此春酒"记载黄酒,儒家文化里也最为推崇黄酒。黄酒隔水温,而非隔火温,是极易微醺的,后劲缠绵,仿佛天地皆入樽。微醺时,再乏味的人也难免生动忘形起来，严丝合缝的人也打开了潘多拉的盒子。平素卡在心门内的妙语妙举鱼贯而出，却又不会太过造次，至多让妙玉变成卡门。酒醒后让人更珍惜酒意酒性酒情，如同对待上等情事。据说唐朝嫔妃在沐浴时，常会将一升黄酒倒入洗澡水中，能使肌肤细腻柔滑丰盈。据说用黄酒泡柿子蒂，是民间有名的避孕偏方。

看过谢晋唯一一个高智商儿子谢衍导演的《女儿红》。做酒世家，一坛女儿红历经岁月，酿出三代女人的命运选择。100分钟讲述没有一句废话，却散发着浓郁的花雕味。想起那年在扬州，北地寒流来袭，友人提议："晚来天欲雪，能饮一杯无？"夜奔的四位新朋老友喝了一瓮五斤装黄酒，从微醺到薄醉，甜酸苦辛涩鲜六味兼容流转，在俗世的代入与出世的移神之间，黄酒将一切成全。

咖啡是上海人血液里的氧

"新冠"康复后,我第一次出门,去了汉口路申报馆大楼的THE PRESS。味觉远未恢复,嗅觉暂且迟钝,但我仍觉得需要堂饮一杯咖啡,衔接过去、当下与未来。

1876年的《申报》就有目前可见最早的番菜馆咖啡广告,(当时有加非、卡啡、磕肥等各种译名),也是《申报》与咖啡有缘。在这间兼营咖啡的西餐馆,我喝最苦的咖啡,吃最甜的蛋糕,给甘苦交融的2022年画一个句号。

在国内咖啡氛围最浓厚的城市上海,咖啡是刚需,是生活习惯和日常,是几步路就能到的公共空间,是上海人血液里的氧。

上海人是泡在咖啡里长大的。

一年四季,外婆经常拿钢盅小锅煮咖啡加牛奶配生煎馒头作早餐,那是20世纪90年代,至今我仿佛仍能依稀闻到奶咖浓醇馥郁的香气。儿子在读小学中高年级时,假期里已与同学小伙伴相约咖啡馆了,他对摩卡、拿铁、澳白、手冲等如数家珍,当然最后往往还是乖乖点杯热巧克力。如今13岁的儿子和伙伴们则更喜欢买杯咖啡边走边喝,据说"10后"年轻人都更接受这种随意模式。

而同事间若谁发生了什么好事,比如评上职称、获得先进、光荣退休等,总要请客喝咖啡,这是惯例。而公司总部园子里也有

Costa 咖啡馆、机器人咖啡机、便利店咖啡等多梯度的咖啡售卖场所。

上海大大小小咖啡馆里坐着的不仅是时尚男女,更有不少爷叔阿姨。咖啡馆是都市人短暂出离现实的最方便去处,是不必做表情的地方,是永远的舒适圈。再无聊的人,因为每天的一两杯咖啡,也似乎有了灵魂的寄放之处和精神世界的自融自洽。记得去年 3 月中下旬上海即将全域静态管理时,绝大多数独立咖啡馆早已打烊,我溜达到武康路兴国路淮海路交叉口的星巴克,在能看到武康大楼的地方喝杯摩卡,春天就不那么苦涩紧张了吧?店里温煦,人也并不少,坐了片刻,看到两位女警官沿街走进咖啡馆,我以为疫情要封店,下意识端起咖啡准备快速撤离,只听见一位女警官说:"今天营业哦?阿拉买两杯咖啡。"

上海人,无论何种职业,无论何种境遇下,喝咖啡都是惯性和本能啊。

毫无疑问,上海是对咖啡有着最高认可度和依赖度的城市之一。咖啡文化与上海渊源深厚,脉络清晰。咖啡文化的主角并不只有咖啡,更有咖啡馆,有这座城市支持实体店良性发展的善意和魅力。

1843 年上海开埠,咖啡便作为舶来品之一涌入长江门户。19 世纪 70 年代,外国人在上海创办的饭店、俱乐部等场所中大多附设了咖啡室,上海市民也逐渐接受了这种口感酸苦能提神的棕色"神药"带来的西式生活方式。1909 年,朱文炳的《海上竹枝词》中描写咖啡的诗句很是形象:"卡啡何物共呼名,市上相传豆制成。色类沙糖甜带苦,西人每食代茶烹。"而中国最早的西餐烹饪书籍《造洋饭书》中,提到洋人餐后饮咖啡有助消化,并将咖啡翻译为"磕肥",让人望文生义咖啡能燃脂减肥。

20 世纪二三十年代的上海,营业性咖啡馆大量出现。战争直接导致了寓居上海的外侨人数激增。公啡、上海、光明、沙利文、卡尔顿、惠而康、DD'S 等都是旧上海著名的咖啡馆，它们在当时的文艺作品及老照片中频频出现。开咖啡馆的中国人以广东人为主，外国人多为俄、日、法、意侨和犹太人。据记载，到 20 世纪 20 年代中期，霞飞路（今淮海路）的咖啡馆已达 125 家。

这些咖啡馆在中共党史中也有着特殊的一笔，因为咖啡馆多开在租界，能为革命工作起到特殊掩护作用。鲁迅、丁玲、夏衍、田汉、柔石等经常去的公啡咖啡馆就在今天的四川北路多伦路转角。鲁迅日记里也曾多次出现类似"午后同柔石往公啡喝咖啡"的记录。当年鲁迅与左联领导成员、地下党代表秘密接头聚叙的地点经常设在公啡咖啡馆二楼包间，1929 年，左联第一次筹备会就在此举行。而旧日霞飞路上的 DDS 也是郁达夫、徐志摩、徐悲鸿等社会名流经常出没之处，地下党人常在此传递情报。

因为价格不菲，当时上海只有文人墨客、中产及以上人士才能时常出入咖啡馆，这方雅致摩登的空间也是他们的第二客厅。郁达夫一晚可跑三五家咖啡馆。留学法国的邵洵美、徐志摩等，更将咖啡馆视为都市摩登生活的象征。

1937 年，上海沦陷，"孤岛"时期的上海，咖啡馆亦出现畸形的繁荣。俄侨和犹太人最佳的谋生手段就是开咖啡馆。历经百年浸润，咖啡文化已然深入上海人的骨髓。至 1946 年，上海能提供咖啡的场所就已超过 500 家。

在日常生活中，上海牌咖啡是老上海人再亲切不过的味道，很多老上海人是从小闻着钢盅锅煮咖啡的香味长大的，工具还有纱布、滤纸等，配料有牛奶、奶油、炼乳、冰激凌等。1949 年至改革开放期间，据说中国任何一家咖啡店里飘出的咖啡香都来自上海咖啡厂。上海咖啡厂的前身是成立于 1935 年的德胜咖啡行，主要以进口生豆焙炒、拼配、现场研磨、烧煮为特色，咖啡制品以 C. P. C

注册商标销售给上海的西餐馆、咖啡馆等,产品还出口香港,是老上海咖啡的代表,同时还设有门店德胜咖啡馆可供堂饮和零售。20 世纪 50 年代末,德胜咖啡行改为上海咖啡厂,成为中国咖啡产品生产与出口的第一家专业企业,一度包揽了全国各宾馆、咖啡馆的咖啡,留下了无数国民记忆。前不久在延安西路散步时,好友说她小时候每当走到这一带,都会闻到咖啡飘香,蔓延好几里,当年上海咖啡厂就在这一带。

物质极度匮乏的年代,上海咖啡厂一度发明了由下脚料咖啡豆研磨成的细粉与糖粉压实烘干后切成小块包装的咖啡茶,这与上海人发明的假领子有异曲同工之妙。有很多年,一听 227 克的铁罐咖啡售价三元五角,在当时几十元工资的上海工薪族眼里仍是高雅生活方式的符号。改革开放后中国速溶咖啡市场崛起。记得 20 世纪 80 年代末 90 年代初,雀巢咖啡是城市家家户户玻璃橱里的标配,速溶咖啡一度成了大众日常咖啡生活的主流。

连锁咖啡品牌星巴克的到来算是上海人咖啡生活的又一次破圈,之前去的几乎都是独立咖啡馆或宾馆咖啡馆。

2000 年,上海第一家星巴克在力宝广场开业。而我第一次去星巴克是 2002 年在陆家嘴滨江大道店,那家店当时刚开业不久,一起去的还有发小 Steven 和他的法国朋友。那个下雨阴冷的深秋上午,坐在通体玻璃的店里,我们都被这里摩登开阔的景观惊艳了。过了 20 年,我依然觉得那是我去过的最美星巴克。

这些年,喝了那么多咖啡,星巴克早已不再是上海咖啡客的上选,还在喝星巴克的人,喝的都是情怀。

如今上海有 900 多家星巴克门店,是全球门店最多的城市。即便打烊了,灯箱也会整夜亮着。在大众点评 APP 上输入"星巴克",我家方圆 1 千米之内就跳出 13 家门店,本土品牌瑞幸则有 8 家门店,而后者在整个上海有 1000 多家门店。上海咖啡界的代表

Manner,在方圆 1 千米之内也有 3 家。Manner 开创了国内咖啡精品小馆的先河,上海是其发源地和重仓城市,在上海有 300 多家门店,还有自带杯业务。即使在打烊后,店面内部灯光也开着,为都市夜归人照亮回家的路……

　　20 世纪 90 年代末至 21 世纪的最初 10 年,正是我闹猛的年纪,上海的消费情绪处在上升曲线,我去过也写过不计其数的独立咖啡馆和宾馆酒店咖啡馆。常去的连锁咖啡馆是"真锅",它的创始人是真锅国雄。至今回想起来,我对早期的真锅仍是怀有好感的,尽管它后来式微了。早期真锅咖啡店堂普遍宽敞明亮,毫不逼仄。吧台后面制作咖啡的是围着白绿相间围裙的清爽男人。他们剪着寸头,手指修长而白皙,有点矜持,手艺却很精湛。我还记得真锅的法国香榭和蓝山,记得冬日窝在沙发里看书的那份闲适。同一时代还有上岛、两岸、迪欧这类复合型休闲餐饮咖啡店,它们如雨后春笋般在上海出现,群雄割据,然后又慢慢淡出视野,其中的热情与冒险的罗曼史难以尽数,如同我们逐渐远去的青春。

　　上海如今有 8000 多家咖啡店,数量远超纽约、东京、伦敦和巴黎,是全世界咖啡店数量最多的城市。在上海 6300 多平方千米范围内,平均每平方千米有约 1.25 家咖啡店。在咖啡店密度最高的南京西路,每平方千米有 57 家之多。在我生活的新华路街道,各种维度的咖啡馆星罗棋布,上海的第一个咖啡戏剧节,也在街道辖区内的上生·新所哥伦比亚花园。凯田路是这一带最年轻的马路,坐落于原上钢十厂改造而来的商贸片区"长宁国际",将这个 CBD 一分为二,极具金属质感,是一条少为人知却卧虎藏龙的咖啡街。

　　上海连锁咖啡市场也不断迭代,如卖空间的星巴克、Costa,卖产品的瑞幸、Manner 和 Nowwa,卖审美的 M-stand、Seesaw 和蓝瓶咖啡……它们都将上海作为第一线下战场。当喜茶、茶颜悦色等茶饮新消费的烈火被资本扑灭,咖啡行业却仍在大举扩张,一些咖啡头部品牌拿到融资之后,该咖啡馆在一个区域的数量在短期里可能翻几番,并试图抢下更多地盘。不过这些品牌除了单纯抢占市场空间外,还应持续加固护城河,夯实核心竞争力,才有可能守住江山甚至破圈增长。上海未必是最赚钱的咖啡市场,但一定是品牌成长土壤最好的城市。

壬寅年腊月廿八,午后收工,沐浴着晴冷的空气,我有种迫切需要去堂饮一杯咖啡的冲动。上海最不缺的就是咖啡馆,但意随心动,下意识地,我去了坐落于华山路的"上咖咖啡"。

这里有着老上海的格调,而非老上海的画皮。上海人对承载了几代人集体记忆的"上咖"是有强烈共情力的,它的前世今生犹如一道有着古早荣光又缠绵悱恻的时光之链。这是上咖咖啡继肇嘉浜路店和四川北路店后的第三家线下实体店,额外承担着"华山·263 老字号品牌馆"的导引功能。店内还陈设售卖铁罐装上海牌咖啡、麦乳精、乐口福、菊花晶等老派固体饮料,它贩卖的不仅是情怀,更有国潮回归的信心。

以咖啡为核心,还原老上海咖啡最深沉的味道,上咖咖啡馆从咖啡豆的甄选、咖啡的配比、咖啡萃取方式等细节,试图逐一复刻还原 20 世纪 20—40 年代海派生活情境。除了美式、拿铁、卡布奇诺等寻常品种之外,还有加了光明冰砖的阿芙佳朵、加入麦乳精的麦香澳白、加入乐口福的上海拿铁等,产品线非常丰富。

当日,我喝的是麦香澳白。古早与创新的味道,很上海、很摩登。

海派咖啡馆在市中心已经非常罕见了。南京东路的东海咖啡馆在打烊十多年后才在滇池路 110 号原仁记洋行重新开张。那是上海现存最典型的安妮女王风格建筑之一,曾是上海纸品二厂。东海咖啡馆至今仍保留着用虹吸壶手工现煮咖啡的传统。比起用咖啡机炮制出的意式浓缩咖啡,小壶咖啡更加浓醇且别具老派品位,老店的招牌也无需浮华的堆积。不同的是东海咖啡馆以前是工薪格调,如今品位上了台阶,成了2.0版。

鲁迅先生有句名言:"哪里有天才,我是把别人喝咖啡的工夫都用在工作上的。"不过鲁迅究竟还是喝咖啡的。很多作家与咖啡馆的关系比与出版社的关系还要密切。有这么句名言:"我不在咖啡馆,就在去咖啡馆的路上。"巴尔扎克也曾说:"三万杯咖啡将是我人生的句点。"巴黎著名的花神咖啡馆还有自己的专属品牌电影《花神咖啡馆的情人们》,讲述萨特与波伏娃惊世骇俗的爱情。

在正月初八,我喝了开工后的第一杯咖啡,在1927鲁迅与内山纪念书局,买了一本《鲁迅信札藏笺》和一杯日式咖啡"朝花夕拾"。这杯撒着茉莉和栀子花干花的拿铁,让我有了春节里独处片刻的惬意,甚至还嘚瑟起来,发了个朋友圈:年过到这会儿,很多片段开始属于自己。

人到中年,有多少时光能真正属于自己呢?咖啡时间创造了无数碎片式快乐的连缀接续,于是才弥足珍贵吧。

舌尖上的才子们

一直觉得,梁实秋最好的美食文章,不是写现在的,而是写回忆的。回忆自带滤镜,使得食物的迷人因乡土情怀而无限放大。他46岁到中国台湾,直至84岁去世,一别半生,再也无缘故土,于是当年的一杯一箸一蔬一食,都能勾起他思念的涟漪。

最爱看他写寻常食物,比如写鸡蛋饼:"北方人贫苦,如果有两张家常饼,配上一盘摊鸡蛋(鸡蛋要摊成直径和饼一样大的两片),把蛋放在饼上,卷起来,竖立之,双手扶着,张开大嘴,左一口,右一口,中间再一口,那简直是无与伦比的一顿丰盛大餐。"

梁实秋出生在北京,最爱信远斋的蜜饯、糖葫芦和致美斋的爆羊肚。1926年,他留美三年归国,刚下车,将行李寄存在车站,就直奔致美斋,一口气吃了三种爆肚。他说,在海外想吃的家乡菜,以爆肚为第一。

豆汁是北京的象征,满族正红旗的人民艺术家老舍先生爱喝豆汁。他称自己长着喝豆汁的脑袋。他说,大杂院最穷的家庭,都靠一口酸豆汁过日子。

老舍的口味全然是北京的,喝茉莉花茶,也是全北京吃大白菜的专家,尤其爱吃由大白菜、白糖、白醋、芥末合拌的芥末墩,此菜爽口解腻,风味独特。据汪曾祺说,老舍家的芥末墩是他吃过最好的芥末墩。

老舍朋友多，个个都爱跟着他吃，聚餐时点菜的永远是他。每年大年初二，他必然请单身朋友来家过年。他爱点外卖"盒子菜"：酱肉、熏鸡、熏肚、火腿、腊鸭、口条等切成精致薄片装在直径三尺的扁圆形九宫格漆器食盒中。大家都吃得兴高采烈。

自古英雄配美人、才子配佳人，否则似乎羞于见人。以此为标准，大学者胡适是太委屈了。夫人江冬秀是相貌平凡学识平庸的小脚村姑，泼辣霸悍，嗜搓麻将，毫无文艺气质。胡适虽也曾生过枝节，可感情放出去得不多，收回来得很快，与夫人倒是携手走过一生。晚年的他戏谑出一句名言："越是怕老婆盛行的国家，越是民主化程度高的国家。"

胡适是安徽绩溪人，与他清朗俊逸的形象形成反差的是他的厚腻口味。他喜食肥肉、红烧青鱼头尾、红烧草鱼划水。他到北京大学任教后，炒豆腐脑深得他青睐，因为他喜欢重油，此豆腐菜要用猪油鸡油几番翻炒，油润细嫩。

夫人江冬秀也有几把刷子，她做得一手好绩溪菜。梁实秋第一次去胡适家做客，江冬秀就亲自下厨烹制了绩溪名菜"徽州一品锅"。这是一道硬菜。口径两尺的铁锅里摆了数层食材，第一层是蒲菜叶子，第二层是煎过的鸭块，第三层是卤鸡块，第四层是蛋饺，第五层是油豆腐，第六层是五花肉，底层铺满徽州竹笋……从上到下，滋味层层递进，十分适口。梁实秋吃后赞不绝口，据说蔡元培也曾有幸品尝。

湘西凤凰是座土家族、苗族、汉族杂居的神奇边城，放蛊、赶尸、落洞、剿匪，充满诡异传奇，那里也是沈从文的故乡。他笔下的美食，似乎每一口都有边城的味道。那些烟熏火燎的腊肉、腊肝、腊鸡鸭、干小鱼拌辣椒和重口味的牛肉粉、血粑鸭、烧酒构成了沈从文的前半生。"差不多每样菜上来都是一把辣子，上到鱼翅也不例外,谁知还有一钱以上的胡椒末在汤中。"

1934年,新婚不久的沈从文在母亲病重时坐船回湘西老家。妻子张兆和给他带了当时很稀罕的12个苹果。沈从文只吃了2个,省下的带给家里人吃。数日后,启程回京时,他给张兆和买了不少腊肉、腊肠,还有10筒茶叶、100个橘子……

这些细枝末节处能看出结婚初期两人相处的和谐美好,可惜蝴蝶飞不过沧海,爱情抵不过尘埃。沈从文苦追学生张兆和多年,写情书无数,几乎是一场单恋,写信时说:"如父亲同意,就早点让我知道。让我这个乡下人喝杯甜酒吧。"但终究,婚姻这杯甜酒也成了他与她一生的寂寞。

林语堂说:"人世间如果有任何事值得我们慎重其事的,不是宗教,也不是学问,而是吃。"

福建漳州人林语堂出身牧师家庭,少年时家境清贫,父亲留给他的半碗肉丝面都令他有温暖美妙的回忆。青年时经济也不宽裕,读书、留学、写作,很少有余力顾及饮食的精致。中年以后,生活渐渐富庶安定,林语堂对于美食也有了许多追求。

林语堂的太太廖翠凤对文学艺术兴趣寥寥,她是尘世的、精干的,但她擅庖厨,对饮食有着强劲的记忆力和卓越的悟性。这位厦门鼓浪屿首富廖家的二小姐将所有的智慧与精力投入厨房。管他时局变迁、世事变幻,廖翠凤只管做肉松,做厦门菜饭和卤面,做焖鸡、加腊鱼煮面,做最拿手的、需炖煮10小时的清蒸白菜肥鸭和工序复杂的厦门薄饼。每每吃到这些家常美味,林语堂和孩子们的肚子简直快活得会唱歌了。廖翠凤的一顿家宴,能让全家人吃出千万里的乡愁。

林语堂曾说:"我才不要什么才女为妻,我要的是贤妻良母。"他的女儿们也说:"天下没有像我爸爸妈妈那么不相同的伴侣。"林语堂外表不拘小节,喜欢吃翅膀、脖子、肝肠之类的杂碎,廖翠凤

寻 味

有条有理,打扮得整整齐齐,喜欢吃方方正正的腿肉和胸肉。年轻时廖翠凤可能不是林语堂的最爱,但到了50岁林语堂送给妻子一枚勋章,上面写着:同心相牵挂,一缕情依依……

林语堂一生经历丰富,长期漂泊。1966年定居中国台湾后,因物产和故乡漳州大同小异,他十分欢欣,廖翠凤也像是回到了她的福建主场。林语堂台北的家在阳明山的山腰处,是俯瞰台北的最佳"C位",我曾去过三次,那是一座中西合璧的四合院。新笋园中剥,早起食诸糜,葱葱郁郁的阳明山的绿竹笋甘脆鲜爽,竹笋鸡汤是他家春夏的家常美馔。

才子若生江南,大约没有一位是不爱吃的。吃编织起了世情的经纬,也见证了人情冷暖。

虾爆鳝是徐志摩的最爱,但凡他回到家乡海宁,必点这道菜。还有桂花煮的糖水栗子,徐志摩有次千里迢迢赶去结果没吃上,甚至还气鼓鼓地写了一首诗《这年头活着不易》。后来还有海宁名厨根据徐志摩笔下美食琢磨出一套"志摩宴"。徐志摩在饮食口味上不脱浙江人的清淡,爱吃鱼虾豆腐、爱喝龙井茶。

无锡人钱锺书,曾自嘲"不好茶酒而好鱼肉",并坦承自己"居然食相偏宜肉"。钱锺书不擅长做美食,但无论去什么馆子,他总能点到好菜。夫人杨绛说:"选择是一项特殊的本领,一眼看到全部,又从中选出最好的,他和女儿在这方面都擅长。"

钱锺书本质上是写人性的作家,他极擅长在饮食中窥见政治之道、哲学之道、为人之道,比如施一饭招恩、吝一饭招怨,比如对美食美器的看法。他曾说:"洗一个澡,看一朵花,吃一顿饭,假使你觉得快活,并非全因为澡洗得干净,花开得好,或者菜合你口味,主要是因为你心上没有挂碍。"

浙江富阳人郁达夫毫无疑问是民国文化圈里当之无愧的美食家。他自幼丧父,幼年家境贫穷,不过富春江的鱼虾给了他敏感的味觉基因。成年后郁达夫逐渐富裕,他的美食嗜好渐渐得以满足,也有了后来觥筹交错的酒席生涯。他的名篇《故都的秋》将南国与故都北平的秋作对比:"正像是黄酒之与白干,稀饭之与馍馍,鲈鱼之与大蟹,黄犬之与骆驼。"短短一句话竟写到了六种食物。

郁达夫喜肥鲜膏腴,胃口极佳,一餐能吃一斤重的甲鱼或童子鸡一只。他早餐小菜比较讲究:荷包蛋、油汆花生米、松花皮蛋……他擅饮,是鲁迅最重要的酒友,五马路川味饭店、陶乐春等是他们常去之处,辣鱼粉皮、砂锅豆腐、炒腰花、绍兴酒都是常点的酒菜。就连郁达夫听到鲁迅去世的消息时,也是在酒楼的饭桌上。

郁达夫最爱吃海蚌,称其是神品,在海蚌上市的季节,红烧白煮,能吃上几百个。同样,他也喜欢肥白健美的女人。有"荸荠白"雅号的杭州第一美人王映霞让他心心念念刻骨铭心。初见时郁达夫就对她一见倾心,请她下馆子,短短六天吃了六次,他喝醉五次,推杯换盏,谈了许多氤氲衷曲。

自小娇生惯养的王映霞在婚后洗手做汤羹,郁达夫也频频带她去酒楼吃饭,讨论研究美食,很快她厨艺精进,对他的饮食也是用心至极,火腿蒸甲鱼是拿手菜,还学会了当年郁达夫在日本留学时喝的味噌汤,这是他宿醉后常饮的醒酒汤。当时他们每月开支200银元,几乎有一半花在吃上。

与郁达夫离婚后,王映霞就再也没有做过味噌汤。

今晚喝汤

"阳"了躺平多日,唯一开胃暖心的就是喝汤。鸡鸭肉汤喝腻了,有天嘴里淡出鸟来,突然想喝韩国醒酒汤。

在各式韩国醒酒汤中,河豚汤、蚝汤和星鳗汤我最喜欢。河豚汤贵,是韩国男人发薪那天享用的美食。蚝汤细腻曼妙,补充体液最有效。记得前几年我经常去济州岛,清早宋社长在手下工人刚捕捞上岸的星鳗里,挑选了一条最大的,带去友人经营的海鲜料理店加工,不久一锅热辣鲜香的星鳗汤就做成了,端上桌继续慢慢炖着。不过一方水土养一方汤,离开了故乡,汤便也不是那个味了。

北方人大多不讲究喝汤,河南除外。河南人通常也不把自己视为北方人,而是中原人。在开封,黄家总店、稻香居等名号里最有名的是胡辣汤,放的是黑胡椒颗粒,很浓郁带劲儿,叫人一碗一碗停不下。洛阳的老汤客爱喝驴肉汤、杂碎汤等。不过到北京,到河北,到新疆,都是酸辣汤、疙瘩汤、西红柿鸡蛋汤的天下了,考究点就是牛羊肉汤。

长沙人家常爱喝海带排骨汤、花生墨鱼瘦肉汤。湘赣之地湿气大,当地人口味重,这些汤是有中和作用的。四川人家常爱喝"成都蛋汤",汤里的蛋不是嫩嫩的蛋花,而是先煎老,配以番茄、青菜、黑木耳等,倒也清爽。

"豆捞"是个让人过目不忘的名词,源自澳门,一人一口小火锅,配菜多为海鲜和蔬菜。豆捞取自都捞、dollar 的谐音,非常讨口彩。澳门豆捞在内地较为集中,在澳门当地,多称此为"打边炉"。

南方人都是汤迷,有一套博大精深的汤学,尤其粤港澳大湾区人。他们对老火靓汤的鉴赏鞭辟入里,天下估计无人能出其右。他们煲汤,食材搭配恣意汪洋,烹调手法严谨考究,充满创意却又蕴含格律,力求清鲜淡美。

友人从前在北京工作,后到澳门创业。刚到岭南,习惯了冷硬气候的他极不适应,手指和小腿上长了湿疹,搽任何药膏亦不见好转,十分尴尬。后来澳门友人建议他多煲汤、多喝铁观音茶,果然很快痊愈。岭南古时是瘴疠之地,常闻他们嘴边挂着"湿热"一词,化解与固本唯靠汤水。于是澳门最独特的味觉景致,不是义顺的双皮奶,不是大利来记咖啡室的猪扒包,而是寻常人家的老火汤。

香港也是。下午四点,各家厨房逐渐有了动静,一锅私房汤的打造开始了。这里既包含老火汤,也有以五谷菜蔬搭配海鲜肉类在较短的时间煮成的滚汤,也有甜品糖水。不久炉子上依稀飘出些气味来,随时间推移,渐渐由虚无缥缈坐实为乖驯鲜腴,馥郁旖旎的汤味混合着万家灯火,悬浮于香江的半空,成为港人之间的相认密码。

江南人喜欢喝鸡汤、鸭汤、腌笃鲜、鱼头汤,上海本地人还喜欢三鲜砂锅。基因是个很玄的东西,如果用 10 分钟做个快手汤,我一定会是紫菜开洋虾皮汤,嘴巴里仿佛有了点海洋的鲜味。如果有 20 分钟,就可以煮个贝类汤。青口、蛤蜊、姜和一茶杯清酒,焖煮片刻后撒一把葱花,原料家常易得,样子稀疏平常,味道却鲜掉眉毛。作为第五味觉,"鲜"其实极难描述与定义,东亚人对鲜味的感知能力最强,那是儒家文化圈特有的审美,而西方人很少对此带感。

海洋赋予了宁波无限美味,以甬人分辨率精细如毫的味蕾,对于海鲜,每人都有一套食经。让宁波上海双城脐带相连的,不仅有一声"阿拉",还有对鲜美味绝的东海野生大黄鱼共同的特殊情结。前不久,潽浦老家的钱建杭兄上午出海捕捞得一条硕大的野生大黄鱼,揣着这个活宝立即出发,经过连绵的山、隧道、河姆渡遗址、杭州湾大桥下波涛滚滚的东海,至黄昏我下班,已在他的会所吃到了透骨鲜美的雪菜大汤黄鱼。钱兄给我盛了一碗又一碗:"多吃点,那么大的黄鱼!老家的黄鱼,鲜啊。"

大黄鱼难求,每年清明前后,川乌仍属易得。同一种鱼,在北方称鲅鱼,在南方称马鲛鱼,川乌是马鲛鱼之王,书面表达是风雅的"鳍鯃"。因在繁殖季节,象山蓝点鳍鯃体内脂肪达到峰值,切成厚段后略微过油,用雪菜笋丝煮成半汤半菜,清鲜甘腴层层推进,入口即化,食之忘俗。每年一翻过元旦,我就开始盼着这道汤菜,期待越久,滋味越长。

西式汤里我唯独喜欢匈牙利牛肉汤,一年中也会点几次。

很多人认为,男人是不太喜欢喝汤的,但那完全是一种错觉。宋朝男人饮酒前往往先喝汤,《水浒传》里宋江与李逵、戴宗豪饮前,先要喝辣鱼汤;柴进请林冲饮酒,把了三巡,坐下叫道:且将汤来吃。现实生活中,很多人聚餐前,也是每人先上一碗实料充足的汤,再喝酒。在韩国,发小哥们间约聚常常是在小馆子喝酒,喝到两颊绯红,直接倒炕上睡着,醒后喝一碗醒酒汤配米饭,酸酸辣辣热气腾腾下肚,细胞被激活,那场醉就像从来没有发生过。而老火汤对于粤港男人来说,则有着深刻的社会人伦功能,意味着家庭的归属与呵护。男士若无应酬,常在下班前致电太太以"今晚饮乜汤呀"代替情话,饮汤成为只在私领域与自家人分享的仪式。

魔都饭局

同为友人聚餐,上海人较贴近社会属性:局。魔都饭局由于那些精致铺垫多少显出些风雅来。

约一桌人吃饭看似简单,实则深有名堂。组织不好,真不如不吃。一个完美的上海饭局,设局人、局精、局托儿、陪客、花瓶……众角色一个都不能少。

如今最珍贵的不是酒菜和场地,而是时间,是能把3个小时交给你的人。只要还没退休,很少有不忙的人。

于是东道主事先须就宴会由头、主题、来宾搭配有所设计。谁与谁相好,谁和谁不睦,谁百搭谁候补,须心里有谱。然后至少提早一周发第一遍微信通知,时间、地点、参加人物,要素一个也不能少。若是熟友,干脆建个群。到饭局前一天再发一通微信提醒确认。受邀者若有变化,一般会在两次微信之间来告假,若等到第二遍微信收到后才变卦就是失礼。因为你已经占据了一个名额、一个席位,你的存在自有一番道理,你和其他受邀者之间是一副已经理好的牌。少了你,阵形不整,牌形也变了。且东道主临时再找人替补,对替补者也得准备一番说辞。替补肯来,倒像是给众人一个大面子。

如果没有提前建群,在宴席发生前,受邀者事先心照不宣不响不打听，只当没这回事，以免让那些未被邀请者不自在。如果宴会当天谁将偷拍的照片发送给未被邀请者，不论出于何种动机，都不是上路的表现。

受邀者有时会给东道主、组织者带些礼物，或给聚餐添加点酒菜、手信，席间把酒言欢风月无边，却始终调控着节奏火候，弥补着疏漏，这些善意和敏慧的举止，尽显主客情商。

在饭局上勇于点菜的人，在生活中也会是个勇于担当的人。一个成熟的点菜人讲究洞明通达，谁吃鱼谁吃肉谁喝酒谁买单，一切心中有数。吃饭不是大事，席间聊的也不是要紧事，多半也聊不透，然而只要坐在那儿，就是一种表达了。这样的聚餐，与席者通常不会发照片上传朋友圈。饭局表面上是吃饭，实际上讲的是海派，是人情。

微信初叶，是个只要愿意，就能"一人吃饭众友围观"的时代。而且饭前还要将各人的最近的思想动向、秘闻见识、心水物件，作为谈资储备，以防饭友说了圈内见闻而自己一脸茫然，接不上话。俯首忙于摆弄手机，冷落了同餐者则违反了餐桌礼仪。保持较投入的态度，演绎好自己当日角色，是对东道主、组织者和美食的敬意。若是友人在朋友圈发了佳肴佳酿和有趣合影，我还是乐于点赞。花心思发的东西总期待听到个响儿，这是人之常情。

友人曾跟我说心里话，她是为了微博而游历、购物、吃饭的，且超过70%正在交往的朋友都是通过微信、微博认识的，这让我匪夷所思。也许是我的性格太古早了，必须是先有现实生活中的"实体"的人，再引出一串人和事，编成一张网，才觉得踏实有根基。人与人之间，总是要在一个共同的实际的事上磨过后才算相知，不是吃饭喝酒风花雪月那么单薄。萍水相逢却相知，在我生命中非常非常少。一旦形成，我就将其视为命中注定，十分深刻长久。

如今大多数人对微信的使用已臻于成熟。聚个餐早已心照不宣不发朋友圈了,除遇特别奇特的酒与菜(当然美食家除外)。我有个闺密,她最反感吃顿饭就发九宫格和未经允许就把餐桌合影发朋友圈的人。不过在我看来,他们都有着朴素的热情,只是需要在分寸的把控上下点力气。

有高级感的饭局历来崇尚小范围、人对路,当然场地也要有主题有特色,吃什么倒在其次。这种饭局说话不流于表层的相互吹捧和集体买醉,而是既有谈笑间樯橹灰飞烟灭的畅快淋漓,又有金风玉露一相逢的迢迢暗度,席间除了互加微信外,就放下手机这个劳什子,这是个危险的家伙。

要小心饭局。味蕾享受加秀色可餐,人也跟着松弛下来,新朋旧友借着酒意说些疯话,露露底色,自我催眠,这时命运之神就会来插上诡秘的一脚,有时人生最大的变局往往发源于一顿饭。

花看半开,酒喝微醺。酒若不贪,则是风雅的好东西,不仅点化人的情态,更能让平时难以出现的妙语妙句鱼贯而出。微醺时再平实无趣的人也难免雀跃,忘形是与最真实的自己赤裸相见,这是多么缠绵美妙的遇见。在上海,藏龙卧虎的善饮人很多,稍事显露,就有点深不可测的味道,可善饮不等于莽夫般没有章法的拼酒或者毫无时间管理的概念。

路子清爽的人,当天该首先敬谁酒、谁是东道主最重要的客人、谁是陪衬,每个人都心知肚明,不会逾越。如同一出相声谁是捧哏、谁是逗哏、谁可以被嘲弄、谁需要自嘲、谁负责鼓掌叫好,彼此心中有数,分工明确。自己该喝多少、该如何发挥、何时发挥,集体心照不宣。

一个合格的饭局组织者,还会留心观察人与人之间的微妙关系和最新动向,注意补充气息相投的新鲜人和新鲜话题。主角不能没有,也不能有太多。花瓶一定要有,光好看却没有核心技术,也是配置低了。桌上有公认的美食家和品酒大师是很扎台型的事,不过每个品种最好只有一个。如此看来,上海很大,上海也很小。

友人有次和一群有头有脸的人物吃饭,席到四分之三时,他出去抽了支烟,恰巧又接了两个时间不短的电话。等他再回包房时,发现人去房空,他们早就从另一个通道走了。看来大家都把他忘了。

友人说,之前他一直以为自己在社交圈里是个重要人物,但这次饭局让他发现自己什么也不是,进而有了领悟:许多人都高估了自己,为虚名所累,总错觉自己会有很多观众。学会自斟自饮,自在自由,才是人生上策。

大蒜的文化版图

一过长江，大蒜的拥趸就少了。吃蒜并非北方人专利，但生吃却基本属于北地特色。上海人基本不吃生蒜。一方水土养一方人，人们的味觉习惯是食脉，是胃的故乡。

上海人历来在大蒜面前有点踯躅徘徊，尤其是徒手生啃大蒜。江南的调性与大蒜的剽悍之风和强烈性情并不相符（苏式汤面"重青、免青"指代的那撮青蒜叶除外），这倒也是集体心照不宣的事实。与蒜的块茎相比，江南人更接受蒜苗、蒜薹之类。有时以包饺子为主题的魔都聚会，核心人物必然是北方人。从购买面粉自己擀饺子皮直到到饺子上桌，我们沉浸在如宗教般虔诚的气氛里，等每人一瓣蒜头发好，酒也倒上了，饺子、大蒜、酒构成了氛围美食，很是动人。

梁实秋在《吃相》中写："从前我在北方家居，邻户是一个治安机关，隔着一堵墙，墙那边经常有几十口人在院子里进膳，我可以清晰地听到'呼噜，呼噜，呼——噜'的声响，然后'咔嚓'一声，他们是在吃炸酱面，于猛吸面条之后咬一口生蒜瓣。"

在河南、山东的小吃店进餐，总有一束大蒜头悬于墙头，供食客自取。很多年来我一直对北方人吃饺子、面条时就着的那一枚大蒜匪夷所思，这到底是刚需还是点缀？

在魔都,有一整套复杂微妙且不成文的公序良俗和行为路数,自然也细致到对大蒜的态度。带着强烈的大蒜气息出入公众场合或办公室十分不雅,会让旁人产生不适宜的尴尬感受。若食蒜后必须参加社交活动或团体活动,首先要尽可能清除气味,然后自觉坐在最下风,尽量少妨碍到别人……海派是善于融合的,上海糖蒜并没有激烈气味,其糖醋比例与腌制技术说来简单,却也微妙。其实大蒜自身是中性的,但吃的过程和事后是否顾及场合、氛围和旁人感受,确实体现了国际化大都市的自我修养。《红楼梦》里刘姥姥把"一头萝卜一头蒜"挂在嘴边,当年周立波的咖啡大蒜论挑起地域文化纷争,不过伦敦名重一时的餐厅拥有者也有一句名言:和平和幸福在地理上始于常用大蒜做菜的地方。

据我观察,大蒜是一种感性且灵性的植物,暴力似刀又温情似菊,有绝对的两面性——此之蜜糖,彼之砒霜——人们对大蒜的感觉始终是冰火两重天。如果拿大蒜对应一个人的话,我觉得是硬汉北野武,有气节感,侠气生猛,也有点孩子气,有着标志性的沉默和爆发。据说日本黑道很敬重北野武,虽然他不是同道中人,但他有男人气概和真性情,他的电影,都是本色演出。

从远古时代开始,大蒜就有着毁誉参半的口碑。大蒜是阳性植物,强烈且个性化的气味据说有一定的辟邪功效,能驱除吸血鬼,以魔攻魔,西方人常把大蒜和十字架并列辟邪。当年大蒜由于被广泛应用于战场疗伤而被称为"俄国盘尼西林"。

看似优雅的法国人实则很喜欢吃大蒜。法国国王亨利四世对大蒜的酷爱维持了一生,他每天都要吃上一瓣,据说他的气息能在二十步外熏倒一头牛。法国名菜奶油青口、勃艮第蜗牛、奶酪火锅等都离不开蒜泥黄油酱、蒜泥蛋黄酱。红透法国的布尔桑奶酪是法国经典奶酪之一,其关键成分是大蒜,法国人通常会将它涂抹在法棍上享用。法国名厨 Louis Felix Diat(1885—1957)曾有一句名言:"世上有五种元素:土,气,火,水和蒜。"

韩国人是出了名的大蒜的粉丝,据说韩国是目前世界上头号大蒜消费国。德国人也是无蒜不欢,连饭后甜点冰激凌也有大蒜风味。日本则研发出无臭大蒜,还有大蒜蜜饯。

大蒜原产于欧洲南部和中亚,张骞出使西域时大蒜传入中原。大蒜进入山东大约在东汉年间,从兖州发展至周围各郡县,并扩展到山东各地,以苍山一带品质最佳。山东人以生食蒜为嗜好,无蒜不成席,几乎达到了每饭必备的程度,他们将大蒜视为地里长出来的青霉素。

中国是世界上大蒜栽培面积最大、产量最多的国家之一。北地冬季漫长,大蒜比其他蔬菜更耐储存。鱼肉油腻,蒜能解腻,素食寡淡,蒜能增味,春吃蒜杀菌,夏吃蒜开胃,秋冬吃蒜强身。在地道的东北烧烤局上,大蒜断不缺席的。《本草纲目》里记录大蒜功效是:通五脏,达诸窍,祛寒湿,辟邪恶,消痈肿,化积食。诸葛亮也用大蒜让士兵抵抗了瘟疫。宋人范成大曾说,巴蜀人好食生蒜。

如果说上海人的血液是石库门黄酒,广东人的血液是凉茶,四川人的血液是辣子,山西人的血液是陈醋,那么山东人的血液无疑是葱蒜。"鲁菜一万单八百,大蒜独占小九千。"大蒜是鲁菜的灵魂,其豪迈与粗犷气质就像其强烈奔放的气味一样,渗入齐鲁人士的骨髓。

曾担任毛主席生活管理员的吴连登介绍过毛主席日常的菜谱:四菜一汤、大蒜泥和辣椒。鲁迅先生早年学医,他对中医颇有偏见,后来逐渐改变了看法。他饮用姜汁治疗胃痛,用大蒜和艾灸治疗常见病——在穴位上贴蒜片,在蒜片上艾灸,大蒜被鲁迅别致地用于疗愈身心。

我有位山东好友,既是大蒜的拥趸,又是咖啡的拥趸,生蒜和咖啡是他的常食,而非闲食。其实大蒜与咖啡并不矛盾,并不能作为雅与俗的区分,喝着咖啡就着大蒜,秋水共长天一色,不也很神奇吗?甚至在某种情况下还能联手再创造,比如东瀛的大蒜咖啡。

日本青森县八户市经营咖啡店的下平先生30多年前曾有一次烹饪失误。当时他在煎一块蒜香牛排,结果菜毁了,烧焦的大蒜被他捣碎冲上开水,这杯脑洞大开的暗黑料理看起来很像咖啡,也有类似咖啡的口感。而且由于长时间加热,饮用后不用担心口臭。下平先生退休后为实现大蒜咖啡的商品化而反复摸索研究。2015年他取得了大蒜咖啡专利,在岩手县开设了工作室。大蒜咖啡具有咖啡的外观和口感,原料却是百分之百日本青森县产的大蒜。这件事证明大蒜和咖啡并不对立。吃大蒜和喝咖啡,在这一刻毫无违和感。

好友有个咖啡大蒜论:男人找女人,就跟喜欢吃大蒜一样,先吃了再说,不考虑后果;女人找男人,就跟喝咖啡一样,苦一点不要紧,最主要的是芳香温馨并有情调。

说了那么多,其实我是很少吃大蒜的,这主要源于我对这气味的敏感。有次修剪头发前,托尼老师指间的大蒜味让我突然惭愧地取消了这次消费,我没说原因,羞于开口,他也是一头雾水,却还是体贴地帮我穿上外套,送我出门,保持着迷人的微笑。

粗人不吃蜜饯

我觉得,蜜饯算得上是全球华人尤其是华人女性的较大公约数。蜜饯品种的丰富程度,与一个民族的味觉系统精细程度和口感多元化密切相关。有中国人的地方,任是盛世荒年,蜜饯都不曾被冷落,其杂陈的五味实在能解华人冷不丁袭来的某种馋。

当捃着那些收干却还在蓬勃呼吸的密实果实时,我会想不能以水果的标准评价蜜饯,如同不能以爱情的标准评判婚姻。婚姻不是爱情的坟墓或绿洲,好比蜜饯不是水果的衰亡或辉煌,而是一种以重生姿态表达生命活性与生机的载体,是一段抵达某处的长长的旅途。

东汉《吴越春秋》的"越以甘蜜丸欓报吴增封之礼",据说是有关蜜饯最早的记载。也有种说法:蜜饯的起源与杨贵妃密切相关。贵妃酷爱荔枝,可从蜀地到长安即使快马加鞭也保不住鲜果的寿命,于是催生出蜜煎荔枝肉的防腐技法。后来蜜煎演变成蜜饯。苏轼有"时于粽里见杨梅"的诗句,那是北宋的蜜饯粽子。在《金瓶梅》中,西门庆和友人吃酒时配了几碟果食,其中就有"衣梅","犹如饴蜜,细甜美味"。这本书里的茶事有多达七百余处,茶楼茶肆遍布城中大街小巷,饮茶不是清饮,而是搭配荔枝干、杏干、桃干等蜜饯和饽饽、火烧等茶点,是平民的生活业态与社交方式。20

世纪初,有千年技艺传承的北平聚顺和蜜饯参加巴拿马国际博览会获得金奖,可见蜜饯面前,人人平等。

我的师友常有通俗金句,比如"粗人不吃橄榄"。生于上海、祖籍苏州、有一半绍兴血统的他说这是句绍兴老话。绍兴人是否爱吃橄榄我没考证过,不过绍兴人吃茶民俗中爱放一颗青橄榄我是感受过的。

小学时第一次吃檀香橄榄的情景宛在昨天。爸爸买了一纸袋青橄榄,一边骑自行车载着我,一边共同品尝。我初尝只觉得含有少许汁水的橄榄又酸又涩,口感粗糙略苦。爸爸说,别急,马上就是雅致的回甘了。果然橄榄在青涩的低回后转瞬婉转清扬。爸爸还经常拿一撮龙井茶和两颗檀香橄榄置于白瓷杯中闷盖片刻后赏味,有别样的清芬,于是我从很小就开始喝这种古早味绿茶了。小小的青橄榄貌不惊人,但滋味独特带劲,是一种遗世独立的清雅存在,多咀嚼才能辨出它的曼妙不凡,且能清热利咽。

至今我都是橄榄的拥趸,生吃、蜜饯、入馔、入茶、入汤无一不喜。拷扁橄榄、盐津橄榄、甘草橄榄、陈皮榄等,是办公室零食的"常在"。很喜欢以竹壳缠红线、每根竹节般缠出三四粒橄榄的包装,以小捆出售,很是喜气,商标常以某某行命名。还有以陈皮裹咸橄榄被禾杆草扎紧的广东三宝扎,陈香醇厚,咸香中和,能荡涤烦渴,醒神解腻。橄榄变幻成橄榄酱抹法棍,变幻成橄榄菜过白粥、蒸鱼,变幻成南姜咸甜橄榄糁,也都能让平凡的食物点石成金。

在我看来,橄榄的味道也分前中后味,余味缭绕,沁人心脾。江南人不算是中国人中最爱吃橄榄的,但一定属于比较爱吃的。真正的老饕在闽南,在潮汕,他们对青橄榄酸涩后的回甘清香有上瘾般的难以自拔。出远门时,行囊里一定会有一袋青橄榄,乏了、油腻了、想家了,就会嚼上几颗,那是故乡的水土。

再说说粗人为什么不吃橄榄,相比于橄榄的层次感和韵味,粗人更爱奶糖的直白。我有时边吃橄榄边聊以自慰:"嗯,我不是粗人。"不过在上海,自称粗人者往往更值得思忖玩味,他们绝不会是真正的粗人。而为追求表面精细用力过猛、时常拗造型而不自知的人,往往底板较粗,混沌不明。

精细化思维是江南子民的本能,细在游戏规则、人心沟壑和文化自觉。

少女时代我极其嗜好蜜饯。读小学时,广东凉果已成系列,多来自潮州庵埠,这地名曾一度让我以为那是一座庙。十来岁时,爸爸去某国宾馆开会时带上了我。他开会时,我在大堂看绿毛龟。傍晚开席,先上十碟蜜饯,我左右开弓大快朵颐。待到冷盘、热菜各就各位,长辈们把我的碟子摞成一座山珍海味的小山时,我的胃已基本被蜜饯塞满。那夜盛宴,菜式精致,氛围高雅,可不开眼的我浪费了这难得的机会,却饱餐了一顿登峰造极、刻骨铭心的蜜饯大餐。

比起苏式蜜饯的绵甜,我更喜欢广式蜜饯入口时的刺激快意。采芝斋名气大,蜜饯价格比庵埠凉果高得多,可年少时我无法体会它的好处。然而外婆是采芝斋的忠实粉丝,她坚持采芝斋的苏式话梅好过广式话梅数倍。外婆年轻时曾过着肥马轻裘的日子,对于吃,她挺讲究。她说人老了,口味趋淡,更中意悠长。我似懂非懂。但见她推牌九时口里还含一颗苏式话梅,许久许久,才吐出核来。我等到30岁以后,才能约略体会她那个"淡"的意味。她老人家还喜欢吃杏脯和蜜枣,罐头里常年都有这两样小食。

冰糖葫芦是北方蜜饯的翘楚,当然还有那些单个足有一两重的苹果、梨子果脯。北方人叫蜜饯为果脯。北方蜜饯多用那些"广谱"的水果,品种较少,口味甜浓,以高浓度的糖液为保藏依据,以烘干为主。在我小时候,北京的代表零食就是果脯和茯苓夹饼,可口度实在不能与南方吃食同日而语。

而南方蜜饯则多用梅子、李子等杂果或陈皮等果子配件,以甘草、糖盐和一些添加剂为口味支持和保藏依据,口味千回百转。有时想到中国台北,我最先想到的不是 101,不是圆山饭店,而是大稻埕迪化街,那是正宗老台北、最台北的所在,曾是台北买卖茶叶最重要的商港。港边洋行林立,是台北早期接触西洋文化的区域之一,一百年前也曾是北台湾最热闹繁华的富庶之地。无论是中式、日式、西洋式混搭的特色建筑,还是传统民俗、南北货、参药行、本地美食云集的生活业态,迪化街四处洋溢着老台北城的历史轨迹。那里的南北货和中药材琳琅满目,层次分明、鞭辟入里,每寸立面都恣意地展示着自家好货。过年时它也是著名的年货大街。我在那里买到过最好吃的八仙果、柚子参和话梅,阿叔给我拿出藏在后店的新货,然后分别均分三份的真心实意的神情,至今记忆犹新。

整座江南都是笋的粉丝

在古代,中国大厨已懂得用高汤调味;在日本,至今主妇都用海带、鲣鱼干等作为日常煮汤的提鲜原料。也正是日本人从海带汤中分离出谷氨酸钠,而高浓度的谷氨酸钠,就是味精。

中国人追求的鲜,南北亦有异。南方人对鲜的鉴赏更鞭辟入里、层次分明,鲜味食材不胜枚举,随心所欲不逾矩,笋是江南鲜的代表作之一。

姑姑住在杭州40多年。每次去她家吃饭,仿佛总是有笋的。即使不在笋季,也总有扁尖焙煨。每次她来上海,扁尖是必备手信。她还教导我,丝瓜可加入扁尖同炒,一咸一淡交融,就有了味道感,模样也更可人。她画得一手好国画,禅意深深,我总疑心她的玲珑灵性是吃笋多的缘故。

笋是蔬菜,又高于蔬菜,更脱俗于荤腥,有隐士风。中国古代士大夫们对笋有着特殊的执着,体现出他们特有的人格追求。李渔认为竹笋"清、洁、芳馥、松脆",蔬食之美全都具备了。据统计,全中国最爱吃笋的人数和讲究程度,上海排第一,杭州第二,苏州第三。我觉得越笋比吴笋犹胜一筹,尤以德清一带为最佳。将嫩笋尖做成小包装零食的恐怕只有江南了,手剥笋也是江南名吃。北方竹子少,笋的粉丝寥寥,不过北京也有不少人爱吃笋,尤其与酸菜同烹。

早在唐朝时期,京都府海印寺开山祖师道雄上人就从中国带回了竹子进行笋的栽培。在日本,笋是拉面、天妇罗、木鱼汤里常见的配菜。日本人也爱将笋剥壳后直接烤着吃,佐以海盐,或制作成返璞归真的竹笋饭。从中国东渡的食物众多,但窃以为笋的样貌与口味最符合物哀、空寂等日本民族独特的美学范畴,其次是豆腐。

我表兄是油焖竹笋的拥趸。他生于上海,久居香港,每次回江南扫墓的季节,竹笋虽非时鲜货了,却仍在赏味期。他嘴里常常念叨的就是油焖竹笋,这是江南笋菜的代表,如果用虾子酱油烧,那真是小确幸了。笋的灵秀与口感是其他任何蔬菜不能比的,比如茭白。除了江南,中国爱吃笋的地方并不多,粤港地区也不例外,盖因不少笋有微"毒",容易动气发冷,对于美女来说尤其应注意不宜多食。笋里的酪氨酸对颜值存在一定隐患,却能一定程度缓解抑郁状态。

腌笃鲜是江南恩物,有一次网评哪道汤能让海外游子魂牵梦萦,腌笃鲜完胜香菇老母鸡汤、咸菜黄鱼汤、酸辣汤、扁尖老鸭汤等名汤,选票名列冠军。由于平生不爱吃豆制品的缘故,窃以为在腌笃鲜中加入百叶结是个败笔,视觉上也有混沌之感,所以我家的腌笃鲜里只有三样主食材:竹笋、肋排和咸肉(或火腿)。笋是切滚刀块的,咸肉切成麻将牌大小块状。这道汤饱含冬的风霜和春的灵性,在清鲜与咸鲜的调和中,迎来一个个江南春雨天。还有竹笋塘醴鱼,这是一道让人能眉飞色舞的菜,踏着春的行板,生机盎然。

前些天一位江西友人雇人在自家山上挖了一麻袋毛笋,装满后备箱,载回上海分发。我也分得几支。这些毛笋一尺半长,体量硕大,还带着泥土。但我对这种个性强悍、易刮油水的笋无所适从,只得快递给闺密。闺密擅长庖厨,她把肥壮新鲜的毛笋剖开切丁后,加入她特配的作料与上等黄豆同煮,晒至七成干,装入密封罐中。如此笋豆,是她最爱的零食,咸鲜婉转,配合一杯龙井或碧螺春,整个春天都在口里了。大吃货袁枚也曾说:笋脯出处最多,以家园所烘第一。

是否思乡,胃最知道

有次与香港王先生聊天,说起故乡,这个经历过大风大浪的江南人被山温水软的苏州绊住脚步的有两样东西:评弹和面,早起吃一碗头汤面是他心中抹不去的乡愁。深陷在味蕾的回忆里,他悠悠吐出一句:"其实,苏州的面是最好吃的。"旅居香江60年,他仍念念不忘故乡跑堂倌的唱面声:"诶——来哉,三两焖肉面,要龙须细面,清汤、重青、重浇、过桥……"也许苏州有太多可以骄傲自夸的东西,所以对日日相见的面纵知是好的,却并不大张旗鼓地宣扬。

蔡澜先生说:"吃的文化,是交朋友最好的武器。你和宁波人谈起鳝糊、黄泥螺、臭冬瓜,他们大为兴奋。你和海外香港人讲到云吞面,他们一定知道哪一档最好吃。"

那是一定的。当人们离开了故乡,就越发觉出故乡美食的体贴和精到。那不是坐井观天,故乡一切的好,是他们漂泊在外乡,混迹在一群外乡人中,更能深切体会的。

那天我和F警官讨论猪肉的问题,我说我平日吃的肉的品牌,他说他家乡长沙的土猪肉那才叫个香!用来做小炒肉至少可以吃三碗米饭,他说下回帮我带一块来。还有辣椒萝卜,那是能引起湘人广泛共鸣的发酵食物——"晾至半干的白萝卜,拌入已经腌好的火红剁椒中,用不了十天,辣椒和萝卜的滋味便能完美融合。轻咬一口,嘣脆的萝卜早已褪去青涩味,只剩下略微的甘甜,混合着剁椒的酸爽香辣,用来配白粥简直是人间美味。"F警官忘情地描述道。

友人C先生,扬州人,在京读书创业20多载,对家乡味自矜不变。他说,在扬州小茶馆吃到的三流大煮干丝,也要比北京那些高级淮扬餐厅里做的好吃。那不是厨师和用料问题,而是水土问题……我笑而默认。每座城市都有文脉,不知可有食脉。对于多数人来说,吃过再多美味珍馐,到头来发现最钟情的还是从小吃惯的那一口,这大约就是食脉。是否思乡,胃最晓得。

女友Q小姐是新疆上海知青之后,从小生长在伊犁奎屯,大学毕业后扎根上海。她喝街边奶茶铺冲调的所谓奶茶,深觉寡淡不堪入喉。我们同游港澳时在尖沙咀喝正宗的丝袜奶茶,她也不以为然,说她们新疆的奶茶才是天下绝美,相比之下其他奶茶都是俗物。她向我详解了奶茶的制作方法:清晨五点新鲜牛奶就送到家门口了,用锅煮开后放一点盐,然后把茶砖用纱布包好置于另一个壶里煮沸几分钟。把煮开的牛奶和茶掺在一起就是奶茶了。当然,茶砖必须是上好的——新疆牧民整个冬季游牧,吃那么多肉,又缺乏新鲜蔬菜的补给,每天都要大量喝茶才能解腻,他们离不开茶砖!

前几年,我去新疆大半个月,其中一站是奎屯。Q小姐早已关照好她母亲熬好奶茶来招待我,佐茶小食是烤肉和巴旦木。我原还犹豫,怕膻,但两口入喉,一股纯正浓郁的奶香沁入肺腑,加上馥郁的普洱、铁观音味,醇厚绵长,透出淡淡的咸鲜……我正喝着,她迫不及待地电我:"怎么样,我没夸张吧?"

G先生少小离开温州老家来沪求学,见多识广、遍尝美食的他最爱的还是家乡的咸干海鲜。有次他来我家玩,见北面阳台上挂了一条半风干鳗鲞，啧啧称赞，还指导我这鳗鲞的风干程度和烹制火候。他还老念叨老家的"生"，比如蟹生，明亮生动，肉质润滑；比如白鳝生，取材是极小的带鱼，主辅料为红曲，最重要是中间的发酵过程。到他徐家汇的家中吃饭，吃到一桌好酒菜不足为奇，奇妙的是他总能端出一两小盘风味别致的"生"来，怕我们吃不惯，总放在自己面前，喝口酒，用筷子头蘸一点，可以消磨一晚上。他说很多温州人若背井离乡一段日子的话，总会带一袋炊虾、花蚬之类不值钱却晒干了很经得起放的小海鲜，这些吃食最能解温州人的馋。

女友 X 小姐出身无锡望族，嫁在上海。这些年她常会因思念家乡的小笼和蟹粉汤包自驾回老家吃下午茶。沪宁高速路上一路飞奔至太湖大道下来，直接去中山路。一个半小时、150 千米的时空，正是肠胃可望可即又不至于太轻易得到的距离。美味她不独享，总会约三两知己一起过去，泡一壶碧螺春，蘸点镇江醋，吃得满嘴滋润，肥美欲滴，一身舒坦。常说"食色，性也"，两性之欲尚须约束，口腹之欲足以信马由缰。

春节去山东友人家吃饺子，那可是一件大事。他们老夫妻俩是南下干部，生活在上海 50 多年了，还保持着北方人的乡音和味觉审美。他俩不善庖厨，总是大葱、大蒜、醋熘大白菜之类，却对包饺子有着类似宗教仪式般的虔诚。饺子皮必须是自己擀的，放多少黑面粉多少精白粉加多少水，馅儿里放多少肉多少蛋多少开洋多少韭菜，必须完全参照古法传下来的比例。

对北方人而言，一顿素饺子也是一个家。对于湘西人而言，一块黑不溜秋的烟熏腊肉才叫故乡。所以当我的上海女友们展示她们拍了三次面包粉的炸猪排和泰康黄牌辣酱油时，会让人觉得她们珍贵而可爱，因为她们有着对家乡味本该有的执着与敬畏。

小时候看《渴望》，刘慧芳的闺密买了一条鱼，反复说："我们晚上吃鱼！来我们家吃鱼呗！"那么多年后我依然记得她喜气洋洋加重语气的样子，仿佛吃鱼是一种仪式。那是北京胡同的小康人家。虽说20世纪80年代末90年代初物质远不及如今丰富，可鲫鱼、鳊鱼、青鱼、小黄鱼、带鱼等仍是江南人家寻常餐桌菜。

南方水系稠密且近海，食用鱼虾如同北方人食用牛羊。《黄土地》里，喜筵为应景讨口彩，一尾浇着酱汁的木雕鱼上桌，足显当年黄土高原上鱼虾资源的紧缺匮乏。

一方水土养一方人，膳食习惯和味蕾感觉自是随着地理环境走的。我的山西籍女友在上海生活了20年，至今仍不爱吃海鱼，更少吃刺身。另一位山西籍领导，在北京30多年没有饮食障碍，履职上海两年，上海菜尚能习惯，刺身也是大爱，只是在吃时习惯蘸着醋，还问我要不要加点。我通常是摇头的，说自己不爱吃醋。他笑："女人要吃醋啊，但醋劲不能大。"这个时候，他一定会评价几句山西陈醋与镇江香醋的区别。虽为山西人，他倒并不敝帚自珍，评价很客观，他说："一方水土不仅养一方人，也养一方菜，吃鱼虾江鲜大闸蟹，更合适蘸镇江醋加姜丝，提鲜增味，还有淡淡回甘。而山西老陈醋的酸劲你们受不了，适合搭配面食，山西恰是面食大省，当然也合适镇江的锅盖面……"喝鸡汤时，待我刚要夸赞汤清味鲜，迅雷不及掩耳，他一碟醋已经倒入碗中，看得我瞠目结舌。

上海地处江南，吃的是鲜活鱼虾，沐浴的是和风细雨，潮湿温暖的气候土壤孕育了林语堂先生笔下的江南人："他们习惯于安逸，勤于修养，老于世故，头脑发达，身体退化，喜爱诗歌，喜欢舒适。他们是圆滑但发育不全的男人，苗条但神经衰弱的女人。他们喝燕窝汤，吃莲子。他们是精明的商人，出色的文学家，战场上的胆小鬼。他们是晋代末年带着自己的书籍和画卷渡江南下的有教养的中国大家族的后代……"

友人十几年前迁居美国迈阿密时无法忍受当地的饮食。肉是大块肉,肉多骨少,鱼是大块无刺鱼,高油脂,酱汁多白稠。虽有鱼有肉,却食不知其味,远非江南味蕾谱系里的鱼肉滋味,此时若有一盘鱼香肉丝也能聊以安抚了。迈阿密华人很少,但任何一家中华料理店必有鱼香肉丝。鱼香菜是川菜传统味型之一,只因腌制泡椒时加了一尾鲫鱼,使得泡椒里有了些许鱼味,也由此看出:在古代巴蜀之地,鱼亦是珍贵食材。

对于吃生鱼,日本人出神入化,让人欲仙欲死,最得江南人钟爱。不过日本独缺本国火腿。日本友人山崎皓先生说,在日本,有人在高冷山区仿制西班牙火腿,质量极好,但难为试制。日本自古不食四条腿的家畜,吃肉历史短,到明治维新时才解除禁肉令,故无腌制肉类的历史。说到吸烟更绝,在中国生活近30年的山崎皓先生作为资深烟民,始终不能理解抽昂贵"中华"烟的社会奇景,更不懂得软硬之分,也曾经犯错:几年前有客户从甘肃到北京和他谈项目,事前招呼他,想带烟回甘肃。他给客户备了两箱万宝路,客户见后失望了半天,说自己只抽"中华"烟。可见在吸烟口味上,西北人和江南人并无多大差别,尤爱国货,钟情上海烟。

据说最好的男女,都是极具慧根与善根,且在食材、案板和炖锅前磨炼过的,由此明了凡人生活是件多么琐碎却又必须严谨对待的事,少不得一味作料。一年中总有些小山丘,你过去了,它就不再是坎儿,过不去,就郁结成疤。当年恢复单身的李宗盛把原先要投入卧室的精力转移到厨房,耐着性子与食材们彻夜周旋,这于一个单身老男人、单身父亲是种寄托与救赎。男人下厨,自有一番风流感性。上海男人最妙的多为鱼料理。

C先生的拿手菜是韩式鱼煲,一层文蛤一层豆芽一层鮟鱇鱼一层洋葱一层辣椒再撒一把蒜,强劲又细腻的风格符合他的调性,据说还有一道水豆豉蒸鱼也是他的看家菜。Y老师的雪里蕻墨鱼是一绝,口味流转缠绵,十足江南味。J先生的大馄饨让人食之忘俗,为使肉馅保持劲道口感,全部由他手剁,馄饨内除了荠菜,还含有分量十足的前一晚他拆卸至半夜的大闸蟹粉。Z先生的黄鱼面则是深夜绝不能去想的美食。我从"帝都"跨年归来的次日,正是以黄鱼面为主打项目的宴聚。一整箱取自舟山的野生小黄鱼,洗净,开片,调味,煎至外脆里嫩,咸鲜适宜。骨肉相连的部分再熬出一锅奶白色漂浮着黄油的鲜汤,加入少许雪里蕻调味,放入手工面条,少顷,一锅私家面就成功了。一碗碗盛出,摆上几条油煎小黄鱼,口味之鲜美熨帖,使得在"帝都"数日七零八落的胃瞬间舒畅了。深具沉溺美,足以慰风尘。

生煎面前人人平等

我不是个有生煎馒头情结的人,但我的一位忘年交、港岛富人周老先生有。

年逾九旬的他原籍上海,20世纪50年代初从上海去香港打拼,赚得几十亿港币资产。几十年来他唯一不变的嗜好,是在不太冷的晚上,就着那种带有腐烂气味的夜风,去油麻地的小摊,吃十几元港币一个的生煎馒头。煎得厚脆金黄的底,馒头皮子上洒着黑芝麻,猪腿肉馅儿,一咬下去,一包鲜汤,嚼起来满嘴喷香。那是整个油麻地里最地道的上海点心。

有这种生煎馒头在胃里垫底,周先生就有一种时光流转、重回故乡的温暖。生煎馒头的焦香,也令老年的他时时想起半个多世纪前在上海与女友站在城隍庙吃小吃的惬意情景。什么是老年?老年就是一个把过去当作今天来过的年纪。几只简单的生煎,轻松地担当起时空交流的使者。

在传统上海人的心目中,小笼馒头的档次和品位是要高于生煎馒头的。小笼馒头至今仍是上得了高雅酒席的吃物,或大或小的竹蒸笼揭开,粉雕玉饰的小笼迤迤然端立其中,清秀精致,玲珑忘俗。急性子吃小笼是容易狼狈的,筷子夹得猛,皮开肉绽,汤水四溅,品相立毁。小笼馒头的皮子如二八少女玉肌一般吹弹可破,吃小笼既要小心又要大胆，都是舌头上的功夫，不必担心唐突佳人，反倒有一番知情知趣的快意。

题外话，去靖江吃特产蟹粉大汤包，碗口大的一个，皮薄如纸口感却很Q，湿燥软硬恰到好处，一包鲜汤由老母鸡、猪膀骨炖成，沉甸甸又不失灵动，盛在一个高脚玻璃盘里，咬开一个小孔，插根吸管吸，鲜美丰腴蟹汤就入口了。吸干后，包子里蟹肉蟹黄春色满园，由蟹壳熬的油让人充实而满足。

但我更喜欢生煎这种雅俗共赏的小吃。底壳是最重要的部位，我的审美是要厚实焦香，面粉要劲道，猪肉馅儿要精而紧实，不能太甜，不能柴，但也拒绝一包油腻汤汁。这样的生煎，我可以吃四个，还能喝碗咖喱牛肉粉丝汤。做不出好生煎的地方，通常牛肉汤也好喝不到哪儿去。

生煎馒头已经有上百年的历史了，最早并非路边小吃，算是堂堂正正的茶楼点心，有闲阶级的消费品。老上海滩讲究些的茶馆大多有两层楼，楼下烧开水、做点心，楼上客人用茶，嘴里寡淡了，就招呼一声，小二立马屁颠颠地端上一客焦香四溢的生煎馒头来，顺手再摆上一碟镇江香醋。

后来品茶的闲情没落了，生煎转战民间，吃的人不讲吃相，彻底沦落为城市平民小吃。不过上海平民的嘴巴也是很刁钻的，卖相不讲究了，味道却不能差。一向在小事情上斤斤计较的上海人，在小吃上也孜孜以求，力求在"小"中做出大格局来。

大壶春、丰裕、友联都是上海做生煎出名的大众小吃店，价廉物美，丰俭随意。相比之下，那些酒肆饭馆的生煎是精致化了。上海是个格调超级复杂的地方，要想看到骨子里去，是要看破许多层迷乱感官神经的表面的。我既吃过牛皮纸袋一包直接带走的弄堂生煎，也吃过外滩N号的名媛版生煎。就像香港最好吃的蛋挞、鱼蛋面往往在其貌不扬的横街窄巷，上海好吃的生煎也常常在老弄堂口、老式公房聚集区。

上海人对大壶春是再熟悉不过了,这个创立于20世纪30年代的生煎鼻祖一心专营生煎和牛肉汤,沿袭老上海味道。肉馅配方是大壶春绝不外传的秘方,据说由爱森前腿肉加入三种酱油调味,紧实鲜甜Q弹团结,靠肉馅自然烹出的汤汁自然、克制、不刻意,有古早味,与杂牌生煎肉馅的松垮、汤汁的做作油腻不能同日而语。面皮用传统的全发面经两次发酵,厚而松软入味,底板格外焦香酥脆。创新的鹅肝鲜肉生煎和蛤蜊鲜肉生煎用料十足,业内良心,但口味见仁见智。

丰裕生煎蛮有意思,发端于20世纪90年代初几个下岗妇女再就业创办的生煎小摊铺,后来竟做出特色来,成了上海名点。通常生煎里塞入肉皮,煎熟后一泡汤汁。丰裕反其道以纯精肉为馅,很快得到不喜油腻的市民认可,后来居上成了生煎口味的又一种主流,成为中生代平价生煎的代表。

茶点心出身的生煎馒头,按规矩一向是一两四只,不过自从吴江路上小杨生煎开张以后,差不多一只就有一两的模子,还藏了一大包滚烫鲜汤。在吴江路还没改造前,看小杨生煎出锅是一种享受,大师傅因为有了众多观众的围观,表演欲愈发强烈,动作也似行为艺术。每次开锅前,大师傅总要用铲刀在锅边铛铛铛敲三下,第一次开锅盖加水,白胖的半成品生煎吱吱作响,观众们煎熬几分钟后,等大师傅再次揭开锅盖撒葱花时,人群开始骚动了。有人揭开了自带的钢精锅锅盖,有人伸长头颈望眼欲穿。但所有人都老老实实地等,秩序井然。激动人心的时刻快到了,大师傅用揩布转动几下锅子,数秒钟后正式开盖了。面粉、芝麻、小葱的清香一并扑面而来,排山倒海,蔚为壮观,等候多时的观众们开始摩拳擦掌,井然的排队次序里有着呼之欲出的焦灼热望。一锅几十个生煎馒头在数分钟内,跟着不同的人,去往了上海的各个角落。这一刻你会突然发现,上海原来就是一座生煎馒头的城市,不管西装笔挺还是休闲出行,生煎面前人人平等。

上海有时可视作一只平底锅。房子、车子、人都拥挤在一起,虽然在锅里的位置不同,有些站得有点靠边,有些绝对主流,但是终归都是有肉、有葱、有芝麻、有料酒,少不了这几味。油腻也是有的,再平淡都有汤水,有想法,出点花头,有时蘸点醋味。原来人生的欲望值基本上能够概括成这样一只生煎馒头。

友人定居美国十年了,他的工作一半时间在美国,一半时间飞亚太,每次从上海离港时,他总会带两客生煎馒头上飞机,央求空姐给他用烤箱加热。一分钟后焦香味飘来,昏昏欲睡的老外纷纷惊醒,嗅寻香味的来源。友人就在他们艳羡的眼光中,龇牙咧嘴埋首饕餮,就着一杯红酒……半世乡愁故乡味,或许就是把他放到世界任何角落都改不了的这一口。

舌尖上的才女们

与张爱玲齐名的女作家苏青是宁波人,嫁在上海,有一张清爽秀丽的宁波脸。

她认识胡兰成比张爱玲早许多年,关系值得玩味。胡兰成说:"(苏青)鼻子是鼻子,嘴是嘴,无可批评的鹅蛋脸,俊眼修眉,有一种男孩的俊俏——在没有罩子的台灯的生冷的光里,侧面暗着一半,她的美得到一种新的圆熟与完成。"

苏青在民国第一学府国立中央大学(南京大学、东南大学前身)外文系读过一年书,因为结婚而退学。她对宁波人的吃如数家珍很是自矜,爱吃咸蟹和毛笋。宁波人没有不爱吃咸蟹醉蟹的,但毛笋倒是见仁见智。我就有点吃不消毛笋,毛喇喇的刮胃。

在苏青笔下,"宁波的毛笋,大的如婴孩般大,烧起来一只笋便够一大锅。弃去老根头,然后烧起大铁镬来,先炒盐,盐炒焦了再把笋放下去,一面用镬铲搅,搅了些时锅中便有汤了(因为笋是新鲜的,含有水分多)。于是盖好锅盖,文火烧,直等到笋干缩了,水分将吸收尽,始行盛行,叫做'盐烤笋',看起来上面有一层白盐花,但也决不太咸,吃时可以用上好麻油蘸着吃,真是怪可口的"。

笋的灵秀与口感是任何似是而非的蔬菜不能比的,不过除了江南,中国爱吃笋的地方并不多,盖因不少笋有微"毒",容易动气发冷,美女虽多爱笋的鲜爽嚼劲,下箸时却都不太敢大刀阔斧,生怕变黑和发痘,细嚼慢咽,延长品尝时间,反而更能品得其原味。

张爱玲谈起苏青时曾说:"把我同冰心、白薇她们比较,我实在不能引以为荣,只有和苏青相提并论我是心甘情愿的。"

当然后来因苏青是胡兰成的红颜知己,又是胡兰成和张爱玲的介绍人,这样微妙的关系使得两大才女隐隐敌对,渐行渐远。

张爱玲笔下的美食也并非大餐。我发现才女们大多不爱写大餐,她们喜欢写平凡饮食,小吃零嘴,时令菜蔬。张爱玲很喜欢豆制品、大饼油条、冰激凌、豆沙馅之类。"无论如何,听见门口卖臭豆腐干的过来了,便抓起一只碗来,噔噔奔下六层楼梯,跟踪往前……""豆腐渣浇上吃剩的红烧肉汤汁一炒,就是一碗好菜,可见它吸收肉味之敏感。""苋菜上市的季节,我总是捧一碗乌油油紫红夹墨绿丝的苋菜,里面一颗颗肥白的蒜瓣染成浅粉红。"

记得张爱玲某篇文章里写过香港沦陷后食物匮乏,她和当时的同学闺密炎樱满大街寻找冰激凌。她们每撞进一家店,张口就问冰激凌,只有一家店答应明天或许有。第二天张爱玲步行十多里,总算吃到一盘昂贵的、全是冰屑子的冰激凌。

福建人冰心家境优渥、见多识广,中国半数以上的文化名城和国外诸多国家都有她的履痕。其父谢葆璋参加过甲午海战,后在烟台创办海军学校并出任校长。冰心对于饮食自然很有讲究。她35岁那年去内蒙古旅行时,记录了在包头吃的黄河鲤鱼:"黄河鲤鱼,自前天起,已吃了三顿,清腴肥嫩,入口即化,其味之美,只有西湖醋鱼可以仿佛一二。据说鲤鱼最肥是在春冰初泮时,顺流群趋而下,有长至二三尺者。"

我曾在郑州的黄河边吃过黄河大鲤鱼,原以为肉质会很木很土腥味,没想到味道却让人惊喜,回味至今。黄河水虽浑浊,鲤鱼却是鲜活灵动的,我选了条最小的,也有两斤七两。老板娘先熟练地把鱼摔晕,然后用当地土酱油红烧,加了葱、大蒜、干辣椒去掉泥土气,鲜腴入味。

出生于东北的萧红很喜欢吃年糕。年糕以糯米制成,加入花生、芝麻、红糖等,一烤,外焦里糯,很有感染力。她还喜欢煎地豆(土豆)、蛋炒饭等。萧红短暂的一生几乎都伴随着严冬,颠沛流离、拮据困苦,日子一直过得跟跄跄。她一生中遇到的四个男人(陆振舜、汪恩甲、萧军、端木蕻良)大多待她凉薄,这几个男人就是她的生死场。萧红爱吃的食物多能果腹,这与她大量的饥饿经历不无关系。

与萧红的际遇有着天壤之别的是陆小曼。陆小曼一生遇到的三个男人:王庚、徐志摩、翁瑞午都宠她宠到极致。名媛如名花,是要好好养的。陆小曼给人的感觉一直温雅而慵懒,她终日零食不离手,杨梅、樱桃、荔枝、橘子、西式点心、酒心巧克力……徐志摩曾想方设法弄来好吃的博她开心,也曾抱怨她从早上睁开眼到晚上合上眼之前都在吃,靠零食果腹。为了照顾陆小曼的口味,徐志摩专门请了个厨子,但凡她想吃什么,随时可以吃到,新利坦、大西洋、一品香等大酒楼,陆小曼是常客。陆小曼还有个怪癖,只喝人奶,不吃牛奶。而出身海宁硖石首富之家的诗人徐志摩对吃也是精致而有追求的,虾爆鳝、桂花糖水栗子都是他的最爱。

陆小曼的某些生活方式虽新潮,可基本还属于旧时代的女性,而林徽因无疑是独立新女性的楷模。

当年总布胡同3号的"太太的客厅"是京城最著名的文化沙龙与茶会,中西合璧,指点江山,激扬文字。"太太的客厅"的常客有金岳霖、徐志摩、朱光潜、胡适、沈从文、萧乾、梁宗岱、陈岱孙、钱端升、周培源、陶孟和、李济……一个个单独拿出来都是一部传奇的响亮名字,使得茶会的规格无与伦比,早已在具体的茶与茶点之外了。

冰心与钱锺书对"太太的客厅"不以为然,不过萧乾后来描绘他在1933年沙龙中真实的吃茶图景:"徽因的健谈绝不是结了婚的妇人的那种闲言碎语,而常是有学识、有见地、犀利敏捷的批评……她从不拐弯抹角,模棱两可。这种纯学术的批评,也从来没有人记仇。我常常折服于徽因过人的艺术悟性。"

啖 蟹 季

啖蟹,是许多人一年的盼望,也是一种季节性享受。江南人有着天赐口福。一般只把吃大闸蟹称为吃蟹,至于吃梭子蟹、青蟹、膏蟹等,一般会具体指名道姓,并不视作本土蟹种。大闸蟹是包括上海人在内的所有江南人的乡愁。

刚进入阳历九月,便常有人来邀:吃蟹去!说得人心痒痒的,脚步也如同当季的蟹脚一般痒起来。积攒了大半年的欲念只得再多压抑一个月,一旦爆发,势如破竹。

关于大闸蟹的美味,李白曾赞叹:"蟹螯即金液,糟丘是蓬莱。且须饮美酒,乘月醉高台。"苏轼更是说:"不识庐山辜负目,不食螃蟹辜负腹。"苏州籍的老作家包天笑《大闸蟹史考》结尾的一首诗被称为"阳澄湖蟹经"而广为宣传:"斜风冷雨满江湖,带甲横行有几多?断港渔翁排密闸,总教行不得哥哥。"

清代"小资"袁枚在自家美食书《随园食单》里也专辟篇幅大谈蟹菜:"宜独食,不宜搭配他物。最好以淡盐汤煮熟,自剥自食为妙。蒸者味虽全,而失之太淡。"

巧夺天工的蟹八件出自苏州人手笔,当时江南女子出嫁都得配上一套上等材质的蟹八件做嫁妆,生怕嫁到婆家没得吃。

民国北京四大名医之一的施今墨是蟹的拥趸。他把蟹分为六等:一等是湖蟹,如阳澄湖、嘉兴湖;二等是江蟹,如九江、芜湖;三等是河蟹;四等是溪蟹;五等是沟蟹;六等是海蟹。阳澄湖蟹被列为一等一级之首。

其实早在农历六月,我就会买些"六月黄"做油酱蟹或毛蟹年糕先吃起来,然后皓首期盼三个月后啖蟹季的到来。我不喜欢吃勾芡或面拖过的食物,但"六月黄"例外。"六月黄"需要沾些面粉,据说目的是阻止蟹黄的流失,不过我更偏爱其中浸染了蟹之鲜甜的毛豆子。

我从小没少吃蟹,自然练就一副吃蟹的好身手。外形尚文雅的我,在食欲高涨的年纪,一顿可以不声不响快速干掉四只壮实蟹,且不加酱醋,只食原味。小时候家里每到深秋也会布置各品种菊花数盆,让家里摇曳生辉。菊黄蟹肥,持螯饮酒,这图景深具国画之美和居家风雅之乐。

吃过一种中西合璧的蟹粉吐司,将正宗蟹油炒就的蟹粉厚涂在烤得喷香的吐司上大口啖之,简直有晋时名士"右手持酒杯,左手持蟹螯,拍浮酒船中,便足了一生"的感觉……据说五万克大闸蟹只能拆出300克左右的蟹黄,而蟹油是从蟹黄里萃取出来的那一点点油,只几滴便能让蟹菜腴香四溢,堪比金贵的黑松露。

每年蟹季都会去阳澄湖数次。在巴城老街的一家馆子,内挂沪上书法名家管继平的几幅书法作品,我以管兄挚友自居,一桌酒菜即享八折优惠。老街上还有大闸蟹博物馆,馆内曲径通幽,风格独特,趣味横生。

吃蟹还是要到农家船上。高速公路阳澄北湖出口下,约十分钟后开到一处河边,有摩托艇接应我们一行。在河道行驶一段后,驶入逐渐开阔的湖面上。十多分钟后,便看到一条大水泥船。船上的私房蟹据说是极小产量的正宗阳澄湖大闸蟹。东道主强调勿蘸姜醋,感受那独有的甜腥鲜醇之味。半斤重的分量、模样饱满挺括自不必赘言,那蟹肉带着生命绝美的芳香和新鲜湖水的活泛腥味,入口时舌尖顿时悸动了。

蟹吃法麻烦,许多人喜欢"文吃",即吃蟹粉菜。20世纪30年代,上海人嫌剥蟹麻烦,于是创建于清乾隆九年(1744)的王宝和酒家创出了芙蓉蟹斗,后来此菜进一步简化,把蟹壳去掉加以变化,就变成了芙蓉蟹粉。如今,入秋后在上海蟹菜里,很大一部分菜都是生拆蟹粉入肴,所以蟹粉拆得好不好决定了一道蟹菜的高低。据说拆蟹粉讲究的是不老不散不碎,成粒又不至于板结一块。蟹粉得现剥现炒,如隔上两小时,那就鲜味尽失。

据说全球有500多种蟹。日本人吃卡尼——帝王蟹,与闺密在东京新宿吃帝王蟹的鲜香,每每想来总是格外温馨。上海现在也有许多卡尼专门料理店和蒸汽海鲜店,但总觉得不是那个味道。

浙江沿海人嗜食梭子蟹、青蟹。今年是梭子蟹大年,舟山海域丰满鲜肥的梭子蟹我吃得最多,入口还带着海水的咸味。

粤港人喜食越南软壳蟹、黄油蟹,当然还有花蟹。我对冻花蟹也情有独钟,对它饱满紧实、纤维感极强却又鲜美多汁的口感不可自拔。它不仅让我对吃的审美上升到天然去雕饰的境界,也勾起我对以前洗桑拿时先湿蒸再进冰房的光辉岁月的回忆。

上海潮州餐馆里冻花蟹是按两论价的,所费不赀。此等美味当然不可能频繁在餐馆享用,不如买两只壮硕红花蟹回家自制,吃时蘸些红醋,配点白葡萄酒。有些急性子把花蟹蒸好之后未及冷却就塞入冰箱冷冻室雪藏,这恰恰与清爽鲜甜壳肉分离的预期背道而驰。

后来听说花蟹的背部图案酷似十字架上的耶稣受难图,许多基督教天主教国家是不吃的,有了这层心理障碍,这个爱好我于是就戒了。

其实蟹对食者的诱惑,远比蟹粉强烈。因为后者少了壳的遮掩,放眼望过去一览无余,轻松下箸,没有任何障碍来激起人们的征服欲,也就少了美妙的玄想。食者与蟹之间的关系好似恋爱中人,徘徊在想象、欲望与挫折、摩擦之间,味道才会大为升华。

同理也可解释为何虾比虾仁、螺蛳比螺肉、石榴比石榴汁、核桃比核桃仁更加美味。看过一部韩剧《魔女幼熙》,讲一位善良但坚硬的女孩如何蜕去外表的壳,最终收获爱情的故事。蜕壳技巧与啖蟹术有不少相通之处,必须利落、优雅、智慧、刁钻,它只被爱并懂得之人掌握。

有一年蟹季,我突然有个重大发现:如果每人配额是一雌一雄两只大闸蟹的话,那么男士绝大多数先吃雌蟹,女士则先吃雄蟹。难道异性相吸原理在吃蟹问题上也会起作用?

宇宙的全息性在一颗皮蛋中

一年之中,总会有几次很想吃皮蛋的时刻。需要是极爽滑Q弹、蛋皮上有松花的溏心皮蛋,蘸料里需要加入剁椒。这种欲求时刻次数虽寥寥,但立即吃到时那种满足感也真是含英咀华、难以言喻。

在我感觉里,一桌菜肴里,皮蛋从没当过主角,还有点暗黑,不过它的风格确实也无法替代。它相貌阴冷神秘,有股特殊的香气,其迷人之处就在于淡淡的氨气味,是鸭蛋中的氨基酸在腌制过程中因复杂的化学反应而散发出来的,对于这股气味,此之蜜糖,彼之砒霜,见仁见智,争议颇大。

皮蛋的起源有颇多传说,莫衷一是。不外乎无意中被遗漏在石灰、草木灰的鸭蛋如何破茧成蝶之类,发酵食品的起源大多是无意间的疏漏化腐朽为神奇。皮蛋的起源地也有始于天津,成于江浙之说。现代科学认为皮蛋的制作方法之一是用轻碱的化学物质混合石灰泥和米糠包裹在鸭蛋外壳,置于阴凉处数月,天时地利使得鸭蛋内部渐渐被催化,质变成皮蛋的样子。当然皮蛋也有高下之分,将皮蛋往上连抛几次再用手接住,若感觉沉甸甸的且有弹性颤动,就是一颗好皮蛋。

皮蛋可以登酒席殿堂,也不显得十分寒碜,在过粥时,也不喧宾夺主。可以下酒,却很少用来果腹。盖因其滋味独特,神秘莫测,卓尔不群,能驾驭并懂得它的,都是味蕾复杂的人。且处于不同身体状态下,吃出的皮蛋口味总不大一样。它从不迁就别人,只需要别人来适应它,若让它妥协与谄媚,等于是让它幻灭,着实高冷傲娇。时值中秋前夕,各路月饼纷至沓来,刚吃了一颗皮蛋月饼,滋味实在不敢恭维。

我小时候有点敬畏皮蛋,最多只吃晶莹剔透的蛋皮,也没觉得好吃,只是对松针样的松花十分好奇,对青黑色的溏心蛋黄实在敬而远之。母亲说蛋黄才好吃呢,当然最好一道吃。看着我捂着口鼻露出嫌鄙的眼神,母亲笑着愈发吃得津津有味。

对于母亲来说,皮蛋是她温馨的儿时记忆。新中国成立初期,外公时常忙到很晚回家,正餐自然来不及回家吃。晚归后,一碗热泡饭、剥只皮蛋、几颗黄泥螺当宵夜,有时皮蛋上洒些肉松,有时只是蘸点酱油麻油。灯光下,客堂间,几个孩子撒娇围在父亲身边看着他吃。外公给孩子们每人夹一小块皮蛋入口解馋。几筷一夹,一只皮蛋就差不多吃完了,大家都很快乐。一家人其乐融融的温情场景,始终在他们心里。

"大都好物不坚牢,彩云易散琉璃脆。"过了一些年,外公 200 多元的月薪被削减到 90 多元,日子清寒多了,精神与生存压力重重,还要去浦东远郊劳动,唯有周末能回市区。1967 年,儒雅的、爱读英文原版小说的外公去世了,我看到的只是几张照片而已。等我渐渐长大,我也知道了妈妈、姨妈、舅舅们为什么都很爱吃皮蛋,且年夜饭无论丰俭,总少不了皮蛋的身影。

皮蛋滋味的妙处须得有一定年资才能体会。中学以后我不再排斥皮蛋,但也谈不上喜爱。只对妈妈煮的皮蛋瘦肉粥、皮蛋香菜鱼片汤情有独钟。前者鲜美养胃,吃前放葱花或香油,后者能下火、治牙痛。在中国台湾地区,还有皮蛋香菜鱼片作为火锅锅底。

20世纪90年代是粤港的黄金时代，普通食材的烹法都透出洋气与新颖，流传到上海、江南及内地后根据当地口味略加改良，更显别致高级。那时渐渐流行上汤菜，上汤娃娃菜、上汤菠菜、上汤豆苗等，点石成金的上汤里一定会用到火腿、皮蛋和炒至金黄的蒜瓣，至于开洋干贝则是锦上添花的事了。

据我观察，北方人吃皮蛋喜欢生吃、凉拌。广东人更爱熟吃，将其切碎后入汤或粥。上海人喜欢皮蛋拌嫩豆腐，淋上酱油、麻油、小葱、香醋等自制调味汁，虽然其貌不扬，但鲜爽适口，别具一格。台湾人喜欢在皮蛋拌豆腐上撒一层木鱼花。四川人则深爱剁椒皮蛋。

日本人对于皮蛋的感觉很微妙，不认为皮蛋是重口味，但对其外表的接受度较低，在日本超市有皮蛋瘦肉粥速食版出售。韩国人则对皮蛋敬而远之，超市里很难觅到。相较于日韩，西方人对皮蛋的接受度更差，甚至将其称为"恶魔之眼"，被视为最恶心的、不适合人类食用的食物之一，是黑暗料理界的邪恶小宇宙……一颗小小的皮蛋里，隐藏着西方式的偏见、执念，以及夜郎自大情绪。其实皮蛋如同纳豆、蓝纹芝士、鲱鱼罐头一样，都是容易用自己的嘴揣测别人的胃的特色争议食物。当然，皮蛋是一定要配调料的，空口干吃，味道必定不美。

皮蛋是敏感而清醒的，有些人你给他一壶酒，他就不愁了。有些人你给他一切，他还是要悲的。倒不如给他一颗皮蛋，宇宙的全息性都在一颗蛋中，让他好好一旁琢磨去。

火腿的深意

一年四季中,火腿在我娘家出现频率极高,算是家里常备。春天喝火腿腌笃鲜,夏天喝火腿瑶柱冬瓜汤,秋天喝火腿扁尖草鸭汤,冬天喝火腿干菌土鸡汤,且均以厚块状面目出现,以防酥烂成渣而丧失了丰满的嚼头。蒸河鱼或甲鱼时也爱铺几片,用以去除泥土气。做上汤类蔬菜时,应该切丁吊味的火腿,都被妈妈切成小块。

这一传统大概是外婆偏爱火腿的缘故。她在世时,曾发明过一道适合夏天吃的菜:一层鲜瘦猪肉片,一层火腿厚片,一层厚花菇片,再一层嫩扁尖,放两片姜、洒一点花雕,盐和味精皆无须放。蒸熟,极咸鲜开胃。外公浙江富阳籍人,也嗜吃火腿,连月饼也最爱广式金腿月饼,因为馅甜中带咸,油润而不腻,带点火腿香。

在如今金华市区很少有见金腿在卖,倒是在义乌、兰溪,不少南货店里高悬着一溜有如红木琵琶的火腿,墙上写着"所腌之盐必台盐,所熏之烟必松烟",以示其制作工艺的复杂考究。老师傅们还会不时用小刀对火腿进行修边刮面,使其更显美观。

据说金华火腿的腌制极为精细,要经选腿、修边、上盐、洗晒、发酵、整形等多道工序,费时近十个月。加工分低温盐腌、中温脱水、高温发酵三大步骤。加热时,肉里的蛋白质起了变化,变成氨基酸,所以它有一股奇异的鲜香且肉质艳红紧实。

小时候家里一到过年前夕总会有一两只金华火腿,劈开的日子就仿佛嗅到年味深了。爸爸拿到菜场肉摊上,先买一块猪腿肉,然后递上一支烟,请师傅帮忙把火腿劈开。师傅爽快地把香烟夹在耳朵上,砍得木砧板梆梆响。砍完,观瞻欣赏一下,拿起一块嗅嗅,对火腿的肥瘦和腌制水平评价两句,爸爸颔首,并将蹄爪送予他炖汤喝。

火腿可以体面地加入很多菜肴作为配料,作为主菜,江南的蜜汁火方是很有名的。在苏州的松鹤楼、杭州的楼外楼,蜜汁火方点单率都很高,也是比较昂贵的硬菜。拿一大块火腿芯,配以莲子若干,蒸熟,修得方方正正,再浇上蜂蜜。不腻不甜,味道甘醇,口感极美。上海的苏浙汇,这道菜也不俗,只是火腿被切成了一块块厚片,配一只小蒸笼,内有白馍几片,中间开口,用以夹火腿。好的蜜汁火方,须瘦中带肥才可口,瘦与肥的比例约为5∶1,全瘦会略感干涩枯燥。

我在香港的上海总会里也吃到过蜜汁火方,极贵,与鲍翅同列,算是高档菜,可做得逊于江南,盖因粤港气候湿热,不利于火腿的腌晒发酵。在北方更难吃到火腿,或因北方人的味蕾不太能欣赏火腿的那股带一点哈喇味和脚丫子味的异香。有次在京城一家中等规模饭店里,我点了只火腿冬瓜汤,上来的竟是用西式火腿片鱼目混珠和冬瓜一起煮的汤,上有葱花,撒了不少味精,面目浑浊,真让人厌倒。

云南少数民族也喜食火腿,代表作是宣威火腿。腾冲大救驾、大理白族砂锅鱼、昭通天麻火腿鸡、过桥米线等名吃里都少不了火腿,否则鲜美将大打折扣。去云南时带回家一条抽了真空的宣威火腿上方,比金华火腿便宜,只是香味稍逊。那块宣腿切片后与白菜、瑶柱一起做个家常汤,倒也十分野性鲜美。

在西式火腿中,窃以为最好吃的莫过于西班牙伊比利亚火腿,当然还要佐以上等红酒。这种火腿取自以榛子为食的小型黑毛猪的后腿,生食,最好现切现吃。也许因为比较昂贵,吃西班牙火腿不像吃金华火腿时大刀阔斧一阵猛斩,而是用一把小尖刀慢慢刨下来,当你感觉那一薄片散发着干果香味的生猪肉在舌尖缓慢融化时,好像一整片树林的芳香都渗透在火腿细腻的纹理中,最美妙的人生体验不过如此……

金圣叹在断头台上口传给儿子的遗嘱非常有名:"记住,花生米与豆腐干一起吃,能嚼出火腿的滋味。"以前读来总要发笑,后来又觉得像是一句暗语,如同《暗算》里,中共情报人员的临终留言"佛在我心中",总隐藏着什么深意。也许"火腿的滋味"真正的深意在于:人生短暂叵测,必须在有限的时间和条件里,尽可能多地享受美食、享受生活,否则枉称活过。

糕团风光

我一直对糯米食不太带感,八宝饭、粽子、粢饭团、糯米鸡、汤圆之类吃几口就饱了,还容易犯胃酸,却对几款糕团情有独钟。

古人诗云:"珍重题糕字,风光又一年。"糕在我印象里是深有仪式感的食物。记得小时候,父母的亲朋好友同事邻居,凡遇乔迁做寿添丁升学红白喜事等大小事件,总会大规模分发糕团。赏味功能倒在其次,重要的是其指代的某种仪式和情绪,以至于我现在一看到定升糕就想到楼里有谁搬来了,看到云片糕就想到谁家老人往生了,虽然现在多数已用巧克力替代。

有句话说得好:日子越简单,回忆越复杂多味。传统美食其实并未变得难吃,是我们的味蕾挑剔了。我对粗放型质地的糕体比较有好感,比如苏州黄天源的赤豆糕、玫瑰豆沙糕等,它们的外皮不甜腻,有几分豪情,不过这种糕体很容易冷不防窜出一块水晶猪油。这是有些人的心头好,我却是难以消受的。还有一种夹杂着不少蜜枣、核桃、松子和红绿丝的糕,外婆很喜欢,我却对它甜不甜咸不咸的味道很敬畏,于是吃的时候比较小心,不敢贸然下嘴,生怕踩雷。长大后才发现,这类糕的魅力正在于含混复杂的味道和内涵。

今年春节,在父母家的佛龛前,我看到供奉着一方桂花糖年糕。这让我很欣喜,好几年没吃过糖年糕了,于是请爸爸年初二早晨煎给我吃。我很少吃煎炸食物,但糖年糕定然是油煎才会有甜蜜欢快的气息跑出来的,蒸食较为单调木讷。传说苏州城城脚下一米深处砌满了糖年糕,那是伍子胥先知先觉对付战争饥荒,解决城内居民吃饭问题的创意。

我有个远房亲戚家传一种松糕,每年只在春节前做一次,制成后会专门来送一方给我父母。那糕像12寸奶油蛋糕,非常沉,坚果蜜饯等用料实足,琳琅满目,保证每一口都能吃到内容,不会窜出猪油,且有一定润度,不柴。蒸透后,糕体微甜有嚼劲。每年过了元旦,我就会念叨这款松糕。一旦得赠,父母会切成一方一方装在保鲜袋里,让我带回家蒸来过一把嘴瘾。

一直搞不清糕和团有何区别。后来我琢磨出来,糕以方形、长方形为主,也有定升糕、梅花糕这类花形,而团多为圆的。糕相对比较硬,密度高,团相对Q弹,含水量大。糕可以无馅儿,而团必定是有馅儿的。很多和菓子比较接近于"团"。

记忆最深刻的团子是双酿团和青团。双酿团是双馅儿的糯米团,几乎所有江南老字号点心店都能找到其踪影。双酿团的馅儿有赤豆沙加黑洋酥的组合,也有使用黄豆粉的。两种馅儿以八卦图形层叠,皮薄透明,细腻甜糯。它的孪生姐妹是金团,金团外皮裹一层金粉,馅儿是芝麻花生的,不香也难。

儿时印象里,青团不是美食,而是寒食节的祭品。春雨淅淅沥沥的江南早春,穿着橡胶套鞋,与爸爸和大伯走在去墓区的田埂上,给祖父母的祭品里一定有青团。我们在青松翠柏掩映的坟冢前鞠躬叩拜,嘴里念念有词,回程途中大人会让我把青团吃掉,说祖先会保佑我。青团皮子那股难以言喻的特殊青稚气我那时非常不喜欢,总感觉带着低压情绪和浅浅忧伤,不过,豆沙的丰盈甜润又让我很快轻快起来。后来我才知在传统人家,每季蔬果新鲜上市时总会有先供奉祖先的习惯。早春的江南,时鲜货唯麦苗和艾叶,于是古人将其做成青团供先人先行享用。一只青团下肚,春天才真正来了。

在浙江西南部山区,我吃过一笼红糖发糕,有点像粤港茶餐厅的马拉糕,上面盖着图章,里面有红枣核桃,蒸透后又松又软,气孔细密,有淡淡酒香,十分爽口,感觉上却已不再属于糕团范畴了。

馄饨饺子,南北两路

闺密吉林人,先生是昆明人。轮到去公婆家过大年夜总是平淡而失落,因为没有辞旧迎新的饺子。捱到大年初二天还没亮,她就会出发踏上回东北娘家的归途,航班哪怕经停西安,哪怕到家已是晚上八九点,但想到一大家子围坐包饺子的场景,一路风尘霜雪就化作了无尽动力。

她娘家是个大家庭,等她被哥哥弟弟接到家后,娘家正式开席。丰盛的酒菜只是前传,轰轰烈烈的永远是饺子。过了晚上十点,男人们仍在喝酒吃菜,女眷们开始张罗饺子。和面,擀皮,调馅,包饺子,剥大蒜,消毒硬币……孩子们也凑在包饺子的队伍里打下手。临近零点,第一锅饺子出锅了,新年的气氛在这一刻被推到了高潮。

这盘奔走了大半个中国、隔着百来个日夜才吃上的饺子,与它的食物属性已无多大联系,而是团圆的符号,是故乡的图腾。是否爱吃饺子早已不重要,重要的是它与家的关联。中国人含蓄,一句"想吃饺子了",其实是想家了。而海外游子不管是中国哪儿的人,最想家的那一刻,通常会去吃饺子。

在北方,每户家庭都有各自的包饺子秘笈。即使平时不善庖厨,却对包饺子有着类似宗教仪式般的虔诚。饺子皮必须是自己擀的,放多少黑面粉多少精白粉加多少水,馅儿里放多少肉、蛋、开洋、韭菜,都有一套家传古法。天津的素饺子"津味素"素雅清鲜,让人觉得好看不过素打扮;胶东半岛的鲅鱼饺软糯,墨鱼饺Q弹;大连的海胆饺子颗颗爆浆,是我吃过的海味水饺的杰出代表;陕西酸汤饺的点睛之笔是泡着饺子的那碗开胃酸汤;而在山西,老陈醋和大蒜是饺子不变的灵魂。北方冬至有吃饺子的习惯,弄得如今上海人冬至也吃起了饺子。在南方,饺子的食用意义远大于文化情感的附加意义,且改良了造型和饺皮厚度。锅贴一直是海派饺子的主流,这种生煎饺子其实是生煎馒头的月牙形变种;广东虾饺,饱满弹脆的虾裹在盈透的皮里,是早茶"一盅二件"中的"常在";四川钟水饺是扁平的纯猪肉水饺,饺皮极薄,淋上红油辣子花椒香菜等搅拌调味,意大利面食Ravioli十分近于饺皮对折不打褶的钟水饺。

周作人说:"中国南北两路的点心,根本性质上有一个很大的区别。简单的下一句断语,北方的点心是常食的性质,南方的则是闲食。"据说唐代以前饺子馄饨并无二致,饺子馄饨都源于北方,后来馄饨慢慢形成独立风格,在南方发扬光大且形成不少分支:粤港云吞、福建扁食、四川抄手、江西清汤……馄饨和饺子透露着南北两种膳食文化及人文特色。饺子实在,馄饨精细,饺子强调馅料,馄饨讲究汤料,外形上也能看出北方人的爽直与南方人的灵秀。

粤港云吞面通常由三箸竹升面配四颗弹牙的云吞,以及鱼虾猪骨熬制的汤底构成,再洒几根韭黄,不仅鲜香浑然天成,分量也是刚刚好:不会太饱却又能解馋。南方人大多是汤迷,一碗馄饨在汤水中飘浮如云,无论视觉嗅觉味觉,都是一种可人享受。

云吞馅也不同于上海馄饨,不用剁太细,肉和菇常常是整块的,虾是整段的,很是过瘾。据陈梦因在《粤菜溯源录》里介绍,潮南人在清朝同治年间开的"三楚面馆"是云吞面首次进入广州。如今云吞面之于粤港,相当于生煎馒头之于上海。

在欧洲闲玩几日,几番欧陆大餐吃罢,江南人开始想念一碗小馄饨,混合着葱花蛋皮榨菜猪油的小馄饨是庶民的尤物,纤细灵动,吹弹可破,喝上一口汤,就仿佛回到了江南。

十几年前,上海还没通高铁,我坐五个小时动车去温州,只为一碗前日在电视里看到的长人馄饨。与像猪耳朵一样厚的上海馄饨皮不同,温州馄饨味美皮薄,长人馄饨更是其中翘楚,是中华名小吃金牌得主,总店就在五马街天一角小吃街的转角。20世纪30年代,乐清人陈立标在温州市区铁井栏口经营馄饨,因他个子很高,人称长人馄饨。

下午三点多,正是小学生放学时分,带着孙辈来吃点心的爷爷或外婆,叫上两碗热气腾腾的馄饨。清润的汤底里飘着蛋丝、紫菜、虾干、鲜蔬和香葱,煞是斑斓,馄饨则掌握了秀气与豪迈的黄金法则。淘气的孩子立刻安静下来,乖乖地埋首吃下午点心。岁月静好,莫不如是。

南方人爱吃饺子的不少,但北方人却鲜有爱吃馄饨的。早年京城卖馄饨大多挑个担,后来才支起摊,在地安门一带出没。馄饨的确不像饺子那般丰盈实诚,能蘸着醋一口一只,馄饨的魅力在于精致玲珑,一口半只,连同鲜汤,秀气斯文地吃,常常能作为国宴大席上的点心。

恋爱中的男女,很少有一起吃饺子的描述,却赋予了馄饨许多桥段,甚至成了起承转合的道具。《花样年华》中的女主角苏丽珍是个小馄饨爱好者,夜色里,她每晚换一件精美旗袍,摇曳着包裹在旗袍里的纤细腰肢,端着钢精锅,穿过悠长的上海弄堂,去买一碗小馄饨。馄饨加注了她的曼妙与缠绵,吸引力法则也使得这对寂寞的男女,时常在馄饨摊外的台阶上擦肩而过,也终于有了暗燃的可能性。

如果换成饺子会怎样呢?

饺子虽缺乏浪漫缥缈的调性,却自有其强大神秘的凝聚力渗透力在关键时刻显现。女友结婚三年,因与丈夫性格习惯差异过大、龃龉不断而协议离婚。他俩在约定次日去办手续的前夜,一反常态早早回家,一起包了 30 个饺子作为散伙饭。

他们从未一起包过饺子,唯一的这次却配合默契。说好那晚的饺子不能剩下,就像他们已接近尽头的婚姻,再难吃也得有始有终。于是两人包得相当精心、走心。

他俩恋爱过,也算披荆斩棘轰轰烈烈,婚前创意无限,但婚姻这件事,过来人都懂的,或者苦于终成眷属的倦怠,或者苦于未成眷属的遗憾。

吃完饺子,两人一起静静地洗碗洗锅。然后,用一块香皂洗手,用一块毛巾为对方擦干,心里如释重负。两人完成了人生最重要的仪式,就像当日摆了 30 桌酒,在台上说"我愿意"那样美好甘愿。

这个时刻,舍不得的情绪如浪潮般涌来。人投入过感情的东西,是无法计算性价比的。终于,他红着眼眶先开口:"要不,明天下班回家,我们再一起包饺子吧。"

少少苦,轻轻甜

我幼时有个短板:不会吞药。当一个三岁女孩,父母在一旁抚慰鼓励,却必须独自嚼着混合着糖果碎的西药往下咽时,那种一言难尽又没齿难忘的味道让我觉得自己是世界上最孤独的人。现在我能说只言甜不言伤,可对于糖果,我的确有童年创伤。

巧克力除外,第一次被惊艳到的是那盒酒心巧克力。模仿名酒酒瓶做成巧克力,灌注其中的也是茅台、五粮液、汾酒等名酒,异香四溢,似苦亦甜,在 20 世纪 80 年代初当属高贵礼物。长大后方知那是母亲的蓝颜知己送的。年轻时他追求过我母亲,那次见面后才渐渐止住思慕的心。那盒巧克力母亲一颗也没吃,全让我吃了,他们也有几十年没见过面。后来他成为一名西医,很晚才成家。几年前他见到我,夸赞我神似母亲当年。我突然想到一句话,张爱玲说的:回忆若有气味,应是甜而稳妥。

糖果很容易让人有快乐感,是堕入凡间的精灵,有许多年,不是每个好孩子都有糖吃。樱桃小丸子有次随爸爸去赶集,爸爸给她买了一只糖孔雀,她放在卧室的窗前舍不得吃,心里美滋滋的。太阳出来了,糖孔雀融化了,小丸子伤心大哭⋯⋯那一幕瞬间击中人心最柔软处。那么小小的幼齿的幸福和打击,总让人温柔唏嘘。儿子很喜欢某美国品牌巧克力,丰盈浓醇,赏味期短暂。我告诉他这是世界上最好吃的巧克力，每天可以吃六粒，这是节制与醑足之间的量，能拉长一个巧克力的梦。在一间台式面馆，我发现了一种陈皮糖，酸甜里夹杂着淡淡的咸和辛香，口味戳中了我前世今生的密码。为此我常常去那里吃并不好吃的面，其核心目的是去吃两颗陈皮糖。

很多人喜欢大白兔奶糖，我对它却不十分带感，窃以为曾风靡一时的阿咪奶糖口味更顺滑细腻。20世纪90年代初是奶糖的黄金时期，涌现出阿咪、喔喔、佳佳等不胜枚举的国货品牌。那是物质开始迅速丰富膨胀的开端，很快大量外资合资食品企业涌入，悠哈、阿尔卑斯、明治等糖果的口味有鲜明特色与可辨识度，国货奶糖除了难以撼动的民族品牌大白兔之外，其他的多已难觅其踪。

英语中称可人儿为my honey，甜蜜可见一斑，然而糖果未必是甜的。日本名古屋春日井的伯方盐糖，冰雪剔透的一枚，居然还使用了酱油。荷兰茴香味甘草糖是此之砒霜，彼之蜜糖，这种黑乎乎的橡皮糖是荷兰国民级糖果，人均年消费4.5磅，在德国北部和北欧高纬度地区也十分风行，除此以外地区的人基本不能碰。我第一次吃是友人回国相赠，口感像是在嚼橡胶鞋底，味道也诡异得像在吃生的八角茴香。时隔八年，在阿姆斯特丹我又遭遇了这货，这次显著不同有二：其一，它是咸的，非常咸；其二，我没有整包丢弃，倦怠时来上一颗，绝对能让人困意全消。

在巴黎，我曾有幸观赏整方牛轧糖的制作流程。一连串复杂的动作如行云流水，最重要的手工就是搅拌，再搅拌。对那些制糖人来说，当手艺不是长在手上，而是长在心里时，任何旁人眼里的艰苦都轻如鸿毛。澳门钜记、香港么凤、台湾旧振南等手信品牌能传承多年的原因，也正在于其从未间断珍惜和挖掘本地传统以及部分地保留了匠人精神。

闺密重新联系上了交往十年又刻意失联七年的蓝颜。隔着漫长的时空、纠结和误解,对于重新出发她既渴盼又踯躅。前尘往事不能想,她惧怕再次被爱恨情仇裹挟到泥沼中,同时又庆幸生命中很重要的部分终于被找了回来。我说过去已随风,成熟的情感是站在尊重自然规律的角度看现在的格局。生活一半是回忆一半是继续,最难的是相遇。时过境迁,他不是你的药,是你的糖。轻轻甜,少少苦,都是人生礼物。

情 热 料 理

虽然我也写美食题材,兴奋点却始终不在美食文化本身,而是观察一起享用美食的人。套用略萨的话:"味道和爱一样,是非常私人化的,虽然它们被人们津津乐道,但你很难对它们有准确描述。"

我总觉得在恋爱最癫狂时期的男女,美食欲念并不强烈,更"可餐"的是对面那个人,身体不自觉地消耗脂肪,荷尔蒙澎湃,血液循环提速,身材颜值水平都会达到峰值。等到能仔细享用美食时,基本已过了化学反应强烈期。因此美食家不太可能在恋爱中诞生,比起异性,他们更擅长冷静地面对美食,呈节制状。

我不爱吃火锅,却喜欢喝汤。在我看来,火锅是男人吃的,汤是女人喝的,男性汤迷虽大味若淡,却仿佛缺乏阳刚,而嗜好火锅的女人大概是女汉子,味蕾构造终究简单。当然,若是有点情意的成年男女,能一起吃海鲜火锅却是有风情的事。默默对坐专注于涮烫着那些鲜活的鱼虾蟹贝,有一搭没一搭聊几句,不说话玩手机望野眼也不尴尬,却暗自掌握着那些食材的火候,那是一种境界,正如海鲜的阴性与火锅的阳性在试探、切磋、暗战和互相驯服中合二为一,化解与固本,最终物我两忘,体会造物主的悲悯用心和无尽美意。

据说在东瀛,熟男熟女在交往初期会去一些西餐馆劈情操。到一定火候才会一起吃和牛锅,能在一口火锅里捞来捞去是"恋爱中"的含蓄标签。有幸越过热情流火季,进入一个崭新层面的人并不多,那是十分考验男女心智的事,也意味着缘分,抵达这样的缘分,就该去吃河豚鱼料理了。那些料理店十分低调,刺身、油炸、烤、汆汤,依河豚不同部位烹调而成的料理风流奇趣,至真至鲜,充满"毒素"之美。压轴戏是白子,即河豚鱼卵,乃男人们发薪那天吃的大补之物。

寿司这种东方食物很奇特,即使再饱,总能让人再塞下一颗,不会觉得腻。看过渡边淳一的自传体小说《何处是归程》,细腻再现了以自己为原型的外科医生悠介曾抛家舍业,携女友奔赴东京,一边当医生一边追寻作家梦的纷乱往事。

从札幌来东京一个多月了,在银座酒吧当服务员的女友每天都很晚回家,并无出轨迹象。有天凌晨两点,女友轻声叫醒熟睡中的他,说自己给他带了好东西吃。那是对她献殷勤的土豪给她打包带回家、送给她所谓的"妹妹"吃的、银座一流寿司店的金枪鱼寿司和比目鱼寿司。悠介虽吃得不是滋味,却仍难抵美味,将一个个精美的寿司卷整个塞入嘴里。女友则在一旁津津有味地看着他吃着她成功糊弄来的美食,像个宠溺的母亲。

这一幕让我犯嘀咕。这双男女心理尺度不小啊,或许只因他们是过了最佳赏味期的情人,才吃得下去这一口吧。要有多好吃的寿司,才能让人不介意来源,始终保持好胃口呢?或许做人实在是气量要大,胃口要好,不抱幻想,也不绝望。有句话深有道理:"一个人当下的气质里,藏着走过的路、读过的书和爱过的人。"我觉得添上"吃过的食物"则更妙。

寿司看似冷感,却是有温度的冷感,握捏分寸和人肌温度,满含无形的学问奥妙,是互为知己者才合适一起品赏的美食。情不我待和一地鸡毛时，都不会有如此玲珑恬淡的心境。他们须得有些知识、格调、眼光和直觉才能邂逅彼此，如同邂逅一枚与当时情境最搭配的好寿司。倘若理解力不在一个相似层面，嗜食之物相差太远，恐难成为长久的男女知己。让人忘俗的不仅是卓越美食，也是相惜相悦之情，其真正境界大抵就是色不异空、色即是空吧。

像流水冷面这类纯冷感的食物，通常是夏季家庭出游时享用的料理。豆腐料理则合适闺密之间。

独阴不生，孤阳不长。许多美食是对这一规律的深情呈现。村上龙在约美女吃烤牛小排、感受脂肪部位时会引发通感，联想到"女人的家很小，双人床上铺着红色天鹅绒床罩。女人放了比利·乔的唱片，点了印度的梵香……"《曼特莱斯情人》里那个情调优雅的西洋风格餐厅是男女主人公经常见面的地方，他们吃蟹肉色拉、煎小羊排、喝香槟、葡萄酒和加了白兰地的咖啡，然后去女人的单身公寓约会……而当男人对女人的迷恋最终不能自拔、采取愚蠢极端的手段时，女人却决定与相处了五年的他分手，她不想看见他的软弱与苦恼，希望他无论何时何地都是坚强而高贵的。这样的手笔，依旧来自渡边淳一。

日剧《昼颜》深具沉溺美，配曲《Never Again》一响就让人有种大事不妙、无法逃脱不如沦陷的感觉。同名电影在上海国际电影节上映，影院1200张票瞬间被抢购一空。相比男人，女人更加不适合不伦之恋，男人爱于肉，女人爱于执，如果爱情在生活中的分量远超过其他东西，那一定是悲剧的。及其所之既倦，情随事迁，感慨系之矣。据说日本人妻都会做一款促狭的炒饭，以清晨给丈夫做的便当为原材料。丈夫若不愿带去公司吃，多半暗藏着隐情。她们就在黄昏回炉，倒入佐料，做成炒饭给他晚上吃。丈夫在外暧昧也好偷食也罢，无论何种美食珍馐，回来照样得吃这样的回炉炒饭，彼此心照不宣。

成人之爱的情热表达往往只能是冰山的一角,却能让人联想到水面之下的体积。那种不断释放的气息云蒸霞蔚,使你相信无论遇见谁,都是生命中该出现的人,不管事情开始于哪个时刻,都是对的时刻。卡波特说过:"头脑可以接受劝告,但心却不能。而爱,因为没学地理,所以不识边界。"

清代寒士沈复是个有福之人,其妻芸娘情商美商皆高,擅处忧患的活泼和情趣让林语堂都认为她是中国文学史上最可爱的女人。他们生活一直不阔绰,而她却极擅料理平常菜肴,"瓜蔬鱼虾,一经芸手,便有意外之味"。她于沈复,既是好妻子好表姐,也是难得的红颜知己,甚至还醉心于为丈夫寻觅"美而韵"的佳人做妾。让我想到一句话:"鱼得水逝,而相忘于水;鸟乘风飞,而不知有风。"真正是有大爱了。

其实两性间最终需要的不过是一点理解、一点美食和宠爱,就连心系天下的康熙大帝最渴望的私人享受也不过是与苏麻喇姑一起喝着玉米粥谈谈心嘛。其实情人也好,夫妻也罢,抑或知己关系,更重要的是自洽。最根本都是自己与自己、自己与世界、自己与理想的关系。

想起十几年前在香港,我的忘年交好友周老先生当年已经78岁了,他的助手兼红颜知己方小姐54岁,两人分别住在半山的豪宅,却经常会在30多年前一起打拼的柴湾散步。方小姐买水果时,周先生就凑上去看她挑选。她剥一片沙田柚塞给他,说:"好甜啊……"他边吃边颔首。那种默契亲切早已剔尽抒情。

鲁迅,衣食住行在上海

上海是鲁迅生活、文化与战斗履历中最重要的一站。20世纪30年代的上海,因为有了鲁迅先生,也有了不可取代的文化分量。

鲁迅先生对于国民劣根性的研究、揭发、抨击和肃清终身不懈,这是他始终被人钦佩的原因之一。许寿裳说:"有人以为鲁迅长于世故,又有人以为他不通世故,其实都不尽然,只是与时宜不合罢了。"内山完造形容鲁迅是个子小却有着浩大之气的人。他不是用身体精力来经营生命,而是凭着精神来生存与工作。

整个民国时代,在知名文化人中,鲁迅先生的物质生活虽不拮据,却也并非如外界流传的那么优越。令鲁迅焦虑的主要不在于家用开销,而是家国大事。许广平曾在做鲁迅学生时速写了满身补丁、头发直竖的鲁迅。他对衣服极不讲究,小时候家人叫他穿新衣服又怕新衣弄脏,总是监视警告,让他感觉坐立都不自由。鲁迅在南京读书时,没有余钱制衣服,棉袍破旧得可怜,肩部已经没有一点棉絮了。初到上海时,他穿了许多年的蓝布夹袍破了,许广平给他新做了一件蓝色毛葛的,可他嫌滑溜溜不舒服,无论如何不肯上身。直到生命最后一年,身体瘦弱禁不起重压,才做了一件棕色丝绵长袍,临终他也穿着它。这是鲁迅成人之后最考究的一件衣服了。许广平说,沉迷于自己理想生活的人,对于物质的注意是很相反的。

鲁迅衣着寒素,发型蓬乱桀骜,一看即知疏于修剪,他多穿布鞋,很少着皮鞋,这般装束在上海,正如他自己所说:破帽遮颜过闹市。有次鲁迅一身朴素、不事修饰地去造访住在大马路(今南京路)当年上海最豪华旅店七楼的英国友人,在搭乘电梯时,电梯司机上下打量他后将他赶出电梯,他只好爬楼梯上七楼。两小时后英国友人将他送到电梯间,电梯司机窘得不行,鲁迅不以为意,一笑而过。

在夏丏尊先生的记忆里,鲁迅总是一件廉价的洋官纱(也即羽纱)长衫从端午前一直穿到重阳,足足有半年。1926年夏丏尊从北京去厦门教书,路过上海,上海友人设宴接风时,他穿的依旧是洋官纱。姚克记得最初见到鲁迅先生的印象是:衣服很马虎,一件旧藏青哔叽袍子,袖口很宽大,露出了里面暗绿色的绒线衫,脚上是一双黑帆布的陈嘉庚橡皮底鞋。但他的眼睛很特殊,让人觉得不仅读书万卷,也曾阅尽了人间世,"你只觉得他气宇的宏大和你自己的渺小和猥琐"。

鲁迅先生一生最大的奢华就是坐汽车去看电影。因为政治气候的原因,他与许广平一同出去时多数步行,去远处就坐汽车,很少坐电车,黄包车是绝对不坐的,遇到意外躲避不方便。《鲁迅日记》里时常写到看电影,许多人有些失望,总以为鲁迅的生活应该更苦些才是。许广平说:"他苦磨一世,历尽饥寒交迫,穷愁潦倒到头发都白了,去看看电影,苏息一下,苏息之后,加倍工作的补偿……难道这也算是越分之举?"

鲁迅先生对别人的衣服不很注意,正如他说过:"谁穿什么衣裳我是看不见的。"但真要去问他评价,他还是会说出自己的审美。有一次萧红穿了件火红的上衣让鲁迅鉴赏,问他是否漂亮,他直言不讳"不大漂亮",理由是红上衣与咖啡色格子裙"这两种颜色放在一起很混浊"。

鲁迅在北京置办过两处房产,一处是八道湾的房子,一处是西三条的房子,现在的鲁迅博物馆,先生栽种的丁香树还在园子中。这两套房子用尽了鲁迅的积蓄,还曾为之举债,多年后才还清。买了房子后,鲁迅先生的经济再也没有特别充裕过。鲁迅在上海没买过房子,他先后租住的三处房子都在虹口。先是景云里,再是拉摩斯公寓,最后是大陆新村。

上海是中国革命解放事业的重要舞台,20世纪二三十年代,许多知识分子、仁人志士汇聚于此。位于横浜路35弄的景云里23号是鲁迅在上海顶下的第一个房子,顶费50元。1927年10月8日,鲁迅和许广平从共和旅馆迁居至此处,那是他们到上海的第五天。

景云里是建造于1925年左右的极普通的砖木结构石库门里弄房子。鲁迅家面积约70平方米,三层朝南。鲁迅住二楼前楼,许广平住三楼。他们在景云里居住了两年零七个月,分别在23号和17号,也与18号的周建人一家短期同住过。迁入景云里17号后不久,1929年9月底,许广平在北四川路的日系福民医院,即后来的上海市第四人民医院诞下鲁迅唯一的孩子周海婴。

景云里不仅居住过鲁迅,还居住过叶圣陶、冯雪峰、茅盾等一批文化名人。鲁迅搬到了景云里17号后,将23号让给了柔石和他的伙伴们,柔石在这幢房子里写作了享誉文坛的《二月》,后来被捕、牺牲。"忍看朋辈成新鬼,怒向刀丛觅小诗"就是鲁迅在《为了忘却的记念》中缅怀柔石的诗句。

鲁迅常常逛坐落于四川北路的内山书店。第一次去时,鲁迅买书四种四本,花费十元二角,自此他常常光顾内山书店,购书、会客、沙龙,并一度在书店的假三层楼避难,店主内山完造更成为鲁迅一家的挚友。后来内山书店一楼成为工商银行营业部,二楼作为内山书店陈列馆可供参观。2021年,恰逢鲁迅先生诞辰140周年,"1927·鲁迅与内山纪念书局"项目启动,通过对建筑的保护修缮再现街区历史风貌,并对建筑功能进行同步升级,打造出新的区域文化地标,至如今,书局已成为上海著名的人文交流空间,使无形的人文基因以有形的方式重新融入城市肌理。

1930年5月,鲁迅搬到四川北路2093号的拉摩斯公寓(即现在的北川公寓),毗邻当年日军陆军司令部。"顶费五百,先付以二百。"那是个西式国际化公寓,由英国人拉摩斯出资建造。鲁迅一家是唯一的中国住户,是通过内山完造租下来的。

鲁迅居住的单元是两室一厅,房型欠佳,只有最大间的会客室有窗,被用来当作鲁迅的卧室兼书房。柔石、冯雪峰、郁达夫、内山完造等是鲁迅家常客。红军将领陈赓也曾来此与鲁迅秘密会面。中共领导人瞿秋白曾在1932年、1933年各有一段不短的时间在此避难,这一时期的鲁迅作品与日记中时常出现瞿秋白的化名。后来鲁迅帮助瞿秋白在附近东照里12号租了一间20平方米左右的亭子间,瞿秋白在亭子间里编了一本鲁迅的杂感集,并写作17000字的长序,他与鲁迅友谊之深厚可见一斑。

景云里与拉摩斯公寓的鲁迅旧居现为民居,不对外开放。

著名的大陆新村9号是鲁迅在上海的最后一个家,也是他在上海住得最安稳之处,坐落于山阴路132弄9号。如今大陆新村9号仍保留着鲁迅当年生活时的原貌。进门是小天井,有个小小花圃;一楼前间是客厅,放有书橱和瞿秋白留赠的书桌。后间是餐厅,放着西式衣帽架。二楼前间是鲁迅的卧室兼书房,铁床,衣橱,镜台,版画,没有沙发,写字台前是一把木质圈椅。工作倦了,就在书桌旁的旧藤躺椅上小坐看看报纸,算作休息。镜台上的闹钟指针永远停在凌晨5点25分,日历也维持原状:1936年10月19日。那是一代文豪肉身陨落的时刻。三楼前间有阳台,是周海婴和保姆的卧室,后间是客房,掩护过瞿秋白、冯雪峰等人。鲁迅先生的寝具一向是板床薄被,十分朴素,到上海后,才改用最普通的铁床。

大陆新村9号朴实无华,却有着别样的氛围感,甚至仿佛能触到大先生温暖的气息、睿智的目光和爽朗的笑声。想到一句话:"死亡不是失去生命,而是走出了时间。"

在中学语文课本学到的鲁迅篇目里,美食出现的次数其实不多。我原只以为鲁迅喜欢吃豆子,比如社戏里的罗汉豆,闰土给迅哥带的干青豆,咸亨酒店的茴香豆……后来才知那都是错觉。鲁迅对吃也有爱好和要求,组织和参加饭局的频率也高。因缘际会,我与鲁迅先生长孙周令飞兄认识也有16年了,2008年与2009年曾有幸受邀在虹口鲁迅公园旁某酒店和上海市政协礼堂参加过其父——鲁迅先生独子周海婴的生日宴。后来我与令飞兄相聚主要是在孔乙己酒店。我一度很好奇鲁迅先生爱吃什么,他建议我看《鲁迅日记》。

1912年至1926年的14年,鲁迅在北京工作生活,供职教育部,后又在大学兼职。1918年以后鲁迅在教育部的职务是佥事与科长(当时科长相当于现在的处级干部),也即北洋军阀统治时期中央官署中的中级官员,虽然官职不高却是实职,又是学者作家名流,因此人脉畅通,社交生活丰富,饭局应酬不断。在鲁迅日记中,仅在1913年,他的外出活动就有294次。日记中记载了具体姓名的饭店,这14年间他去过的有65家之多,频率最高的是广和居。在上海生活期间,鲁迅先生最爱与友人宴饮聚会的馆子是主打杭州菜的知味观,叫花鸡、龙井虾仁、东坡肉、莼菜汤都是他的心头好。

鲁迅口味重,喜食辣,认为吃辣可以发汗解困,也因当年在南京读书时气候寒冷,没有余钱做厚实冬衣,也就开始以辣椒御寒了。

鲁迅纪念馆有两本鲁迅家用菜谱,记录了鲁迅先生刚到上海定居时的日常食谱。这期间,他与许广平每日午餐与晚餐皆由沪上知名酒店定做,送餐上门,每顿两荤一素,一周内很少有重复。口味以广东菜、绍兴菜为主,也兼顾上海口味。据许广平回忆,鲁迅先生吃的东西虽然随便,但隔夜菜是不大欢喜吃的,只有火腿他还爱吃,连用几次也可以。鲁迅到上海以后喝茶也多,在北京时独用一只有盖的旧式茶杯,到上海后改用小壶泡茶。

后来萧红、萧军等人也时常去鲁迅家蹭饭,许广平总是七大碗八大碗地烧。在上海的时光,鲁迅穿着许广平织的大V领毛背心,吃着她精心料理的家常美馔,度过了人生中最温馨的九年,也是最后的九年。

鲁迅先生爱吸烟,平日吸的都是廉价卷烟,金牌、品海牌、强盗牌,每天要吸五十支左右。黑猫牌是他的最爱,但价格贵,难得买来吸。强盗牌卷烟和条头糕是鲁迅先生每夜必需的粮草。鲁迅先生备有两种纸烟,一种贵的是前门烟,用来待客,一种便宜的,每五十支四五角钱,自己吸。

鲁迅先生常常写作到深夜,家里常备核桃花生等坚果和糕点饼饵。来上海定居后,如果午夜时许广平能给他预备些东西吃,比如绍兴农家烧法的蛋炒饭,放些葱,蛋和饭都炒得焦硬些,再有半杯酒,他会十分满足。关于酒,鲁迅的量不大却总爱喝一点,在北京是白干,到了上海主要是黄酒,五加皮、白玫瑰、啤酒、白兰地也喝一点。有人曾分析怎样把文章写出绍兴人鲁迅的味道,其要素必然包括黄酒、几样下酒小菜和江南湿润的雪。

鲁迅一生始终维持着学者和战士的生活,有着中国人传统的克己美德。他自己的一切享用都是很刻苦的,许广平认为"他彻头彻尾从内而外都是很农民化的",最后十年有她的照料,较为舒适愉快。但她却说,"记不得有谁说过,鲁迅的生活,是精神重于物质……一起床就开始工作,有时直至吃夜饭才用膳,也不过两三种饭菜,半杯薄酒而已"。

天一生水,茶事乾坤

明朝李时珍的《本草纲目》水部卷里曰:"水为万化之源,土为万物之母。"

关于饮用水,中国古代就已讲究。陆羽对水的评价是:"山水上,江水中,井水下。"

澄之无垢,挠之不浊,择水是煮茶十分重要的环节。古代城市平民多饮用井水:"……凡井水,有远从地脉来者为上,有从近江湖渗来者次之,其城市近沟渠,污水杂入者……气味俱恶,不堪入药、食、茶、酒也。"

古人还常常在储水的坛坛罐罐内放入石英砂、卵石等,既能过滤杂质,又能养水味。陆羽《茶经》里曾写过漉水囊,即过滤杂质的净水神器。《续茶经》里则有大量篇幅说到煮茶用水,比如缸贮西湖水、伏天雨水等。

古人对于饮用水的追求,无色无沉淀物是基础款、入门级,而对活、清、软、冽等则是追求无止境。

茶用水贵在水源活,流动的活水经自然净化,细菌难以繁殖,有益气体含量较高,泡出来的茶汤格外明亮生动。

宫廷饮用水多从山泉中汲取,再经活人实验、银针测试等步骤后,可送进宫供皇族享用。

瀹茶用水自然越软越矜贵。用软水泡茶,口感风味更佳。现代科学研究,以每升水含12毫克钙镁离子为界,在此之上为硬水,以下为软水。不仅瀹茶、煎药,用软水沐浴也能使发质柔滑、肤质细腻。说一个地方水土好、养人,山温水软是重要的硬件之一。

据说乾隆帝游历大江南北时,总爱带上特制的银质小斗测量水质,他测出北京周围属西郊玉泉山西南麓的泉水水质最轻。清朝《清稗类钞》里记录:若大内饮水,则专取之玉泉山也。

瀹茶用水也讲究冷冽。因冷冽之水多出自地层深处的泉脉之中,不仅清、软、活,且因寒凉,杂质下沉,更为纯净甘醇。

在《红楼梦》里,钟鸣鼎食、诗礼簪缨的贾府,喝的茶是六安茶、老君眉、龙井茶、普洱茶、枫露茶等贡茶和珍品茶,且茶具精美奢华,非名器不饮。妙玉论茶,把茶艺推向了高潮。仅贾母携宝玉、黛玉等家眷和刘姥姥到栊翠庵小坐,妙玉就拿出十余种不同的茶具待客:成窑五彩小盖盅,官窑脱胎填白盖碗、九曲十环一百二十节蟠虬整雕竹根大盏、"王恺珍玩"一类的古董、绿玉斗……名茶还须好水泡。宝玉曾作诗:"却喜侍儿知试茗,扫将新雪及时烹。"妙玉请宝玉、黛玉、宝钗喝体己茶时,黛玉随口问:"这水也是旧年的雨水?"妙玉冷笑道:"你这么个人,竟是大俗人,连水也尝不出来。这是五年前我在玄墓蟠香寺住着,收的梅花上的雪,共得了那鬼脸青的花瓮一瓮,总舍不得吃,埋在地下。今年才开了,我只吃过一回,这是第二回了。你怎么尝不出来?隔年蠲的雨水,哪有这样轻浮,如何吃得。"梅花雪水和妙玉品性的香寒之气跃然纸上。

有人统计,《红楼梦》中涉及的茶事有200多处。而《金瓶梅》中,茶事竟多达700余处,构成了明代市井饮茶风俗图。茶楼、茶铺、茶肆、茶坊遍布城中大街小巷,并不再是清饮,而是搭配李子、大枣、菱角、荔枝干、杏干、桃干等茶果,以及饽饽、月饼、火烧等茶点。吃吃喝喝，好不热闹，成为平民的生活业态与社交方式。

雪水烹茶出现在《红楼梦》中并不稀罕，出现在了《金瓶梅》中则显得格外风雅。吴月娘"教小玉拿着茶罐，亲自扫雪，烹江南凤团雀舌芽茶"，目的是用清雅茶事讨好西门庆，并借机暗示小妾们：她的大妇地位不可撼动。

白居易《晚起》诗云："融雪煎香茗，调酥煮乳糜。"郑板桥《满庭芳·赠郭方仪》词曰："寒窗里，烹茶扫雪，一碗读书灯。"自古文人对雪水烹茶格外珍惜高看，不过茶圣陆羽倒未曾提及过拿雪水作为饮用水，盖因他一生的活动路线都在长江中下游和淮河地区，江南和江淮很少下雪，即使下雪也少有积雪，自然难以联想到这一天赐圣物。

人可以一日无谷，但不可一日无饮，水，为食精也。天一生水，"一"中的能量施之于地，地上一切在后天万物的变化中就有了"地六成之"的演变规律。仔细想来，真空妙有的能量信息其实均储存在水中，天一生水，水载天德，实在妙不可言。

最近闲暇时我重温《甄嬛传》，发现一晃而过的小桥段。入宫后，安陵容第一次去碎玉轩看望甄嬛时，甄嬛与眉庄恰在一处玩耍。浣碧给她们都端了六安瓜片，唯独给出身低微的安陵容端了她爱喝的香片。六安瓜片是朝廷贡茶，而香片只是普通花茶，浣碧此举看似体贴，细品却有着复杂意味，也难怪安陵容会逐步黑化。一杯茶里看出了等级的区分，何况沏茶的水呢。

惠明茶,不退红尘心褪俗

认识惠明茶是在上海市佛教协会会长、静安寺方丈慧明法师的静安寺会客厅里。时值江南梅雨季,窗棂外雨滴淅淅沥沥,他嘱近侍泡了惠明茶端给我们。

一口入喉,凝萃着山岚雾霭的清灵与芳冽使胸中积滞瞬间消隐,山林逸气与冰雪心境在山泉水中起伏的嫩芽叶上相遇了。

不退红尘心褪俗,慧明法师的开示在惠明茶的衬托下,使得灵魂无比滋润。梅雨、古寺、高僧、红尘、绿茶,都让我有"岁亦何去来,一刻即千年"的穿越感,真切却又清虚的能量汩汩注入,吐故纳新,天心、佛心、人心、茶心在交汇那一刻互放了光亮。

辞别前,慧明法师赠予我他的日记体著作《行脚》与一盒惠明茶。

走出山门,我竟有点恍惚,尘心洗尽兴难尽,仿佛方才一晤只是氤氲水汽中的一个短梦,一刻波杳云深的出离。

寺必有茶,僧必善茗,在慧明法师与惠明茶的交集中可见一斑。其实早在西汉时期,四川蒙山甘露寺僧人吴理真就已将七棵茶树植于清峰,时时浇灌,枝青叶绿,被当地人称为"仙茶",这也是我国最早的茶树种植记载。

不同于生发于茶之品的贵族茶道、生发于茶之韵的雅士茶道和生发于茶之味的世俗茶道,禅宗茶道生发于茶之德,旨在参禅悟道。晚唐百丈怀海禅师创立的《百丈清规》不时浮现茶叶的芬芳,也将茶融入禅门清规中。以茶为机锋,探究禅意,共悟佛境。茶心佛心,何异何殊。

唐高宗龙朔元年(661),禅宗六祖惠能与惠明禅师在江西大庾岭上分手后,惠能往南走,惠明往北走,各自护法。惠明禅师来到浙江景宁,在南泉山(敕木山)结庐修禅,一住三年。

惠明禅师素来是茶的知音,发现敕木山上有野生茶树生长,就采茶炒制,利用茶叶治愈了山民的重疾,教化山民,并向他们传授种茶、制茶技艺,在景宁民间留下许多佳话。

民众为了感恩惠明禅师,于唐咸通二年(861)在原址修建了惠明寺,寺僧在周边种植茶叶。

1650年,畲民移居到惠明寺村以后,大面积开山种茶,将茶命名为"惠明",佛茶惠明茶于是开启了流芳久远的禅茶文化。

景宁是中国唯一的畲族自治县,也是华东地区唯一的少数民族自治县,又称为"中国畲乡",地处浙闽两省交界的山区,是长三角地区千米以上高山最多的县之一,典型的低纬度高海拔山区县。

景宁土地肥沃,四季分明,雨量充沛,昼夜温差大,雾气蒸腾,拥有种植茶叶得天独厚的环境。

沿鹤溪河溯流而上,敕木山麓草木葱茏,古刹晨钟暮鼓,遗世独立。环敕木山一带,自然生态条件尤为优越,生长于此的茶叶更是优美俊逸,营养丰富。景宁也因惠明茶而被授予"中国茶文化之乡""全国十大生态产茶县"等称号。

清明前后是茶叶的采摘季节。勤劳的畲民对茶叶采摘十分考究,或者单芽采,或者细嫩采,动作柔和,所采茶芽断面整齐,极富仪表之美。且畲民依旧保留着传统手工炒茶习俗,技术炉火纯青。

去畲乡人家做客,一进屋,主人就会泡上惠明茶,有的还会在茶中加些白糖,俗称"糖霜稀茶",表达主人对来客热情尊重之意。"头碗苦,二碗补,三碗洗洗嘴"的敬茶礼俗,意为主人要敬三道茶,尽显地主之谊;若客人多喝几道,主人则更加欢喜。

历史上,景宁在各寺院、驿站、凉亭、道观等均设有茶堂,招待过往行人自行饮用。施茶习俗传承久远,延续至今。

而惠明迎客茶则融入了禅茶文化元素,行礼、煮水、备具、赏茶、涤器、煮茶、泡茶、谢茶,每个环节,都让人沉醉其中。

突然想到好友说过,一个城镇的魅力不在于它有多么辉煌久远的历史,而在于它的居民是否传承了这份历史与自信。

惠明茶因僧得名,千古禅茶,与禅相缘,与寺为伴,从未间断。明清时期,惠明茶被列为朝廷贡品。据《处州府志》记载:"明成化十八年,进贡茶芽二斤;清乾隆五十四年,又上贡惠明新芽茶三斤。"

1915年,惠明茶以兰香果韵的独特风格在巴拿马太平洋万国博览会上获得金质奖章和一等荣誉证书(最高等级奖)。1978年后,惠明茶被正式定名为"金奖惠明茶"。

此后,金奖惠明茶更是屡获殊荣,不胜枚举。比如连续荣获国家商业部"全国名茶"称号,在上海世博会上再获金奖,被中国国际茶文化研究会授予"中华文化名茶"称号,荣获中国国际茶叶博览会金奖、国家地理标志保护产品、农业部农产品地理标志产品……惠明茶还被确定为国务院机关事务管理局特供专用茶。

如今,惠明寺与上海市静安区共同开发建设了惠明禅茶文化产业园。同时还开展了惠明茶会、惠明茶器具原创大赛等一系列活动,开设了静安寺惠明茶专柜,通过"问海借力",为惠明茶产业发展注入了活力、提升了动力。

江南人大多有绿茶情结,四季皆宜。不过慧明法师惠赠的惠明茶我不敢唐突饮用,而是先供奉在家中佛龛前数日,待到吉日以虔诚之心焚香,启封,温杯,投茶,润茶,冲泡,观形,闻香,然后细细品赏。

窃以为惠明茶对环境与心境都是有一定要求的,这种要求,不仅是物理的,更是精神的。它的气息是一种能,内存于万物之中,又超越于万物之外。有一瞬间,我觉得我与这款茶会有交集;又有那么一瞬,我觉得我们并不适合。

好茶如上好的情感,向下不兼容。世间好茶那么多,能从中蒸腾出灵魂感的,惠明茶是为数不多的品种之一。

它茶韵清雅,芬馥如兰,外形细紧婀娜,绿润典雅,银毫显露,英风秀逸,神充气足。喝惠明茶的感受十分耐人寻味,不止因为它的茶汤嫩绿鲜醇,清香飞扬,回甘多变,更在于情绪上已然酝酿出宗教之美,一杯饮完,洗胸中之积滞、致清和之精气,目渺辰星,深情万斛,静而不争,天地皆宽,有种仿佛被开过光的灵透殊胜,一切都妙不可言。

所谓甘露,也不过如此吧。

新会陈皮,雅士之间的相认密码

在邂逅"海上·美兰"人文艺术会馆之前,我并不知道是它的横空出世,让上海拥有了第一片有身份证的新会陈皮。

明代药圣李时珍曾如此评价陈皮:"苦能泄能燥,辛能散,温能和,其治百病,总是取其理气燥湿之功,同补药则补,同泻药则泻,同升药则升,同降药则降。"传统中医药学认为陈皮具有理气健脾、燥湿化痰、疏肝利胆等功效。合理搭配,可用于一年四季日常食用,达到治未病的效果。而近年来新会陈皮早已走出岭南,上海人家也越来越普遍将其作为逢年过节的伴手礼,其作为食疗调养、文化社交的载体更多出现在日常生活中。

陈皮是经加工后的柑皮。每百斤柑可晒出干皮4—5斤。新会陈皮又称"广陈皮",早在宋朝已成为南北贸易的广货之一。新会种(zhǒng,树种)、新会种(zhòng,种植)、新会陈(陈化),须满足这三个条件才是道地的新会陈皮。其对采摘年份、产区(地块)、树种、树龄、采摘期与干湿仓的要求十分严苛。非新会产的陈皮香味较逊,且有苦辣味,也因此多用于线香原料。

在我看来,新会陈皮有着崇高的土地精神,从业者甚至用嘴来品尝土壤差异,将其精细界定划分,把风土的逻辑推向极致。

茶枝柑干燥果皮(新皮)须得在新会本地陈化满三年,才称得上"陈皮"。作为国药代表之一,新会陈皮把三年陈化写进了官方标准,可见对陈化的重视。除了道地性和水土,新会独特的四季气候使得柑皮的干湿交替陈化和冷热交替陈化达到黄金配比。而存放新会陈皮也是技术活,失之毫厘,谬以千里,甚至会出现霉变、虫蛀、烧皮等状况,也因此陈皮绝不仅仅是一张放了三年的柑皮那么简单。

我觉得,陈皮陈化反应的复杂性和必要性神似酿酒,除了必然,还有偶然,充满不可捉摸的因缘际会和命运元素,不仅是时间雕琢的艺术品,是风霜的点化,更是活性与灵性的凝缩。

新会陈皮村吴村长品牌是唯一践行"新会种、新会种、新会陈"三大要素的新会当地企业和品牌,工艺严格,道地正宗,在当地陈皮企业中成本最高,当地也认同它价格最高,南方第一国药品牌"陈李济"只采购该品牌的陈皮制药。该品牌的库货品在银行、海关可以抵押、可以贷款,这在陈皮企业中,没有第二家。

在 2020 年之前,吴村长品牌没有真正走出过新会,外地市场不成熟,也遭受着假冒伪劣的巨大冲击。吴村长来上海时说了一句话:上海还没有一片满足"三要素"的道地新会陈皮。上海人见过一些品牌的新会陈皮,其实是当地企业委托营销公司、茶商做的推广。多数没有自己的果园,有的也刚刚买了一点装门面。新会当地人都说吴村长是大傻,不进产自广西等地的外地皮,不做工艺做旧皮,不请人做推销,不受外界干扰,只顾埋头深耕,真真是如如不动。

好在这一切都在悄悄地发生着嬗变。当传统陈皮遇到国潮风尚,当陈皮村成为文旅平台,新会吴村长陈皮的袅袅陈香,终于跨越山海,疗愈了国际大都市上海及其长三角一体化战略下的江南。上海也有了陈皮村:海上·美兰。

"海上·美兰"会馆是新会陈皮村吴村长上海品牌体验中心,

是以陈皮文化为媒介新近崛起的高雅社交平台。大美不言,气息如兰。会馆与国家级 AAAA 级景区、北上海最美之境美兰湖相邻,以人文之美牵手自然之美,融汇海派文化与岭南广府文化精髓,通过现当代语汇解读和艺术表达,让人深度体验和、静、怡、真的东方人文精神及艺术人生。

在 2022 年春夏上海疫情肆虐时,"海上·美兰"精心推出"上海加油·大红柑普茶"赠送奋斗在一线的医护人员、院校师生、公安干警、环卫工人、媒体编辑记者等,以示对上海抗疫的支持。大红柑的泡制方法也别致:取盖置网(柑果盖、茶漏)、90℃以上的沸水淋果、闻香识色、小口入喉、情景交融。喝过许多小青柑,大红柑喝得不多,后者绝对配得上大气谦和、陈久者良的美誉。

"海上·美兰"是雅士们最新的社交场所和会客厅。在馆内,不仅复原展示了南国商都新会的繁荣景象,展示了市面上流通的最古老的新会陈皮"1986 东甲"、岭南画派的广彩,更有标准干仓示范区等。走进会馆,新会陈皮特有的陈香令之前头昏脑涨的我渐渐神清气爽,甘香醇绵、和顺适口的陈皮金汤又让我喝到了时间的酝酿与绵延,让人思接千古、驰想天外。

这里的新会陈皮茶,平衡又成熟,看似轻盈却细腻雅艳,娇柔多变,不是网红脸,不是傻白甜,很有高级感,需要悉心体会侍奉。这样的好陈皮,是向下不兼容的。而体会它,不仅需要丰富的经验、感知与灵性,也需要该出手时就出手的胆识。如果将新会陈皮比作佳人,既不唐突佳人,又行云流水般将佳人征服,这才是资深玩家的功夫。

三杯陈皮茶饮完,目渺辰星,有种仿佛被开过光的灵透,妙不可言。让人在猝不及防之际就已届澎湃,引发体感和情绪的重组,体会到一个无法言说又蕴含格律的世界,而这,也或将成为雅士之间的相认密码。百年陈香,海上有回响。

鲅鱼的北方，鳍鳎的南方

年前聚会，某微信群的主题是鲅鱼馅饺子。此群由八位上海人和一位山东人组成。山东友人今年就地过年，包饺子是他的拿手戏，这顿酒菜当配角、饺子才是主角的年夜饭意义非凡。从购买黑面粉自己擀饺子皮直到饺子上桌，我们沉浸在如宗教般虔诚的气氛里，年味在这顿饺子里吹弹可破。等每人一瓣蒜头发好，酒也倒上了，不知是否用力过猛，第一口饺子下肚，我们面面相觑，不好评价。上海友人悄悄用沪语嘀咕："馅料里好像缺少点白酒啊……"在山东友人期待的小眼神里，我抛砖引玉："真是氛围美食。"

同一种鱼，在北方称鲅鱼，在南方称马鲛鱼。鲅鱼饺子闻名北方，却没听说过有马鲛鱼饺子，南方沿海人爱吃海鲜，嗜腥味，却在鲅鱼饺子面前有点踯躅。著名外卖平台曾有关于饺子喜好的调查，数据显示鲅鱼饺子和三鲜饺子是北方人最爱的口味，鲜肉冬菇饺子和荠菜饺子则被南方人青睐。

包鲅鱼饺子很吃工夫，却并非所有江南人都吃得惯鲅鱼饺子。鲅鱼饺子馅儿制作工艺复杂，将鲅鱼一劈两半后剔去鱼骨，弃头去尾，双刀剁成细泥，加入肥瘦参半的猪肉丁，并缓缓加入清水，向着一个方向搅拌，搅到鱼肉劲道Q弹才能入馅。有次我去赴一场饺子宴,那天难得提早到,进入包房时但见山东好友抱着一口钢精大锅一刻不停地顺时针搅拌馅料,踌躇满志,满头大汗,其架势好似在做满汉全席。

从渤海湾到海南岛海域都出产鲅鱼,鲅鱼是中国沿海地区百姓餐桌上的常客。不过青岛人最认鲅鱼,这可能是中国最爱吃鲅鱼的城市了。鲅鱼是胶东人的集体记忆,是须臾不可忽视的美味,是忘不了的乡愁。

在认识青岛友人宋哥前,我并不知道有"鲅鱼跳,丈人笑"的风俗文化。据说每年新鲜鲅鱼上市时候,青岛姑爷总会给丈人送鲅鱼,如今也扩展到所有老年长辈,鲅鱼也成为孝道的表达。虽然我不喜欢吃鲅鱼饺子,但却认为鲅鱼做的熏鱼可吃度上乘。花椒大料生姜料酒生抽老抽一堆猛料腌透后烹炸焖煨,浸泡风干几经辗转,把个鲅鱼调理得咸鲜紧致,焦香滋味入骨入髓,余味袅袅,因为刺少肉厚,别有一番利落适口。从熏鱼的角度,熏鲳鱼、熏鲅鱼合适我的口味,青鱼、草鱼次之。

过了长江,鲅鱼就叫马鲛鱼了。宁波人嗜海鲜,不过我家倒是很少用马鲛鱼入馔,也没说为什么,可能就是家族传统,于是将马鲛鱼说成是比较腥发。

前些年有次清明前我在宁波象山港吃到极新鲜的蓝点马鲛鱼,切成厚段后略微过油,然后用雪菜笋丝煮成半汤半菜——宁波人吃鱼追求本色,不太会将其包饺子、做鱼丸或红焖煎炸——因为有先入为主的鲜腥咄人的印象,我下箸时较为矛盾,却惊喜地发现,此季的象山马鲛鱼不仅不柴,且因在繁殖季节,体内脂肪达到峰值,别有一番可以层层推进的清鲜甘腴。一口下肚,入口即化,春天仿佛就来了。

蓝点马鲛,日文称为"鰆",其他种类的马鲛则唤"××鰆",蓝点马鲛的女神地位可见一斑。清明前后数十天,蓝点马鲛洄游近宁波象山港产籽,这也是它最肥美的时节,宁波人唤它"鳍鯃",风雅别致的名字与其外形倒也搭配,价格自然也不比亲民的北方鲅鱼价格。据说象山当地渔业集散地会组织类似东京筑地市场的水产竞拍活动,极品鳍鯃会以天价成交。

人与人之间的沟通难度,不仅存在于精神层面,更关乎感官。比如味觉,南方人追求极致鲜美,北方人则不拘一格。

其实马鲛鱼富含 DHA、蛋白质和微量元素,具有一定的食疗功效。虽然很少吃到新鲜马鲛鱼,但作为零食,我小时候却吃过海量的马鲛鱼鱼片干和鳕鱼鱼片干。那时母亲有位好友苏伯伯是太仓搞能源和远洋渔业的企业家。每隔两个月他们会见面,吃饭谈笑公务。每次见面他总是带来大小海鲜,还不忘以 100 小包为一个单位给我带来鲜美无比的鱼片干,那是我少年时代占据重要地位的零食品种。

张罗鲅鱼饺子的山东友人在小年夜又快递给我两大盒方方正正的冰冻馅料,说是他连夜特调的过年饺子馅,可以直接包,包 100 个没问题。不管是否适口,我高兴地收下了他的心意,那是不能回乡的游子对当地友人表示的最大暖意。

那年他的身体突发状况,从鬼门关转了一圈回来后,第一件事就是回到故乡胶东半岛,坐在海边用海水一遍遍搓洗马鲛鱼并一条条晾晒。十几米长的青灰鱼干群蔚为壮观,他欣赏着杰作,爽朗的笑声终于重现。故乡和故乡的名物编成一张轻盈动人又坚韧无比的网,打捞起他斑驳陆离的人生,值得所有的倾诉,并指向记忆与永恒。

岁 月 神 偷

还没反应过来，一年就过去了。今年春节来得早。翻过元旦，第一件事就是过年。

好友有句名言："锅里见明年。"中国人的情感深处，有很多不分你我的连体之爱必须用吃来表达，且许多人靠着转瞬即逝的欢乐回忆，能度过漫漫一生。从旧历12月到春节前几日，都是各条线的尾牙友聚，持续到小年夜，回乡的、出国旅游的，大家各奔东西，上海空了。

从小年夜到年初三，雷打不动蜷在家里陪父母家人，蛰伏到初四初五，有人开始骚动攒局，有几人算几人。跨过年后的重聚，其实没隔几天，却仿佛分别很久，见面的热忱如潘多拉的盒子打开了——又归队了！年让一切归零，又让一切重启。

从腊月到正月，是上海最冷的季节，爸爸在北阳台挂上风鳗、腊味等年菜传统食材，干贝花胶等也从一个个罐头里揭盖放风，祭祖设备早已准备妥当。妈妈与远在港岛的姨妈视频聊天，展示平靓正的鲍参发菜。沪港双城值得玩味，香港人过着中国式的西方生活，主妇们看TVB大戏，煲汤参看《本草纲目》；上海人则过着西式的中国生活，生煎馒头配榛仁拿铁，偶尔听场老爵士。可不管哪种模式，这时节中国人只分两种：重视过年的和不重视过年的。

这是两种不同的文化 DNA。

每年腊月,闺密会赠我特级山西大枣,有时是用汾酒喷了,扎紧包妥,有时是红枣夹核桃,嘱我每日吃几个。那是她母亲捎给早已在上海扎根 20 多年的女儿的土仪,我也沾了光。于我而言,那是手信,对她来说,那是故乡。某师友温州人,他一过小年就会制作蟹生、白鳝生之类的家乡味,那些用红曲和白酒腌制的小海鲜是春节时解腻开胃的别致妙物。对北方人而言,不吃饺子不算团圆。对于湘西人而言,一块黑漆漆的腊肉才叫故乡。没坐过深夜火车的人,不足以聊乡愁,没坐过红眼航班的人,不足以谈人生,那些庞然大物常载着漂泊与迁徙的人们回家。

农耕文明越发达的地方,春节气氛越浓,至今北方人过年还是讲究的。到了正月十二,国企集团大楼上班者仍是寥寥,上午点个卯,嗑瓜子,发几通遗漏的拜年私信,再约几场发小的局。午饭照例是回家吃,食堂大师傅只叮嘱徒弟们蒸些百果年糕给有需要的员工带回家作为点心补给,他们也得早点收工继续过年呢。午饭后是北方漫长的午休时间,北地隆冬日短,午休后长长的日脚洒在暖气片上,自是无须再回到班上去了……年过到这会儿,有种舒适的倦怠,如此散淡闲适必须持续到元宵节,再随惯性慵懒滑行一阵,直至过了正月,一切才重新抖擞起来。都嫌年假太短,身体回来了心还在年里,有什么要紧呢?生活理应有着与天地合拍的节奏,合着阴阳律动,体会生命的有起有伏,享受凡人的风流节物与和美人情,为整个一年积蓄赤子般的饱满情绪与动能,这是年的魅力所在。

很喜欢台北迪化街和香港上环,那是著名的年货大街,南北货人参鹿茸药材海味的气味有着岁月神偷也盗不走的古早味,传承着开埠至今的业态与风情。真的,置办年货比食用年货本身更能爆发生活情感和乡土情意,这些仪式闪现着旧日微光,让人回忆起那些年,我们的祖辈父辈和我们自己,如何为生活而奋斗过。加上来自生活的温柔与挫折,那才是真正的缠绵悱恻。留住这些也就是留住情感,一块有乡愁的土地才是家园。

李宗盛有场演唱会叫"既然青春留不住",金庸创造了一个爱情的宗教,又亲手毁灭了它,这都是岁月的力量。"人多情欲衰颓易,树却全真内不伤。"在时间面前,所有绚烂、求索与不合时宜的蠢动都是虚妄,日月往复,唯有年是时间的刻度,永远站在那里。

风华

上海的圈层

上海这个地方很神奇,它可能并不是一个地域的概念,而是文化的概念。有钱了、成功了,也不代表真正进入了上海,但的确离上海的消费主义精神更近了。

不过上海的消费主义精神不是肉眼可见的奢侈,而是身心可感的考究。这座城市的横街窄巷有见惯世面的眼锋急智,盖因自开埠以来它就享有城市发展的天时、地利、人和。

上海的上流社会与草根生活之间的分野貌似并不十分泾渭分明,但那仅仅是表象。就像每幢百年老洋房看着都差不多,但有些是72家房客,有些就是需要接头暗号的、有着显赫背景和遗存的府邸。

上海人习惯在自己的圈层中往来。什么是自己的圈层?就是综合分值接近、能够提供的有形无形的资源与价值比较接近,且文化层级审美品位相对接近的人。当然有些人属于核心圈,有些则属于内环、中环、外环、郊环。

在上海无论男女,都有交往密码,一搭脉、一交手、聊聊天,就知道了大致的致密度和软硬劲。圈层不同的人,每天接触的事物不同,接收的信息不同,共同的话题非常少,兴趣点、敏感点都不在一个频道,很难有真正的共鸣与共情。

当然,人的底气、资源、格局、眼界、阅历甚至包括气质与才华,很多都是滋养出来的,甚至不是用"新钱",而是用"老钱"。那些沉稳有底蕴的人,不管来自何方,多数得益于上三代的积累与沉淀。

偶有破圈的想法,但那多半是向上的,向下不兼容。不同圈层的人,习惯于保持着客气而默契的距离,不会随意僭越。社会上的路不好走,人贵在自知,经常越界的是十三点或阿乌卵。上海女人有种天然的悟性和超脱,很少会以平民之心度豪门之腹,也不太会拿与大佬或顶流人物的交往作为拔高自己的谈资,当然也不会随意接受不同频道的人的示好,因为那更多只是出于对于自身光环的想象和猎奇。交浅言深是犯忌的,路归路,桥归桥。

这座城市是人本位的,官员常有一两门文艺技能傍身,这不仅比较清流,也使其在退居二线后,在文化艺术、学术和精神领域的生活仍然丰富,能够自我实现甚至自我超越。这份通悟是官本位城市官员相对缺乏的。

不过在这座中国吸纳西方文化精髓最为普遍和深透的城市,实现阶层跃迁也不容易,官员、富商、名流、优秀专业技术人士、中产阶级等早已各就各位,但上海也有着相对公允的竞争机制和较为清晰的上升渠道,能让人闻到机遇的味道。相比之下,西方社会阶层更为固化。阶层固化是一种社会现象,如果流动性很强,固然闹猛有活力,却缺乏应有的规则与秩序。

改革开放的前二十几年,阶层流动性相对较强。改革开放初期,北方出产资源型企业家,南方盛产机会型企业家,而上海人谨慎,一旦下定决心干,总是胆大心细,成功概率较大。20世纪90年代浦东开发开放,加上大量外资、央企和民企纷纷进驻上海,这些力量的合力助攻,使得上海商业飞速崛起。那时上升渠道宽广,溢出资源很多,真正为城市创造价值、推动社会进步的是那些勇于把蛋糕做大的人。很多人不知道,浦东大道141号那幢陈旧的灰黄色二层小楼,曾是浦东开发早期的总指挥部,是不少成功人士梦开始的地方,从此中国改革开放又进入了一个新的阶段。

这一时期不少上海人实现了阶层跃迁,在政治经济文化上皆有所获得。这些"50后"经历过浪奔浪流,如今倒是人淡如菊,坐看云起。我也曾与一些"60后"的优秀人士聊天,他们普遍认为自己生逢其时,虽然年少清苦,求学艰辛,却无一例外搭上了时代与机遇的快车,享受到了中国改革发展的红利,如今也成为这座城市各领域的主力军和掌门人。

客观地说,上海比较尊重专业技术人才,尊重文化人。以上海人为主体的企业,其团队往往是相对稳定的。那些受过良好教育、习惯于规避波动风险的专业技术人士形成了企业的中流砥柱。身处怎样的职级和薪级,就提供多少实际的付出。兢兢业业,不会德不配位,付出不会少于回报,但也不会越俎代庖,有着明晰的职业、事业与生活的界线。现代社会的本质就是分工协作和价值交换,他们会在业余时间不断充实自己,转型升级,未必在食物链顶端,但尽量做一个价值输出体系里的综合品种和不容易被替代的人。

上海人很少空谈宏图大业,会为理想照耀而感动,但怎样实现理想,他们都有着恰如其分的考虑,注重事情的可操作性。可以说,上海职人未必讷于言,只是不愿多说,但一定是敏于行,有着难以量化的得体。当然做事非常具体的人,基本上升空间不大,草根逆袭这种事在秩序稳定的社会通常很难实现,可如何在自己的圈层里尽量活得滋润有尊严,上海人自有一套生活艺术。

这座城市能教会人的东西润物细无声。有时快乐是微妙的,晴转多云也是微妙的,不满是无声的,不满的消解也是无声的,愣头愣脑的人往往揣着糊涂装明白,高手则揣着明白装糊涂。上海,我想应该是一座从失败中学到的东西与从成功中学到的一样多的城市,虽然我从未成功过。

熟男熟女的老友记

沪语电影《爱情神话》斩获第35届中国电影金鸡奖最佳编剧、最佳剪辑两项大奖后,我又重温了这部现象级电影。

这部讲述当代男女关系、传递城市包容度的影片,仅在上海地区,票房已然过亿。在"最上海"的上只角钻石地段方圆三千米内发生的熟男熟女老友记,没有显而易见的爱恨情仇和激荡澎湃,却是烟火的、当代的,承载这座城市独有的情趣、规则和默契。

以上海中产熟男熟女的品位和清醒,早已能够意识到宿命的无力和阶层的固化,在人生节奏最为拖沓的年龄段四五十岁,被偶发的情愫击中属于稀松平常,他们做出的姿势,往往是青春最后激越阶段的背水一战,他们在期待的同时,也在厌倦,在厌倦的同时,也在积蓄新一轮的期待。

他们现实领域的其他构架多数已经定局,不作他想、无有绮念、浅尝辄止、顺其自然,最多只是微调,重新推翻既有框架是不大有劲道与能量的。要在生存空间和心理延拓上有实质性突围,是不存在的事,是神话。

但他们也不想烂尾,显得无情无义。他们中的绝大多数都是好人,都不想喇叭腔,都不想相欠。

老白这样的男人在上海并不少见,我自然也认识一些。他们坐拥"梧桐区"花园洋房,有专业有爱好有点小名气又会做饭,已没有极吼吼需要去奋斗的动力。那是一些花老钱的人,过得放松又体面,在临期食品进口超市买红酒,在外贸小店买内裤,骑个单车四处逛,是唯上海上只角准老男人才有的情趣。在大都市,能学中文、戏剧、影视、艺术、社会学、哲学这类不容易变现只为陶冶自我的专业的男女,家底大多不薄。要说想法,老白的想法一是办一场画展体现自我的社会价值,二是顺便滋润一下感情生活。这两种想法都不算急迫,也不功利。

老白的生活有点暮气,却也温暖。当他说出想让44岁的好友李小姐带着其混血女儿搬离住宅窘迫的娘家,住进他家亭子间时,我被这个老男人的实在和担当打动了。这也为他与李小姐几乎不存在的模糊未来,增添了一些亮色。

上海的水土,最能批量孕育出知情识趣而又清醒独立的熟女,她们是由内而外弥漫性感的实力派。自开埠以来上海就是中国城市化水平最高的城市,其居民具有最多的市民气质,而非乡民气质。在有限的生存空间和生活资料里,如何立足、发展并将日子过滋润,在上海历来被视为一门学问和艺术。那些从弄堂、公寓、操劳的起居、应酬的场合、纷纭的职场中走来的女人们,哪个不是尽量设身处地为他人顾想,让自己体面,尽量护着场面上的周全,营营奋力、暗暗使劲?哪一头都怠慢忽略不得,这份机敏从未消停过。她们从小见多世面,明了自立自尊的重要性,也隐隐有着不落人后的要强心。外表却是温柔适宜,不轻易显锋芒的。

如果能理解她们的处事之道,从某种意义上说也就是认识了上海生活。上海40多岁中产女性的胸怀、眼界和变化度,可能比天下所有男人的想象都开阔复杂得多。人不必非得有野心,但必须要有视野,这是上海熟女对人对己的基本要求。

给自己和对方以恰当的进退空间,是上海熟女的一种文化自觉,也显出她们对情谊的慎重与珍惜。尽管上海熟女对情感沙漠都有耕耘之心,但不会占你便宜、过分贪情图爱,更不会拿偶发的缱绻作为一种确定关系的挟持和改变生活轨迹的契机,那是半殖民地半封建社会老式女人的狭隘想法。因为有一点尘世间的慰藉,还会尽量对彼此好一点,温暖与相帮,重灵而轻物,熟男熟女之间是有纯友谊的,通常情况下,还很牢固。他(她)们能想到的最浪漫的事情,就是和彼此一起慢慢变老,享受小浪漫,也不会有不该有的期待。朋友久了,彼此知根知底,物以类聚,安全妥帖,谁说一起慢慢变老的必须是夫妻?

上海熟女慧心、沉着、不与人为难,深谙暗示和留白,有一种骨子里的风情与刚强。这一点上,小格局的女人是不会懂的。

老白是个好人、明白人,攻守兼备,有一些担当,有一些情趣,没有太大的不确定性,让人有宜家宜室的安心感。他也许控制不了身体,或者也不想控制,心里却悬一个天平,哪些属于逢场作戏,哪些值得交往和走心,心里明镜一样。

上海人也慕强,但对于"强"有着自己的解读和内涵,就好比钢铁直男一定没有优质暖男受欢迎。上海人追求的感觉很贴肉。中年老白成了香饽饽的原因之一在于他是个暖男,前妻蓓蓓在另两个竞争者面前说她皮肤好是吃多了老白炖的鲫鱼汤。上海熟男对太太普遍很照顾,或多或少也有些畏惧,勤做家务,钱不少赚,对家庭的贡献不小。在职业之外,多数还玩书画、古琴、健身、宋瓷、漆器、金石印章、老家具、老唱片、古玉、沉香、拓片、雪茄、评弹、昆曲、京剧、瑜伽……他们日常总得玩一两样,因为他们中大多数人是被现实羁绊的理想主义者,又是被理想催生的现实主义者。

他们要么不送礼物,送的东西都是体积不大,但别致,有说法且拿得出手的。他们不喜欢豁胖,在工作状态之外不太聊工作。说话不太满,做事不浮躁,说大话空话在上海人眼中是很容易被识破继而被看轻的。他们嘴上说自己,总是自嘲与自谦,不过他们也希望别人知道,自己是很有能力的。他们褪去了青稚气、夹生气,熟香袅袅。

上海熟男老白还有点天真,想给晚上在他那儿留宿过一夜的富婆格洛丽亚一些实际帮助,尽管他无意于她,可他也不想下床无情,总得为她做些啥;老白很体贴,一起看完话剧后会问老友李小姐要不要吃东西,在过夜后会给她做精美早餐;在即将发生鱼水之欢的夜晚,给李小姐做一桌好菜,那条新鲜的东星斑很是动人,他们的美妙夜晚在东星斑和红酒的加持下吹弹可破。尽管后来改变了走向,成了妇女大会老友记。

上海熟男熟女多数是很敏感的。他们心里很清楚谁是让他们有想法、有暗燃能量的人。而最让他们留恋的,真的不在于感官享受,而是待在她们身边的某种情趣。

上海熟男熟女间的友谊或是情愫,往往深刻而脱俗,表现出来的多是云淡风轻,也因此得以长情。不到特殊节点,他们不会把自己的履历和盘托出。当代人只要在做事,总有一堆履历可说,还不得不注解各种前因后果、前世今生等各自人生的宏大叙事,想想都累。而成熟的友谊只是要确认自己同周遭人、事、物之间的尺度。松快、默契而有料才是高质量的海派友谊,他们遵守海派人际交往的公序良俗,即使一场风花雪月的事,也会尽量在过程中无可挑剔,恪守礼仪。

人到中年,成熟的异性好友间,往往既能给对方提供情感互动体验,也能用才华和资源为彼此提供实用的价值,互通有无,取长补短,着眼的是中长期发展。爱来爱去的价值并不大,卿卿我我更多的是身体所需,彼此旗鼓相当,有用和有趣才是核心价值,关系也能更深远。于是这样的老友记,也积淀出独一无二的氛围感。当弦外之音遇到落子无悔,即使一壶浊酒也能尽余欢,这样的交往才有真正的内容力。

  我觉得都市文明这种东西,不是衣着妆容无懈可击,不是摩天大楼的装置艺术,主要体现为一种思维方式和日常行止。人与人之间是有交往密码的,一搭脉,一交手,无须说太多,就明白个大概。宁缺毋滥,惜时惜力。上海在加持他们,他们也在加持上海。

  三个美丽熟女一起看费里尼的《爱情神话》时,老白独自为大家做夜宵,还买了天钥桥路的蝴蝶酥。特定情境暗合了李小姐心中的暗涌,她主动发了咖啡之约的私信,隔着大荧幕都能感受到老白内心压抑不住的隐隐快乐。其风流蕴藉,遍布本城人特有的接头暗语。

梅雨季,风到这里就是黏

以前我对于节气更迭并不敏感,直到那次在新疆经历了从火焰山到赛里木湖的40度温差,回到上海,一下飞机,宛若进入了氤氲的蒸笼世界。那一天,上海入梅。

"云雨连朝润气含,黄梅十日雨毵毵。绿林烟腻枝梢重,积潦空庭三尺三。"单调、潮湿、郁闷和一些诗意构成了梅雨季的调性。对它的心情,我是又爱又恨。爱的是杨梅和籽虾,恨的是霉湿倦怠,有情无思。看过一篇施蛰存的心理小说,已婚中年男子对一位屋檐下避雨的美女产生了飘忽缠绵、暧昧难明的心境,就发生在梅雨之夕。当然这只是暖湿水汽中恍惚的蜃景,是成年男子一鳞半爪的意淫梦境。

在日本,紫阳花盛开是梅雨季到来的标志。《紫阳花日记》是渡边淳一的代表作之一,此花花语为"善变",单这两个字就很有料。其实无论男女,对自己的爱情沙漠都有耕耘之心和枉度青春的焦虑,对于有体力上限的男人来说更急迫。可能渡边淳一是最喜欢梅雨季的日本作家了,他的大多数作品中都会描写此季的凄美与惆怅,这似乎是书中人物心理与情感走向的某种隐喻。机缘巧合,几年前我正好在梅雨时节去了长野县的轻井泽,那是《失乐园》中男女主人公极致之爱的升华之地,有着别样的灵幻清幽。

我在落叶松与白桦林中，在云霞与风烟间，尽力呼吸凝固在极盛期的爱情经久不息的余韵，留下旷世奇情能再生为人的喟叹。

江南人不见得喜欢梅雨季，北方人对此的耐受力就更差了，西北人 W 先生却是个罕见的例外。他不仅是军中儒将，也是军旅诗人。驻京 37 年，履职上海五年半。大半生吹坚硬的风，喝烈性的酒，北方是他的基底色，却喜爱玩味江南的梅雨。履职魔都第一年的梅雨季，持续高温高湿令他抓狂，就像《江南》里唱的："风到这里就是黏，黏住过客的思念，雨到了这里缠成线，缠着我们留恋人世间……"

对第一个梅雨季有了免疫后，第二个梅雨季，W 先生竟开始为它写诗，自古才情出江南，听雨烹茶，一滴入魂，一任自然。

他的身体与内心住着两种模式，犹如北方的梅之于江南的莲，其实这两种模式并不兼容，时常打仗，狡黠又拙朴，但离不开、喝不醉、放不下，爱恨情仇终归合一。于是跋山涉水，窖藏成篇，魔都也因而成为 W 先生诗风的分水岭，渐渐有了柔韧湿润的质感，调性嬗变的发生自然而又必然。他发现身处梅雨季，尽管晦涩郁闷，却具有了格外敏感的感官，更能意识到宿命的无力、生存的荒谬和万物的灵性，正如 1000 多年前白居易早就喟叹的："大都好物不坚牢，彩云易散琉璃脆。"在投入与出离中，他常被一种莫名而来的情愫裹挟，虽然在盛开时分却也同时在凋谢，越是丰美越是让人厌倦，很难燃出一个真正的沸点，也因此他诗歌里很多的姿势与立场，既像是生命最后激越阶段的背水一战，也仿佛只是爱上了一场巨大的虚空。

这样想来，每个人的梅雨季都有些不同寻常。据说梅雨季节的低压云雨，形成了中国江南、中国台湾、日本中南部及韩国南部等地专有的文化性情绪。

此季的东瀛，最受欢迎的美食非流水素面莫属，这也是日本人特有的饮食风俗。当然,如果没有饶有情致的"流水",冰镇素面也能替代。细若发丝的面条用沸水烫熟后,再用活水反复清洗,直至水中没有了淀粉质。之后用冰块镇着,撒上葱花、芥末、生姜、昆布末等调料,蘸着日式酱油吃,凉爽冰透,清新怡人。日本人讲究细节礼仪,唯独在吃面时能酣畅淋漓地发出吸溜声,似乎不刻意出声,不足以证明面的美味。濡湿烦闷的梅雨季,难得的山林逸气与冰雪心境都在流水素面上相遇了。

江南梅雨季,河湖饱涨,籽虾鲜美肥厚,油爆酱油盐水皆宜,是江南的恩物,一吃根本停不下来。河虾助湿,吃完须用化湿美食中和才安。闽南和台湾地区则多以姜母鸭抵御梅雨季的湿气。姜片是这道菜的灵魂,宜分量十足,与鸭肉一起久久翻炒,干香入味,姜味浓郁,祛湿效果一流。配上以中国台湾高山乌龙茶为原料的台湾精酿啤酒"谷雨",让人有不知今夕何夕的穿越感。

闺密告诉我她的故事:那年梅雨季,她与他去京都游玩,恰逢京都三大祭中最繁华的祇园祭。他俩手拉手逛遍祇园,踏过流水潺潺的辰巳桥,撇开一切干扰和妄念,完成了从蓝颜到情侣的跨越。祇园从不是不解风情的地方。他说,他俩的情谊是用时间沉淀过的,能这样过一周,真觉得无憾了。

那是他们交往的第八年。那次回到上海后,他必须去结婚了。最后一天在大觉寺,大雨滂沱,她没有许愿,十分平静。此后,他们默契地逐渐没了联系。可她每年梅雨季还是会去京都参加祇园祭。她知道会有今天,无数个昨天淬炼出的今天,她与他相忘江湖,变成亲爱的路人,但淅淅沥沥的梅雨里却留下了他们永恒的气息。

黄梅天一走,轰轰烈烈的夏天就开始了。晒霉对于江南人而言是有宗教意味的事件。小时候每到此季,妈妈会把祖父的皮草大氅拿出来晒。枪驳领双排扣,长度几乎曳地,貂皮是缝在里面的，表面是棕褐色老羊皮。父亲兄弟三人每人都有，那是祖父留给儿孙们的纪念。不晓得祖父当年保留下来这些不合时宜的衣服需要怎样的周到心思，我曾听过他把金器藏在米缸和楼梯板缝隙里的旧话……每当此时，爸爸总会默默抚摸着光滑的毛皮，不怎么响。这件古旧大氅跟随我们搬了几次家。小时候无意中看到它时我总有些害怕，觉得阴森隔世，拍一拍，历史呼之欲出。可晒霉时我就不怕了，热辣阳光下，那些腐朽黯沉化作了温情惦念。这时，爸妈会翻出一只小皮箱，里面都是老照片。其中一张是祖父去世前三个月拍的全家福：二三十人聚于一堂，老爷子正襟危坐于中央，高大的身躯尽管已相当虚弱，却坐得笔挺，目光灼灼，气场强大。

那些年，妈妈还会拿出她的织锦缎棉袄来晒，我从没见她穿过它们，就像我印象中妈妈始终是丰腴的，从没见过她年轻时腰围一尺七的纤细风采。我至今也不晓得织锦缎繁冗的花色好看在何处，以至于让一代上海阿姨们心心念念，一回忆起来立刻变成了姑娘。不过我知道，那是她们的芳华。

上海男人,拼的是腔调

沪语里的"性情中人"完全要分语境,有时是褒义,是有腔调、有格局、有担当的一种外化;有时则是一种明褒实贬,是对没分寸、常造次、满嘴开火车的阿乌卵的雅称,懂的人会心一笑,不懂的人暗自陶醉。

"性情中人"这个词语出现频次较多的场合是在饭局。上海人善饮的很多,可谓藏龙卧虎,不过轻易不会酒醉,比较有节制。能喝到微醺算是有性情的了。而在微醺时能拿捏,放得出,收得回,嗓音分贝不提高,说话不夸大,语言和肢体姿态依旧得体,这就能让人暗自察觉出某人的质地。喝酒也是要看由头、人头和气氛的,凭什么喝,凭什么要跟你喝,是要有现实依据为考量的,这是一个文明社会懂得珍惜时间、精力和健康成本的良方。所以几个不太熟悉的上海人持续三四个小时乱喝一气,喝得七仰八歪,且无主题,这样的故事在魔都鲜有发生。

上海人有一种天然的本领,总会在各种复杂的情况下,迅速找到自己的最大利益所在,这种利益可以是物质的、精神的、声名的、潜在的、有形的、无形的……这是一种本能的智慧和黄金把握。上海人并外延到江浙一带人士做生意很讲究效率,有时间观念,路数清爽。只要有利可图,几个不很相熟的人可以迅速组成一伙,而一旦目的达不到，一伙人迅速作鸟兽散，等待下一次聚拢的机会。

上海女人对一个男人说"你是个好人"时，既肯定了他的人品，却也意味着这个好人与她隐藏的愿望或欲望绝缘，他不能给女人带来精神上的浪漫效果。所以上海男人是忌讳被女人说成是"好人"的。他们想当的，是好男人，是有腔调、耐玩味的好男人。

一个男人是否有型需要一双慧眼来分辨，就像在沙砾中分辨裸钻。英俊而型瘫的男人、庸庸碌碌不成型的男人、人性疲软的男人毕竟也是随处可见的。他们往往把精力和小聪明都消耗在太过琐碎的方面，对于规模略大的事毫无整合驾驭能力，更别提星辰大海。此类"不成型"男人在上海市井人群中依然特点鲜明地存在着，长期成为国人讥笑和诟病的对象。

上海好男人也未必是传统意义上的强势男人。魔都历史上曾涌现过许多著名的经济人物和文化人物，他们是成功人士，却算不得强势。强势男人是像巴顿将军这样的人，他可以创造一个神话，而他本人就是神话中那个点石成金的人。这样的男人适合在战场、政坛等非日常的背景中出现，就像真正的音乐总是出现在最沉寂的时候，最轰轰烈烈的历史总是重现在最破败的地方，强势男人总是存在于最需要他们的舞台。毫无疑问，他们有"型"，不过这"型"的完美呈现必须依托于某种特定的平台。

上海好男人也不是《上海滩》里的许文强。他固然有型，却太耀眼与传奇，更适合出现在梦境，凝固成一个完美的情结。

上海好男人的光芒是在平凡生活中闪耀的，适合于日常的工作生活场景，中看中用又合时宜。正如新旧上海的标识——依黄浦江而建的陆家嘴和外滩建筑群，最大的优势并非单栋建筑的宏大突兀，而是音韵、排比，和谐优雅之美同样有着震慑人心的力量。

有情、有力、有声、有色，这是上海好男人一脉相承的灵魂。整合成一个词：有腔调。三个字，都在里面了。

沪语里的"腔调"有点像北方话里的"派",但"派"更倾向于外在,而"腔调"更侧重于内在,是质地的外化。"有腔调"如果用以形容人,我想此人一定是内外兼修、靠谱周全、细腻大气、有大局观又兼顾细节的;如果形容生活方式、待人接物、行事风格等,那一定是有分寸章法,同时又饱满潇洒的。腔调是格调、情调、低调的自然调和,不是一加一的硬凑。

腔调真是硬学不来的,一部分靠家境、出身、阅历,大部分靠悟性。多一分嫌做作,少一分嫌乏味。黄浦江不长、不深,但比较宽阔,而且它的流向是海洋,所以喝过黄浦江水的质感男人,或多或少总有一种天然的悟性混合着后天对经验阅历的提炼整合,最终调配出专属于他的那种腔调,无法复刻,独一无二。这是一个从海绵吸水到大浪淘沙的过程。

我有个朋友,上海男人,中等样貌中上等身材,开着体量中等的技术型公司,在中上等地段有着中上等房子,开着稳重的上等车;说话慢条斯理,从不豁胖却也有着不易察觉的自矜,从事专业工作时有着熟极而流的自信。

他很顾家,尊重妻子,周末勤做家务,也有三两红颜知己。女儿在美国留学。周末他会打高尔夫球,听评弹,看书画展,偶尔跑跑半马,喝酒也不是非茅台不喝,活在雅致和随和的结合点上。可以说,无论是在职业、财富、外形还是在专长、才情上他都不算突出,是扔在上海滩某类群体里不会溅起强烈水花的那种人,相处多年却愈来愈感觉出他的存在感。我认为他是个有腔调的男人。理由有五:

其一,他十分重视女儿情商和美商的培养,那些装到女孩内在去的钱,他非常舍得花,而装点门面的奢侈品,他的观点是够了就行,多了浪费。他反对在纽约读大学的女儿买可有可无的200美元的鞋,却力挺她去听300美元的交响音乐会。他反对女儿与现男友的交往,他的理论是:男人必须看三代。男友有貌似体面的父母,却看不到祖辈的行藏。三观匹配不是靠相爱就能实现的,是家族三代的事。要有前瞻力,就得有回望的纵深。

其二,他善于理财但不失挥洒,对钱的使用支配得合理合情。他有一部分钱是为现实而花销的,有一部分钱是为梦想而买单的。他有一些相对安全模式的情趣,没有太大的不确定性,让人有宜家宜室的安心感。

其三,他非常善于控制情绪,比较有修养。虽然世故,人情练达的背后有些精明思量,但若得失在他预留的范围内,他爽利果决,为人处世很上得了台面,不太有明显短板和让人诟病之处。

其四,他的思维方式比较理性,却并非把事务和关系都泛实用化(那其实不算是理性,而是算计和势利),待人温度适宜——37度恒温,不冷不燥。他不梦呓生活,又不安于平庸,有一种经过锤炼后的松弛状态,就像他貌似随性的谈吐行为下透着的严密逻辑。

其五,他很有眼力。对于女性,无论是场面上的还是心底里的,他彬彬有礼、绅士风度、妥帖稳当已成习惯,但心里是透亮的。摸准了各路女子的心理轨迹,也有非常私人化的评价体系,按等级分配情谊的投资额度。时间让情感一点点沉淀,知己这条界线,到底应该划在哪里,他和他的红颜知己是有默契的。因为默契,两者的路会走得很长。

认识许多年,我越来越发现这个上海男人的任何单项都不具有惊人魅力,但综合得分却非常高。难得的是,交往多年丝毫不油腻,也不恃才傲物。更重要的是,他遵循和维护着工商社会和当代国际化大都市固有的秩序和规则,内在却还有着三分真性情。正因七分理性加三分感性的心智,他也有了充足的逆风行舟的能力和从人生低谷转到巅峰的弹性,而这恰恰是商业社会雄性魅力的彰显。

说到底,有腔调的上海男人,就是那种即使道阻且长,却始终能把握住方向盘、掌控住生活局面的男人。能一定程度上造福社会与家庭,也能从中自我实现,乐此不疲。低开高走也好,顺势而为也罢,他们对未来真正的慷慨与贡献,就是把一切献给现在。

世 间 闺 密

TVB大戏《我和春天有个约会》上映时我刚读大学,很为旧上海丽花皇宫那四个青春歌女所吸引,锦瑟年华虽各怀心思,只要扎堆凑到一起,就变成了叽叽喳喳的小姑娘,闹猛侠义,情味芬芳,世界仿佛都在她们手心里了。

十几年前我有个哥们在京、穗工作,时常飞来上海看我。他有时会问我:"你的闺中密友知不知道我啊?"仿佛被密友在闺中谈论是件很令人开怀的事。若干年后坊间有了"闺密"一词,进而又延伸出"闺蜜",大抵就是闺中密友的浓缩与升华吧。

过了手帕交的年纪,我对闺密的选择十分谨慎,这是我的痼疾,容易走心又害怕动情,闺密并非只为提鲜增色,更意味着精神的体己和情感的依赖。所以即使相交甚笃,也放慢些脚步。只有在许多事上磨过、共同经历过一些不堪和"神经病"发作后,某些特定的机缘,才会使我们成为闺密。

吃喝玩乐的是女伴,高山流水的是知己,都属于闺密的功能之一又不尽然。正如成熟男女能长久相处并非因为荷尔蒙,其核心也不在于性而在于相知与相信,闺密间能量场也须匹配,在她翻越山丘时能给予恰当的抚慰和鼓舞,遇见疼痛时仿佛遇见另一个自己,既能柔软如水亦能削铁如泥。在我的眼里,判断是否还爱着的标准是:天天见面,却觉得好久不见;有无闺密的标准是:这些年来,有没有人能让你不寂寞!

后来我发现,闺密之谊最好三人一党:两人太少,一对一是犯忌的,易出状况,四人能凑一桌麻将,难免扑朔迷离,冷暖难测。即使是三人一党也未必牢靠,须得能量相当才行。《甄嬛传》里,出身相似容貌相当的甄嬛和沈眉庄姐妹情走到了最后,让人唏嘘欣慰,而出身寒微的安陵容很快就暗露龃龉,成为腹黑女,走在了两人的对立面。

后来经历了很多事,甄嬛和眉庄都清醒过来,放弃了与皇帝之间不切实际的情感诉求,不再精神内耗。与士大夫一样,闺密俩都有一度选择归隐。甄嬛归隐甘露寺,眉庄归隐碎玉轩。这段归隐是她们的必经修行,是她们逐步成为资深且睿智的女子,迎来最强逆袭的前传。

炎樱曾是张爱玲的姐妹淘。如花时代,热力活泼的她与才女好似双生儿。随着时光境遇的迁移,无论是在东瀛还是在美利坚,炎樱都更长袖善舞,凸显生存智慧,而张爱玲却水土不服,黯淡潦倒。际遇落差使两人间本就存在的芥蒂日益突出,20世纪40年代张爱玲称炎樱为朋友,《对照记》里淡化为同学,情谊走向式微,在有了更善意娴雅的女友邝文美后,阅尽千帆的张爱玲断然删除了炎樱。在给邝的信中,她将自己对故人的看透对第三人挑明,早先情谊的老本已所剩无几,多年闺密,最终心远千里。

从现世角度,闺密是寂寞夜路上一个聊天的伴,得之我幸,不得我命。

聪明女人成熟以后对闺密的选择十分谨慎,一旦走眼,受伤的往往是自己。《十八春》里,被翠芝甩了的前未婚夫一鹏很快投入她的头号闺密窦文娴的怀抱,也算各得其所,彼此捡漏,不过闺密之谊大抵也到此为止了;东太后慈安头脑简单,缺乏宫斗经验,错将深宫姐妹当闺密,结果众所周知;武则天一生上天入地几多轮回,关键时刻借力的多是男人,她也有闺密——上官婉儿,这是太复杂的历史和情感了,两人是君臣又是良友,混杂着知遇之恩、错综爱恨和难得的惺惺相惜之情,也有着一方对另一方绝对的控制力。

细腻和交流欲使闺密们在交心的彼时彼刻极其真诚,没什么场面话应酬话,充满人间暖意,可也要千万注意管紧嘴巴。

这种情谊易受地位、身份、财力、文化、外貌、心态等多种内外因素影响,在学生时代我们甚至很少看到高挑女和矮胖子是闺密,尺码不同上街挽个胳膊也不方便,她们可以是好友、诤友,却基本不会耳鬓厮磨。

闺密最多的是 35 岁以上的都市单身女郎。她们彼此需求和娱乐,在靠谱的爱情来临前宣扬独立、讨伐男人、彼此取暖,她们中谁若恋爱了,会立刻被队伍疏远。连莎翁都说,身处热恋中的女人,尤其是美丽女人,得到同性的友谊有点儿难。不过待到她失恋,闺密们又会不计"前嫌"张开宏阔的双臂迎接她归队。直到她们纷纷名花有主,那份亲密自然不再狗尾续貂,多年后再回想,不过是路过的人和路过的自己。

合久必分,分久必合,体恤之余难得刻薄,闺密之谊实在耐人寻味,它潜伏于某处,淡出的同时随时准备复出。因为较劲也好,暗战也罢,终是有好感和真心垫底的。而经过岁月沉淀和心智历练的女友之间,会摒弃小女人式的"形密",转向神契,对彼此的选择报以理解和掌声。

时光蒸馏出了真正的友谊和牵念,闺密之谊与处于平台期的爱情一样,十分用心又毫不费力。互为闺密的前提是基础体温必须相近。

24 岁写出《生死场》的萧红基础体温偏高,24 岁写出《红玫瑰与白玫瑰》的张爱玲则聪慧得太过冰雪,虽同是慧极必伤,情深不寿,可两人即使相识也不可能成为闺密。

宝钗基础体温是低的,相对凉薄,黛玉是高的,天真性情,因此宝钗凭技巧和道术广结善缘,黛玉却凭真诚与感性拥有紫鹃、宝玉这样忠诚贴心的知己。

人心都有复杂的沟壑与脉络,有特色、胸襟、理解、品格的人才能互为闺密。韩剧《来自星星的你》里,千颂伊的两个女友是两种极端版本:一是在你鼎盛时潜伏于身边示好得利,一旦失势便落井下石的,一是在你得势时冷淡疏远,却在落难时挺身而出义薄云天的。

共同喜欢一个男人通常是闺密间的大忌,芈月芈姝也曾彼此一路扶持、情深意长,可从嫌隙到互撕的断崖式下跌也仅仅因为秦王的情感偏差。庸芮是芈月一生的男闺密,这样的情感,放在兜里比揣在怀里自在得多,从来无须想起,永远不会忘记。

但在当代都市,共同欣赏一位男士的女人们有时也会相交甚笃。搞宫斗、雌竞等封闭环境下那套心术的女人经究也是格局小了。上海中产女性的胸怀、眼界和变化度,可能比所有直男想象的都开阔复杂得多。

海派情感,爱得刚刚好

从创刊至休刊,我一口气不间断为海派双语杂志《红蔓》写了七年情感专栏,共43篇海派情感微小说。突然想说说我眼中的海派情感。

何为海派情感,我觉得除了场景地有上海元素外,更源于其海派的精神内核。

在我看来,海派情感是丰盈、细致、独立而又有缺陷的,缺陷往往链接着灵魂"G点"。它的基础体温并不高,露出水面的体积不很夸张,水面之下的体积却无法估量。在显与藏之间,微妙漂移。

分寸是海派情感的核心要素。给自己和对方以得体的进退空间,爱得刚刚好,这是一种文化自觉,也显出他们对情谊的慎重与珍惜。情谊是两个主体的彼此沉迷,它在某种程度上是不可描述的。优质的海派情感是使双方能量得到最佳释放,不是互相消耗和执迷,而是彼此分享与成就,不仅有情感互动体验,而且有独特的核心价值。

熟男熟女的海派情感有时还表现为"喜欢你,但我不说","从未拥有过你一分钟,却在心里失去了你千万次"的缥缈暧昧,这寂寞惆怅里有另一种充实。许多爱情发生在有实感的触碰之前,因此甘于将所有的一言难尽一饮而尽。爱是什么? 爱是秘密。成熟的他们深知,爱情就像是草上的露珠,很多条件都不在自己掌控之中,能掌控的,只有自己对它的看待和评估。他们总在等待那个能将微妙、眷恋、坦率与豁达合并表达的时机,并试图捕捉住某种刚刚好的可能性,也因此,海派爱情风致楚楚。

对于朋友不甘、情人未满的状态,他们并不急于突破,有时还很享受这平衡木般的窄身空间。这很考量情商和耐力,就像对绵绵春雨,他们用心喜欢着,不过落到身上已是很清浅的触觉了。在这些玩味中,蕴藏着他们对美的许多期许。待到时光与情绪被缓缓地拉成一张满弓,才使得最后一页徐徐而来的爱的肯定,如此势如破竹。

当然,也不乏兵临城下时冲破边界的禁忌之恋,这种恋往往能摄取元神,使平凡的肉身触摸到极致的情与空,也让人有种无路可逃的直觉性哀感。

在我看来,海派情感里还有一个重要特点:懂。一个懂字,全在里面了,不懂的人,一头雾水。这里的懂还不单指"拎得清",如果将后者作为终极追求,会限制人性的纵深发展,也应包含卓越的读心能力、对弈能力、调情能力和心理建设能力,尊重彼此的人生选择与个体发展,路数清爽加37℃情味,尽显江南文化的细腻肌理,闪现国际大都会工商业文明的冷光泽。

对于彼此懂得的人,懂不在何处,又无处不在,深水作业,水面无痕。就像只有真正见过了大海,才不会轻易显山露水,所有海派爱情都是心意相通、调性相近的男女的胜利。当然,吸引力有多强烈,眷恋与禁锢也就有多难言,情感表达方式里,一定有比语言更准确的。

海派情感里,双方不仅用情,还善于用脑、用心,明白不是所有高峰都值得攀登,理解彼此只是凡俗中的微尘,而如何让这微尘在世间留下一些印记和价值,才是更美妙的。人生能够得以长恨长忆的东西毕竟不多,而要把这种情感或遗憾谱成作品,那得是多么地爱。于是他们也擅长在各种复杂情况下迅速找到双方最合适的定位,以及最大利益所在。

海派情感多半是长情的,当然长情往往基于某种不对等。比如深爱一个人后,他(她)突然消失;比如正在升温的情谊突然改变了原有氛围和走向;比如当一个人带给另一个人的或美好或负面的记忆太过深刻时,就会有"未了陈年旧债,依然万里风怀"。而当选择相信的时候,长情就是道路。当然,对于男人,长情里必有深情,却未必代表专情。

海派情感也体现在分手方式上。对男人而言,一段情事只是人生插曲或一场感冒,但对于女人却是人生历史,告别的方法决定了一段感情的整体价值。情场如战场,男人要打的实在不仅是床战而已。

人生如棋,落子无悔,没有恩怨,有的只是一段段缘分与情分。以陆小曼为例,论情分,西点军校高材生王赓对陆小曼有太多情分,只是深沉古板的方式不为她所喜。当年淞沪战事激战正酣,身为旅长的他只身骑摩托车突然出现在公共租界,军事地图落入日本追兵之手,导致阵地失守,战局失利。他为何会擅离戒严地点?原来那时,他前妻陆小曼的第二任丈夫徐志摩飞机失事,他丢下战事,看望安慰身心痛苦的她……为此他被军事法庭判刑两年六个月,牢狱生活使他患上了严重的肾病。在旁人看来,这次看望代价太大,而也许在他看来,唯有她平安精进,才能告慰爱的过去式,绵延爱的现在式,如此,分手也成了相守的一种方式。

很多人因喜爱徐志摩而反感翁瑞午,以为他轻薄不堪,这是世人情感认知浅薄了。翁瑞午出身名门,擅推拿、戏曲、国画、古董鉴赏,是陆小曼的贴心知己。徐赴欧洲散心时,翁曾卖字画供他作旅途之资。徐飞机失事,又是翁去善后。他对陆小曼精心呵护、无微不至、始终如一。陆小曼有个怪癖,只喝人奶,不吃牛奶,他出资给她在家里养了个奶妈。"三年自然灾害"时期,他想方设法为她购买好点的副食品。收到香港亲戚的惠寄,他只留十分之一,九成皆送小曼。他临死前曾约两位好友见面,抱拳拱手郑重托付他们以后多多关照小曼,他在九泉之下也会感激不尽。在情感面前,爱情只是流光,最易把人抛。疏狂荒唐苟且沉溺经历过,患难半生倾尽所有经历过,翁瑞午对陆小曼真是一如既往33年。时间是最公正的考官,1959年,陆小曼在家庭成员一栏中正式填写上了翁瑞午。

在陆小曼最著名的三段情感历程中,我唯独觉得她与徐志摩那段算不得海派,尽管他们婚后大部分时间生活在上海。

旅　　人

他与她初见是在春天的魔都。他来沪公务,坐晚班飞机回"帝都"。趁下午闲暇,我约了几位友人在杜月笙老宅喝茶。那天大雨瓢泼,却无人失约。她比我早到,与他一见如故。

两人才华卓然,对诗词歌赋颇有共鸣,属同一类文化调性,瞬间辨认出了对方。临别摄影留念,他自然而然牵了她的手,挽在他的手肘里。她很顺合。作为摄影师,我惊讶于两人神态、气质、温度竟如此适配,似带有前世记忆。如此气候氛围下,竟让人有点恍惚,仿佛一切都是潮湿水汽中的蜃景。

航班因大雨延误。他俩聊到很晚,他将他的诗词发给她,她逐一点评,句句点睛。子夜,雨停了,登机时他有点儿惆怅,此意徘徊,波杳云深。

箫簧缠绵的初和似百转千折。半个月后,他在奥林匹克公园偶遇圆月时,为她作了《行香子·月》,而她遥和了《行香子·纸边》。她说情长计短,念念新恩,她说须臾转眼,顷刻离分,隔山隔水,也只能纸上风月,梦里乾坤。

前不久的济州之旅因天时地利人和,有种无论多久从不散去的温存。每天我们一行三人与当地友人把酒言欢。倒数第二晚最为隆重,我们喝了无数碗米酒玛格丽。席散,在海堤边漫步,深蓝夜空中,繁星和飞机清晰可见。闺密与韩国姐姐互诉衷肠,交换贴身饰物,那是当地人对友人最诚挚的情感表达。情到嗨时闺密竟潇洒甩掉装有护照和钱包的手袋,被身后护花使者悄悄捡起,成为笑谈。

而我与当地官员 X 先生在彼时彼刻亦有磁场摩擦。微醺使人卸去伪装,进入灵性境界。英语和少量日语的交流,眼神、微笑和气息都让人深刻难忘。回程车上,我的腕上多了一只磁力手环,不知不觉间 X 先生为我戴上的他的贴身之物。次日中午,X 先生出差首尔,深夜,我回到上海。回国数天后,我看到那只手环时突然感慨,发了个朋友圈:一期一会。潜水的他冒了出来,留言一句日文:后会有期。

认识一些全球飞的人。那次友人在阿姆斯特丹转机,我顺手发了一张自己九个月前在阿机场的随手拍,没有特别标识。过了半晌,他发来一张自拍照。那个瞬间我的心怦怦直跳——他就站在我照片的画面场景地。偌大的阿机场,他是怎么找到的呢?

休息室午餐时,他说:Saude。

我回:Bless you。

那一刻,我确认了自己对他的感觉:外表高冷,却是温柔的人。对于身边人,既尊重其独立意志,也能护一世周全。我希望他在另一个经度纬度里能幸福如意。

2016 年"书香上海"全国书展我签售《上海情丝》前一天,他专程从安哥拉首都罗安达经迪拜转机飞到上海,给了我一个大大的惊喜。或许若干年后我会忘记这次签售,却不会忘记在拥挤扰攘的人群中,突然见到他的那一幕。

这些年,无论是在美国、欧洲、非洲还是在国内,我每篇文章出来,潜水的他总会冒出来给我一个大大的赞赏。我们一年能见一两次,有时有一搭没一搭聊几句,没有存在,却一直有不浓不淡的存在感。

再说开头的那对好友。他们此后的交往我不得而知,世上所有人与事自有平衡法则。两个月过去了,他在杭州出差,她在宁波探亲,不期然地,他去她父母家看她,他们用家宴款待了他。他并不是她的谁,这也仅仅是他们的第二次见面,却意境高远,意味深长。这让我感动。这世上已不再有很多跋涉,不为目的,只为追寻,不为风月性情,只为相见如亲。我希望它能始于初见,止于终老。

戒　　指

在职业胶着期,她与好友打了个赌,赌注是一枚简单的铂金戒指:如果他调离上海,她输他一枚戒指;如果他仍留在魔都,她赢他一枚戒指。

他说:一言为定,驷马难追。

打赌使得他俩对于可能到来并逐渐逼近的离情别绪变得刻意轻快,而以一枚戒指当赌注,无论谁输谁赢,都有了眷恋的色彩。它是阶段性情谊的信物,也预示着即使远行,情谊也在内心得以确认、肯定、绵延和升华。戒指成了承上启下的好道具,它说明了一切,也让一切尽在不言中。

戒指是一种有特殊意义的饰物,尤其是镶嵌宝石的贵金属戒指。项链手镯耳环胸针可以是随性、是过渡,而戒指则有着某种严谨与归宿意味。戒指起源于古埃及,是一种契约符号,戴在女人纤细的无名指上,体现女人对伴侣的忠诚与顺从。古罗马时代,男人将刻着自己姓名大写首字母的戒指送给未婚妻,除了标志着婚约,还说明在签订这一契约的同时,他们支付了金钱。

戒指文化其实是西方的文化。在我国古代,戒指不叫戒指,而叫指环。据汉代典籍记载,指环在殷商时代是区分妃嫔等级的纹章。被君王临幸过的妃嫔,右手要戴上银指环,一旦有孕,便用金指环替代银指环,且戴在左手。这与手指上空空如也的妃嫔形成区别。这里的指环并非信物与情谊的表达,仅仅是君王对嫔妃的占有进展记录。第一次较正式提及"戒指"的中国古典作品,是清代曹雪芹的《红楼梦》:湘云赠袭人等四人绛纹石戒指,南安太妃赠宝钗等人金玉戒指各五个……书里所说的戒指,仅仅是少女之间的饰品玩意儿,并不昂贵,也无情感信物的指向。当时男女定情,主要用金玉来表示,戒指体量太小,所用玉石宝石通常是雕刻完大件摆件、首饰后的边角余料。

戒指是欧洲文化的一部分,与欧洲人的心理、宗教和社会活动有着密切关联。在希腊神话中,戒指是潜藏着某种神秘力量的物件,是王权的象征以及护身符。戒指守护的不仅是手指,而是全部。结婚仪式上,男女双方交换戒指的仪式与基督教文化有关,是信徒与神灵之间缔结契约的某种标志。欧洲历史上曾出现过许多与戒指有关的规戒诗,表明戒指既非预示着开始,也非结局,它不是瞬间即逝的东西,而是一种永恒的存在。女人为何都渴望得到昂贵的戒指,这不仅源于虚荣与自我陶醉,从心理层面,更象征着自己对无价青春的怀恋和对情谊归属感的向往。

也因此戒指是不能轻易赠予和接受的。《色戒》里那枚著名的"鸽子蛋"是王佳芝与易先生心理对峙的极点,是人性与大义的对抗极值,也是情的顶峰……最终理性彻底崩盘。在"你死我活"的真实关系里,她把唯一的"我活"的机会让给了他。或者爱情才是女人最大的理智。张爱玲如此矛盾与懂得,却全然输在胡兰成手里。胡兰成说:"我于女人,与其是爱,毋宁说是知。"

我有一位女友,当年她 33 岁生日前夕,她的那个他念叨:Fendi 出新款包了,优雅率性,适合你。她知道他的脾气,再阻拦也会买,不过这些品牌于她并无多少吸引力,鼓起勇气说,要不给我买个戒指吧,铂金就可以,彩金的也行,不要太破费……他不置可否。

交往两年多,她和盘托出全部情感,他也未曾薄待她。她不是物质女人,好像主动提出要求,就贬低了爱。戒指是她提过的唯一要求。

生日那天午餐时,他拿出一只蒂芙尼的锦盒,深情地递给她。她的心狂跳起来。打开盒子,一对璀璨的铂金镶圆钻耳钉跳入她眼帘……恰到好处的大小、切工,有价值也有价格。他温柔地说,我给你戴上吧。她语塞,点点头,内心却有东西在崩塌。他看穿了她的心。戒指终归是有说法的东西,他没有买,却以他的方式补偿了她,这让她惆怅之余也鄙夷自己的猥琐。自古图物质的女人好打发,图结果的女人难缠。从最初他就阐明了规则,为彼此的关系划定了疆界,是她僭越了。

再见面时他俩对那件事心照不宣绕行不谈,却已明了彼此的诉求和底线,以及还能走多远。他们加速度地走到了某种结局。后来她的人生轨迹发生了许多变化,如今40岁的她回想起来,她最大的人生变局就发端于那枚求而不得的戒指。

另一单身女友,最近聚会时,她的无名指上多了一枚钻戒。她注意到了我的注意,悄悄告诉我,这是她自己在中东买的,1.5克拉。她说,女人过了35岁,不管有没有结婚,有没有男人送自己戒指,自己首先不能薄待自己。

是啊,生产1克拉裸钻首先要采集250吨矿石。女人不求在生命中增加岁月,也得要求在岁月中增加生命。

再者,一个颇有姿色且做着外向型工作的单身女子,无名指上戴个钻戒好比多一件能挡风遮雨的外套。且一个到了戴戒指的年纪而从没戴过正儿八经戒指的女人,很容易让人怀疑她是隐婚。与其让人猜疑,她索性将错就错。不过一旦那个"对的他"出现,她会立即摘下戒指,回归本色。真爱隐于市,隐的好处是随时准备好全身而退,也有望奉献出全盘江山,弹性很大。

我们习惯了某种思维:出发就是为了抵达,将最美好的愿望寄予终极,而戒指也成了爱情终极的神圣象征。可并非所有的抵达和终点都有终极辉煌。花朵的终点是凋谢,道路的终点是绝境,生命的终点是死亡,爱情的终点是结婚,婚姻的终点,是一部分人成了哲学家……无限的离奇性、意外性和持续的紧张感,才是爱情的醍醐味道,而戒指的确定性恰恰能让这一切渐渐消失。

某网站最近发起一项用区区几个英文单词来构成一部超微型小说的比赛,得票率较高的作品每部都很虐心。其中有一部说到了戒指:What's your return policy on rings?(你们对戒指有退货政策吗?)

闺密去年初离了婚,她见惯世情,誓不再婚,却感慨在节假日以及遇到心理难关时,再强大的闺密团也顶不上一个知心男友的力量。为此,她去山里求签,老道给她解签:命运很独……老道说这话时用洞悉一切的目光打量她,示意她先捐些香油钱,她二话不说,塞上十张大钞票。她的诚意有些感动老道,老道又说,你若想遇到知己,就把戒指掷到湖心的莲花台上,许下这个愿。

她二话没说,脱下指间的卡地亚纯铂戒,掷了出去。

好人家的女儿

"好人家"这个充满上海意味的褒义描述在当下年轻一代中已经不多见了。这三个字一定是要用上海话来读的,如此才能体味出其中蕴涵的低调和自矜。

所谓好人家,在沪语语境里指生活程度中等、安定、知书达理的规矩人家,大多踏实本分,正统中庸。好人家的女儿,有着温婉的秉性、良好的教养和实惠,却不乏感性的生活情趣。

她们的上一代,可能是真正的淑媛,到了她们这代,由于时代的变故、现世的急迫,器局不得不缩小一圈。她们因为在物质上见过些世面,也吃过些苦头,在精神上则能够对阅历有所提炼,并可落实到生活的柴米油盐中。她们情绪虽有起落,火气却是不太有了,更善于与自己讲和、与生活斡旋。

她们在年龄上是轻熟女的母亲一代,虽同为职业女性,但更偏于传统、温儒和家居,擅长用生活的瓶中水,勾兑出物质和精神层面有所互动的酒,却触手可得、毫无悬念。她们追求的感觉比较贴肉,乐天知命且随遇而安,相信传奇只是传奇。

她们最大的特色是圆融。因为没有大富贵,所以不骄,也没有贫寒,所以不哀。"温柔而不妥协,在安静中不慌不忙地坚强。"上有老下有小的年纪,腾挪于职场家庭的复杂人际关系中游刃有余,且不忘享受人生乐趣，比如庖厨、旅行、时尚与阅读。

以她们的年龄和所经历的时代，日子绝对算不上完美，却始终尽力而为，甚至对于看似悲剧的人生大局也能从容以待，既不厌倦，也不愤懑。她们看多炎凉，知道社会上的路不好走，所以要自我松绑和找乐。与熟女相比，她们多了秀雅甜蜜，少了桀骜逼人。与她们相比，熟女多了清华灵媚，少了絮絮烦琐。

她们通常对生活有一个具体可行的前瞻，因此有能力以稳定的心境应对万变的世态。如果家庭收入是三块大洋的话，她是这样规划的：一块大洋作为家用，一块大洋去储蓄以备急用，还有一块大洋用来交际应酬、娱乐休闲。她们在相夫教子之余一直很努力地保持身为女人的平衡状态，总是不自觉地把时间分成三份：一份给自然，一份给内心，一份和人相处。做母亲的她们，是母亲中的尖子，做婆婆的她们，也不排除属于隐性难搞型。

好人家的女儿懂得沉入到生活里去。她们不太会光顾百乐门光滑如镜的弹簧舞池，与头发光可鉴人、舞技精湛、自称"老师"们的舞男跳舞，但有时会去酒吧听田果安的老爵士。她们是不跳广场舞的，不会十日八国游，也不会穿廉价不合体的旗袍乱窜或抖开花丝巾迎风拍照，虽然后者有着生机勃勃的热力，却也能显出市井妇人的底板。好人家的女儿知道，分寸的缺乏是油腻的开始。

她们的头发做得很精致，面色清爽，修过眉毛但绝不文眉和眼线，更不会打玻尿酸。她们涂淡彩口红，穿着真丝衬衫配风衣荡马路，一片梧桐叶落在身上时，也有刹那间的诗意。她们的胃和胆囊是全球化的，既能装大饼油条，又能装芝士红酒，可以生煎馒头配咖啡，拿破仑蛋糕配咖喱牛肉粉丝汤也来事。她们在吃上历来不拘一格且孜孜以求，善于在精微中显出格局和变化来。

一入厨房，她们再自谦，也总会有几个拿手家常菜，五香素鸡、响油鳝丝、黄鱼鲞红烧肉、老鸭扁尖汤、荠菜大馄饨……也会做几样别物事,松茸天妇罗、醉蟹、干巴菌火腿炒饭、海盐奶盖乌龙茶……她们熟练使用各种生活类APP,有熟悉的海外代购和冷链海鲜直邮,用小红书,也不排斥拼多多。她们玩烘焙、玩手作、吃日本料理、去有风景或花园的地方吃一提鸟笼子下午茶,佛系起来会去寺庙禅修几日(但均会发朋友圈)。她们有要好的闺密和小有感觉的蓝颜知己说体己话、做有情事。历经世事的她们内心很是超脱,人生似甜实苦,好友间彼此具备一颗有共情力的心,再大气点,懂点,这就够了,不会难为自己去抓取那些抓不到的东西和不世出的人,也不会满脑子标准答案。她们喜欢有腔调的人像和静物摄影,偏爱花园洋房、外滩和陆家嘴,虽然多数是摆拍。她们讲礼数懂世故不招摇,却也希望让人们知道:自己是很行的。她们需要掌声。

一代一代的好人家的女儿,就这样在精致和豪爽、感性与理智、自在和纷乱之间,灵活摆渡,伸展自如,直至迟暮。在《京华烟云》中,林语堂说得透彻:"从姚思安处,木兰学到的是生命的大道,而莫愁掌握的是世俗的智慧。很多年后,我才明白过来,那其实应该是一个女子的两面。"

暗燃的可能性

　　我有个闺密,她与她的蓝颜知己交往许多年,蓝颜依旧觉得她在人群中独特而夺目,有难以言喻的气息,哪儿哪儿都适宜。他们在一起的感觉静如纯棉,动如绸缎。既有摩擦力又有亲肤感。她笑问,我好在哪儿啊？蓝颜说,这不能量化,一量化就弱了。反正你是我的菜。

　　每月他借故来上海公务出差。单独相处的时间论小时计,却都是一个节日。他们爱在高楼顶层喝茶喝酒,鸟瞰城市。有一阵子魔都常有雾霾,就像他们不明所以无处安放的情愫,浓郁、含混,无法拨云见日。好在都有各自的江湖和现实,近可亲远可敬,分寸只在拿捏间。每次雾霾来袭,她并不烦躁恼怒,因为她知道它必定先经过了他的城市,空气微毒,分子复杂,携带着他的气息。

　　有次他飞纽约,她去东京,他掐准时间在浦东机场转机,有一小时能与她喝杯咖啡、聊聊天、送她登机。她喟叹,很多时刻,当我体验美景美食,心里有缤纷颜色时,你在就好了。他说,这样也很好,我会憧憬这种机会还会有很多很多。

　　他们的交往并没有随时间的推移而钝化,反倒像缓缓醒过来的茶汤,层次丰富、熟香粹美,倒也深情万斛,有回甘余韵,舍不得一饮而尽。有时我去闺密这位蓝颜的城市,他接待我吃饭,我提到她时,他笑着默默将酒饮下,眼神飘到很远,沉默中包含着对她浓烈的思念。

这种情谊的初始,难免有生物学的吸引,不过真正迷人长久的,是彼此的灵魂被对方洞穿的感觉。

人年轻时多粗糙,容易囫囵,成熟以后套用董桥的话来说,就是"想法越来越多,文章越写越短",我再续一句,"胃口越来越小"。其实是内心沟壑越来越精密,对自我的了解越来越深邃,表达却越来越深沉。从生物学角度,一个人喜欢上对方最快只需四分钟,一见钟情是相对容易的,不容易的是对喜欢了以后行动与去向的掌控。掌控得好,久处不厌。闺密与我是同时代的人,她将男性友人细分为深蓝、蓝颜、蓝密(蓝颜+闺密)、男闺密、好友、哥们、朋友、熟人等诸多层面,我不晓得她是否能将他们的情致一一辨清,但能确认的是,每个人对她都有不一样的美学意味。

所有的关系,都是因缘和合而来。关系分两种,一种是功能性的,一种是情感性的。婚姻是披着情感外衣的功能性存在,主要是合作关系,而暗燃的可贵在于它纯然归属于情感,且是有信仰的情感。暗燃是一种古典的精神力量,是由内在性格质地决定的。有些人只能享受感官层面的燃烧成灰,无法享受深沉、微妙而持续的情感。不过我始终觉得,那些梦幻精微的心情,才是一段关系中最具决定性的东西。纵观我喜欢的文艺工作者,比如谍战剧导演柳云龙、韩国钢琴家李闰珉等,其作品都自带暗燃气质和高级的禁欲感,也促成了最终的荡气回肠。

今年早春某个深夜,女友 H 小姐在虹桥机场的摆渡车里邂逅一位陌生型男,符合她所有关于男性形貌气质的浪漫主义审美想象。他看她的眼神里也有奇异的光。他俩在一步之遥的距离同乘了七分钟,那七分钟让她感到某种焕发。下车时她转身回头那一瞬,发现他依然看着她,欲说还休,然后就消失在人海。这件事让

H小姐淡淡忧伤了两个多月,连带着想到拥挤的摆渡车,毛孔里也会渗出温柔。

我平生第一次暗燃,发生在初三暑假。那年夏天妈妈曾在医院住过半个月。我每天午后骑车去看她,那时有个实习医生年轻鲁莽,却干净俊朗,眼神和笑容都很nice,会主动与我说话,笑容温存而适宜。那个暑假我清浅的心湖里时常泛着奇妙的涟漪。我每天穿着漂亮的连衣裙出入妈妈的病房,期待却又害怕与那个小医生相遇。妈妈出院后我再也没见到过他。过了几年,大约是大一暑假,日剧《回首又见他》我一看入迷,正直帅气的男主石川玄医生,真像我的小医生啊!

看过一本由五十几个毫无关联的故事组成的绘本。精神线索是那些主人公们在偶遇辐射到彼此引力波的陌生人的那一刻,都缺乏走上前去的勇气,从此擦肩而过。事后很久仍无可抑制地怀念那种深藏皮下的悸动。其实我并不后悔未留下小医生的姓名和联系方式,因为有美丽的失联,才能记住生命中某个瞬间不可思议又妙不可言的感觉,那是他曾来过的墨迹。后来的人生中我遇到过许多人,有过各种奇异的际遇,但如此缥缈单纯的感觉,似乎再也没有出现过。

而另一个女友Y小姐曾有个无时或忘、念念最多的人。

见到"活体"之前,他与她已互加微信有小半年。这小半年里,他俩是点赞之交,有存在感,却都不曾主动说过些什么。有天午夜,甚少发言的他冷不丁在她的朋友圈照片下评论:"三千年读史,不外功名利禄。九万里悟道,终归诗酒田园。"窗外秋雨淅沥,她仿佛闻到了素未谋面的他芝兰为佩的味道,她确信这种清冽与寂寥,唯有她闻得到。

初见是在一个宴会上,他是东道主。他的手温与握力都刚刚好,让她突然由精神沉沦到感官地想到日制汉字:人肌。总共也没能单独说几句话,但彼此的模糊印象犹如溅落在白衬衣上的隔年红酒渍,迷幻、芬芳、没有实感、无能为力,却绝难清除。时隔三个月,他们又在一个活动场合见了一次,无法名状的感觉卷土重来。她想到聂鲁达的一句诗:"你是从垂直的光线和幽暗的太阳之间,流过的时间的震动。"

有一夜,她做了个奇怪的梦:他竟是她闺密的前任!他俩的合影里他带着恋爱中人独有的表情。从梦里开始的心凉延续了一整天,荒诞的破灭感,让Y小姐头痛欲裂。

她曾悄悄私信我。我回复:一、潜意识里,你欣赏他、喜欢他、渴望他。二、你有某种记忆创伤,而他已潜入了你的心理边界,你感到不安,大脑发出预警。

后来Y小姐又陆续梦到过他许多次。都是场景浪漫、情愫美好的。某种气息很聊斋,无影无踪却无处不在,氤氲浩渺而难以启齿,似带有前世记忆。这些梦坐实了她对他的某种潜在诉求。这个男人有着强烈的暗燃味,能坐在一起喝茶聊聊,她就感到某种充实,她觉得他是自己在宇宙中的回音。那种安心与悱恻交织的感觉无法归类,仿佛命运额外的弥补,隆重堂皇地指向未来。

暗燃是不完全燃烧,恋爱是完全燃烧。为何会"不完全",这是不可说的事。当年导演桑弧曾是张爱玲沉入谷底时的一缕阳光、一刻救赎,然而两人还未开始已经结束。张爱玲在桑弧的友人来说媒时,除了摇头,还是摇头。胡兰成是他们之间绕不开的人。她是无奈的,成人世界,若能不早不晚相遇,就没有一个词叫作命运了……

昨夜,摆渡车上曾有过一刻悸动的女友H小姐私信我:"菲,你知道吗?这会儿我又遇到他了!在飞机上,我俩坐在同一排,中间只隔一条走廊!他竟也认出我了,目不转睛看着我,然后帮我搬箱子,我强烈地觉得我的感觉,也是他的感觉。"

我回:"天意,念力,暗燃的可能性!"

只为吻你才低头

闺密近日告诉我她与机长之间的交往:

"第一次他调整航班飞来上海,我们在静安香格里拉酒店吃饭,浪费了那么好的环境,他从马德里带回两大瓶红酒,但我们没喝。"

我发了两个撇嘴的表情,调侃:"应该让我去喝。"

"他说他不喝,让我喝。我说那么大一瓶喝不完,他说他去买瓶小的。我没让他去。就这么干巴巴地坐着聊了两小时。也没拥抱,顾左右而言他,弄得像若无其事。"

我说:"该喝一点,情绪会舒缓些,旖旎些。"

她继续说:"我很想喝,很想抱,但没敢。大义凛然的,心里却很失落。"

我又撇嘴。

"走的时候,电梯里他突然拥抱了我,云淡风轻的……又低头吻了我,两秒钟。"

我的心也提上来了。最有张力的时刻来了!

"整个过程五六秒钟,一句话也没说,但我眩晕,至今回想起来心仍怦怦跳。彼此有感应的人,一个拥抱,一个蜻蜓点水式的吻都会刻骨难忘。如果可以,我宁愿停留在那样的时刻,不要推进。"

我们都是受中国台湾言情剧,尤其是琼瑶作品影响的一代。那些剧集里营造的长情、深情和专情童话很中国、很传统,没有很坏的人,坏人也是为情所坏,仿佛爱情是世上唯一的议题,吻戏极唯美。前几天我心血来潮怀旧重温了《新月格格》,男女主角因各种障碍存在而显得更富摩擦能源,其中的吻戏很走心,有着强劲无比的化学作用。哪怕爱情是一场巨大的虚空,吻却也是虚空中最迷人的物事。

吻这件事说起来有点羞于启齿,可事实上有很多意味耐人追寻。吻在很多女人看来是比床笫之事更接近爱的表达。如今不少人或习惯于零度情感、精于计算,或等不及耳鬓厮磨就提枪上阵,"琴瑟在御,莫不静好"的氛围成了传说。有女友说,太久没有接吻了,吃条鸭舌都会感到温柔,寂寞出境界了。

在新干线伊豆热海站,我与法国设计师罗尼告别时,他拥抱并吻了我的脸颊,光天化日下并无违和感。西方人即使萍水相逢也可能有法式热吻,况且我们是跨度好几年的朋友,而这也只是蜻蜓点水的礼节之吻。含蓄闷骚的东方人之间,在接吻前大体会有几个回合的渐进式交往。虽无明文规定,但拥抱基本都发生在接吻之前,接吻也不会是突兀的存在,既是情之所至,也是下一步程序的试探和序曲。两颗心的距离,在一个呼吸间变幻莫测,吻发生的前半刻,时间凝滞,空气稀薄,张力紧绷,而灵魂与灵魂在嘴唇上相遇在那一瞬,如释重负,两个躯体瞬间舒缓,继而缠绵贲张,幻化成同一个人。

曾看过一本纽约美女作家所著的小册子,她说在人的一生中,平均用于接吻的时间相加约有两周。婚前女人会吻 79 人,婚后 50 人左右。每天出门上班前与爱侣吻别的男人,平均收入要比就那么扬长而去的男人高得多。古巴比伦时代的吻,表达的是乞求与敬意。中国古代也有吻的行为，却罕有吻的词汇用法。在四川出土的接吻浮雕，是汉代秘戏雕刻中的一件，说明中国人的吻最迟在汉代就有了情欲功能。而在公元三世纪，印度人已完成了吻的最终演化。

不管有无少女心，女人大多喜欢"壁咚"，这也成为时下热门的告白方式。身材匹配、颜值过关是必需条件，否则毫无美学意味。据说从壁咚到接吻，男人都不宜触碰对方身体，这决定了告白的格调。接吻时交换的气味分子能在潜意识里决定双方对这段情的看好程度，让人立即辨认出与对方基因的相容性。直男之吻一般热烈纯粹，睾酮水平很高，气味销魂，喻示着更好的体能和自信。一次激吻所产生的内啡肽荷尔蒙的麻醉效果比吗啡高200倍，实在能让人愉悦忘忧。接吻效果不佳的男女，除非别有所图，通常进入不了下一个程序，让人生理排斥的异性，对彼此是一种痛苦的蹉跎。

婚后多数女人认为丈夫给的吻度不够，爱情理想逐渐被生活软埋。曾有不少杂志和电台节目给我的命题是成人之爱，这是个很难描述的话题。我想能走到一起，成为友伴，必定经过了直觉的筛选、时间的淘洗，轻易僭越有时也意味着半途而废。一念成山，一念成海，一件事在当时当地很难辨别表面之下的潜能会不会在未来释放，定型为一种存在。因此第一阶段的边界，到吻为止，吻到为止。因为喜欢而恣意，因为爱情而克制，吻既是情感的表达，也是感受的获取。

日文女性杂志常有男女接吻的规范指南，比如事前喷清口剂，事后鞠躬致谢之类，充满仪式感，随性的概率很少，也因此较为刻板。我是很不习惯当众有亲密举止的，不过在私场合，看到她白皙的后颈，看到他腮上新冒出的胡茬时，瞬间心动一定别吝于深情一吻。不为生活皱眉头，只为吻你才低头，这是多么优美。

事到快意处须转,言到快意时须住,但对于进展中的男女很难。闺密与机长的关系并未停留在那一刻……台风过后,爱的边际效应递减。从吻得潦草与漫不经心开始,关系越过峰值,到达瓶颈。

　　半年后,缠绵过后他不再搂着她天南海北地聊。有次他说,你先睡,我打几个电话。旋即给她关上台灯和门。从那刻开始,她知道属于他的这条抛物线,拐头向下了。

　　驰想未终,张力已衰。渐渐地,他们拉长见面周期,直至不再见面。偶尔微信上尬聊几句,也没有任何波澜。回忆起彼此,也无风雨也无晴,体面地退出了彼此的世界。只是最初那个两秒钟的吻,依旧让人心颤,仿佛是独立存在于另一个维度的永恒构筑。她问我如何评价这场风花雪月的事,我回复:"一切迷恋都凭借幻觉,一切理解都包含误解,花之所以为花,正因为凋谢。"

我心里有过你

日本屋顶告白大会的某期节目让我感慨。几位初中生站在教学楼的屋顶平台,当着全校师生面,一一向暗恋的同学大声告白。虽然只有一位告白成功,过程却足以让人动容。那个年龄的表白,稚气未消却大方明正,因为真挚,所以动人。能够表白成功得到交往是次要的,有勇气说出喜欢则是某种重要的成长与跨越。正如稻盛和夫所说:"内心不极度渴望的东西,它不可能轻易靠近你。"

有些情感,外表不动声色,内在却暗燃而长远。《艺伎回忆录》里,被贬为京都祇园仆役的小女孩千代在看不到过去和未来的恶劣环境里,当她对苦难和羞辱的承受达到某种极值时,遇到了生命中的奇迹——会长。会长为她擦干眼泪,给她买冰激凌,看她的方式像音乐家看自己心爱的乐器。与他的短暂邂逅让她突然超拔了。自那以后,每个踏脚处都变成了她迫切的坚持,只为与他重逢时她足够优秀。她从迷惘的孤女千代,成长为充满人生目标的出色艺伎小百合。在任何大的人生节点,她都贴身带着会长的手帕。十余年来,她的命运从不曾与那个男人、那种目光有过片刻分离……回头想来,命运的流转似乎只在一瞬之间,却为她的人生带来曙光。

这世上那些止于唇齿、掩于岁月的情感让人惆怅的同时,也让人感受到当事人巨大的精神力量。克拉拉是勃拉姆斯的师母和女神。20 岁时,勃拉姆斯遇到 34 岁的克拉拉,他一生的寂寞与悲喜从初见她那刻开始。从 1853 年到 1896 年,他写了无数情书给她,却一封也没有寄出去。在恩师舒曼因精神疾病入院的三年,勃拉姆斯放弃名利,陪在克拉拉身边照顾七个孩子、伴她出国演出。坊间流言蜚语鼓噪,在理智与情感的冲突下,在舒曼去世后,勃拉姆斯选择了离开。整整 40 年,他与她没再见过面,却没有一刻停止思念。他创作出每一支乐曲,都会将乐谱寄给她,他将她视作世间唯一的知音。他爱得节制而热烈,用 20 年创作了《C 小调钢琴四重奏》作为这段虐恋的纪念,成为不朽的经典。勃拉姆斯一生未婚,没有孩子。他用一生孤独保全了克拉拉的名节,也守护了自己的爱情信仰。

若 1986 年版《西游记》里有哪一集让我随时有欲望重温的话,一定是《趣经女儿国》。那一集里,唐僧玄奘显示出他固有的神性之外的人性的一面,却在内心挣扎中,最终战胜了人性,在乾坤面前,显示出人的力量。

柔情似水倾国倾城的女儿国国王撬开了他磐石般坚毅的内心一角,他虽克制隐忍,却难掩对她柔和的好感,汗如雨下就是明证。她靠在他肩上,他无所适从,却唯一一次没有推开。幸好蝎子精的捣乱登场将他从神思的片刻沉沦中抽离出来……临行,在从女王手中接过通关文牒时,两人四目相对,欲语还休。那是他最压抑纠结的时分。"世间安得双全法,不负如来不负卿。"漫漫西天取经路也是玄奘的修心之旅,这势必是他成佛的一劫,也是他九九八十一难中的最大考验。他对女儿国国王说的最后一句话是:"若有来生……"

波德莱尔有句诗:"也许你我终将行踪不明,但是你该知道我曾因你动情。"

真正的爱,是让灵魂有居所,让心灵固有的孤独与缺失感得以补注,这与以何种形式在一起无关。量子世界中,一个人一个物并不只固定于一个地方,事实上,同一时间,其微观粒子可以存在于不同空间,因此我们常常能隐隐感到某地某人有神秘力量牵引与制衡自己。记得几年前 LIGO 探测器曾监测到壮丽的双子星合并,有着长达 100 秒的引力波信号。据说那天有情人只要直抒胸臆,回馈也将是天衣无缝的默契。

《量子之恋》可说是法国克制版《昼颜》,美丽风情的女作家与风度翩翩的男律师在思念、幻想、试探与回避中反复纠缠。意念的巫山云雨,现实的仙乐飘飘,仿佛永远相依,却又顷刻分离。他们如此合拍,似乎彼此是对方细胞裂体时的缺失部分。初次邂逅后,她神情迷离地与闺密回味:"他身上有苦橙的气息,只有我闻得出来。"他也同样心有戚戚焉。

两人最终没有跨过雷池,将这份爱意深藏、延长。这对于熟男熟女而言并不容易。足迹所经,思慕所及,心念轮回,终有重逢。

川上弘美的《老师的提包》是我十几年间不断重温的作品。37 岁的"我"与年长许多的高中国文老师意外重逢后,两人之间始终弥漫着某种微妙的张力,老师的提包也是连接此生之交与他生之缘的迢遥媒介。

第一次与老师发生不快后,近一个月时间两人互不理睬却彼此思念,那次"我"逛炊具市场时,望着锋利的刀刃,联想到皮肤倘若不小心碰到它,马上会渗出鲜红的血来,心中就非常盼望见到老师。刀刃的闪亮何以会引发这种心情,"我"想不出原因。然而我已知道原因……

全书通篇虽无一爱字,爱却无处不在。原来感情的每一步推进都能找到蛛丝马迹,只是太过平淡容易一掠而过。我在很年轻时总是耐性不够,总期待剧情紧凑推进,希望高潮快些来临,难得看到含蓄吝惜如斯的。待到有年资和理解力将那些情意的散珠逐一捡拾复原,就串成了一条美丽而浩瀚的时光之链。

据说人在一生中平均会遇到 2920 万人,而两人相爱的概率是 0.000049(百万分之四十九)。喜欢你,是说还是不说,我的朋友们立即分成了两类。一类说,不说要憋出毛病啊。一类说,憋死算了!我觉得对于接得住这种喜欢的人,不说也等于说了。当然说说也无妨,直接要,别人能给,这也是成熟的情谊。

"叶底藏花一度,梦里踏雪几回。"叶问的这封信在宫二心中生了根,她冷静的外表下掩藏着情感的洪流,叶问也说宫二只差一次转身。他们之间的情愫有太多掣肘,两个人,十几年,腾挪挣扎纠结试探藕断丝连。最后一次见面是在南方的戏园,两人对坐四方桌旁,淡淡地说了很多。她的叙述很平静:"说句真心话,我心里有过你,我把这话告诉你也没什么。喜欢人不犯法,但我也只能到喜欢为止了。"

他比风,更懂浪

在广州白云机场我曾买过一本渡边淳一的长篇小说,包括候机在内的整个归途我都在看它。小说讲述了 55 岁的过气畅销书作家和 36 岁的娴静主妇之间的成人极致之爱。作品中,爱就是欲望,欲望就是死亡,他和她不是以死为赌注热恋对方,而是由于过分情热,结果把死赌了上去。

它是颇有争议的小说。可私下谁都清楚:真正的爱情(也即纯爱)一定是大逆不道的,足够嚣张,足够无畏,它不需要背负,只需要消受,却不是人人都能扛得动的,须付出超越常规的代价。

它不是婚姻经济学里的挑拣,也不是搅扰身心的轻触微温,而是宿命。它执着于五蕴又跳脱出五蕴,让平凡的肉身触摸到讳莫如深的情与空。它对于风平浪静的社会是种嘲讽。主流社会竭力把"爱情"纳入程序,但纳入程序后的爱情大都速朽,成为功能存在而非情感存在,即使熬到最后都是良缘。

许多人赞叹上海中产阶层婚姻的稳定。这种"稳定"暗流涌动,却在统计学意义上波澜不惊。其实中国家庭中夫妻间的冷漠与半开放程度,上海是比较突出的,也有着不小的灰色地带。这是高度理智基础上建立家庭的必然结果,并逐步使婚姻中性化、合作化,实亡却名存,反映了海派婚姻热衷于在社会公共价值框架下维持必要秩序的中庸性和实用性。如果男女之间有纯友谊,那一定存在于十年婚龄的夫妻间。

婚姻不是爱情的绿洲,但无论男女,对情感沙漠都有耕耘之心,枉度青春的焦虑,对于有体力上限的男人来说更急迫。婚姻是一张布满瑕疵的脸,要保持好状态,必须每天用粉底精心修饰。有时我看到某些好肤色时会观察玩味:那是绝对素颜还是裸妆得自然?答案自然是后者。其实粉底与脸的关系是浮动、置换、你侬我侬,是让粉底吃进去,而不是浮出来,让人分不清什么是粉,什么是脸。

林忆莲和李宗盛没有熬到最后……虽然至今我依然觉得他们之间的一切如此合宜。20多年来华语乐坛中我最喜欢的女歌手就是林忆莲。她对情歌的理解和拿捏炉火纯青,李宗盛与她第一次合作就被爱情击中:"如波涛之汹涌,似冰雪之消融,心只顾暗自蠢动。"而经历了离婚结婚再离婚且沉淀多年后,57岁时他提炼出的体会沧桑而惊艳:"我一生涓滴意念,侥幸汇成河,然后我俩各自一端,望着大河弯弯,终于敢放胆,嬉皮笑脸面对,人生的难。"

也许当他们不能再从对方身上得到某种滋养时,选择离开消耗自己的人,这是某种自省与保全。而众所周知,他们情最浓时恰恰是在离结婚目标最远的那些年。

中国舞蹈之母戴爱莲24岁时嫁给画家叶浅予,那是他的第二次婚姻。两人生活的十年中,舞蹈速写无疑是他作品中的精品,线条肯定,笔笔中肯,也定格了他对她永远的爱恋。浓情转薄后,提出分手的是戴爱莲。婚姻里的是非黑白无法厘清也无需厘清,但能确定的是:戴爱莲成了叶浅予最难释怀的前任。

徐悲鸿与蒋碧薇曾经佳话终成恨,先后有了知己。在她的自传里,她用不少笔墨写了徐悲鸿对才貌双全的学生孙多慈的深情厚谊:每天晨课前,他总会东寻西找些画具送给她;晚上应酬到一半时,常借故上夜课而退席,抓些糖果橘子塞在口袋里带给她。孙父上门拜访,他马上派人去饭店订菜,又破天荒地提议打麻将,快乐得像疯了似的。她大学毕业时,他为她印了素描画册到处分送,又忙着为她争取官费留学……

由于孙家阻挠,两人离散。徐悲鸿心力交瘁,先是隐居矿区,不久远下南洋。而孙多慈嫁了比她年长13岁的浙江省教育厅厅长许绍棣。烽火岁月,有情人痴缠多年后,依旧无法得谐凤愿……后来在听说徐悲鸿去世的消息后,孙多慈为他戴孝三年,许绍棣默许并包容了她。孙多慈修养深厚,一生婚姻平淡,但绘画成就非凡,专家称她继承了徐悲鸿的衣钵真传。他是她的导师、贵人和悲情恋人。徐悲鸿的第二任妻子廖静文曾感慨:"这是一个悲惨的故事,就是有情人未成眷属。"

纷扰一世,徐悲鸿如此评价自己的人生:"吾生与穷相终始,命也;未与幸福为缘,亦命也。事不胜记,记亦乏味。"直至去世,他还随身珍藏着早年与蒋碧薇在巴黎生活时,她省吃俭用为他购买的怀表。而蒋碧薇去世时,卧室里仍挂着徐悲鸿为她作的肖像《琴课》。

也都曾是彼此爱过的人吧,只是情感链条在某个诡异而脆弱的当口断了。心与心的距离,的确存在天然缘分,无船可渡。其实穿过岁月和迷障,若能在经历与领悟中汲取精华,就有了心智进阶的可能,就诞生了某种新的力量。大多数事情,不是想明白以后才觉得无所谓的,而是无所谓以后才突然想明白的。

分手时,李宗盛说:"我们的爱若是错误,愿你我没有白白受苦。"八年后,他唱自己为她写的歌时依然用情至深,曲毕,感慨:"林忆莲很美。"

必须承认,婚姻使彼此身上曾令对方陷入癫狂的诱人气息从此一去不返,意味着生命里最重要的迷幻时代的终结。不过对于真正的有缘人,那些旖旎最终会升华成依恋,成为清淡却持续的力量,到这时,半世烟花无碍,爱终于变成了情。

乔治·马丁曾写道:"命中注定你将燃起三团火焰,一团为生,一团为死,一团为爱。"从燃点到沸点,这三团火焰大约只须浓缩成一个字:空。如此,我最终理解了渡边淳一的那本小说。

成人之恋,出场顺序就是命运

我被贴上"都市情感作家"标签已经许多年。工作之余写些固定专栏,题材广泛,但流传最广、转载最多的除了城市文化题材,就是两性情感文章了。

一次聚会上,好友林先生说他在飞机上看了我的专栏,那期写的是双城之恋,他把那页悄悄撕下来揣在裤兜里(航空杂志不能带下飞机)。

从东京,到大阪、京都,再到名古屋,一路上他都有种无能为力又无可逃脱的惆怅,无奈无告无解。说完不到五分钟他就醉了,倒在桌边。

有句话很带感,爱一个人是因为心上有缺口,往灵魂里灌着呼呼寒风,所以急切需要形状正好的心来填补它。我觉得成年男女真的无须解释情愫的前因后果,只要理性可控,都可视为理所当然。这更像是一种量子纠缠,关键看克制与释放的拉锯中,哪种力量最终占了上风。

男女最融洽的时刻无疑是情不我待、身心达成某种共谋时。然而爱的边际效应会递减,且男女并不同步。成年人不必去问为何不再彼此喜欢,而应该互相默默走远,体面地退出彼此的世界。雁过无痕风有情,也许离开也是另一段陪伴的开启。如能享受醒着做梦的快乐而不被梦所伤,在红尘中感知细腻情动,不被日常卷走,也不执着深陷,当然这是对认知、修为和控制力的大考验。情场是道场,亦是江湖。

在情面前,爱只是流光,困于此会把路走窄。许多人气象峥嵘地爱过之后很快进入死循环,最后精疲力竭。当然只有真正经历过这些,才能拥有和谐的内部王国,让躁动的灵魂平静下来。或许证明爱过的方式,就是亲眼看着爱渐渐消失。人的思想高度和价值判断,大多是和自己博弈的结果,一通百通。爱,就是欠缺,欲望只有在欠缺中才存在。

高规格的成年之恋无疑就是我的孤独认出了你的孤独,这必须棋逢对手才能体验。更多时候,我们身上曾经发生或止步于临界状态的情愫,最初几乎都有着澎湃紧张的色气。莫名其妙迸发的热情和适时刹车的欲念,让人琢磨不出下一步会演变成一种什么关系,却有着无与伦比的存在感,在心理层面已然冲天奔地。

存在感这个词真棒,直指人生最拖沓滞重阶段说不出口的创伤所在,唯有它能抵抗生活齿轮的磨蚀。情正酣时,让人觉得索性不负蜉蝣此生一陷到底算了——却还是必须止步,醒来。因为熟男熟女都知道"然后呢"这三个字极其无味,所有事拿它一接,顿时了无风味。成人之爱的情热表达往往只能是冰山的一角,却让人联想到水面之下的体积。那种不断释放的气息云蒸霞蔚,像烧着了的棉被,没有明火,只有暗燃,那真是生命中的吉光片羽。

在我看来,爱情的终极诉求不是性满足,不是控制和占有,而是让双方都获得自由,得大自在。灵魂没有归处,身体容易慌不择路。维系爱情或知己关系固然靠某种机缘和综合阈值,而最终检验它的实质深度,是看在关系中保存并展现了多少真正的自己。弱者自困,强者自察,成熟的爱旨在保存人的完整性。

当然从世俗层面,我也一直在想:在情潮不动声色地来势汹汹,灵魂却被各种拽着胳膊的力量羁押耗损的年龄段,能否寻找到一条让心智感官皆有所成长、平衡、留香的别致道路,获得对自己独特性的真正理解,能否化感情为情感,将蓝颜锁定成知己?这一步虽说惆怅,却让人精进,因为珍存了某种微妙感受力,就像金庸说的,辨识出牵挂的人,有几个泥巴上的淡淡手印就够了。

  自始至终,我都觉得爱情是个好东西,是奢侈品,是易耗品,赏味期很短。尤其在爬升期,有种无法言喻的、直觉性的美感,常使人无端嗟叹,却会在听到一支歌曲、看到一座建筑、闻到一种气味时,诱发深刻走心的自传式记忆。它之于人的意义,就如同明明在隆冬,身上却有着一个不可战胜的夏天。

  情感写作并不容易,尤其是让人有沉浸式感受的,表面写情感,实则写人性。我也在这些芜杂故事中渐渐完成了整体认知高度的进阶。那些缘起密意,真让人觉得出场顺序就是命运。不过想穿了,这世上也并没有多少旷世奇情能让人有再生为人的喟叹,却有一种情谊因为纯粹而无求,能绵延许多年。成年人还有几个是恋爱脑?但是几分无处安放的情绪和独一无二的真心,恰巧遇见了能有些许理解并值得信任投递的人,也会丰盛彼此的人生。相似相融,男女之间的很多美好,不是因为爱情,而是因为懂得。

  懂得是一种最难得的恩义。

地　　气

前几天做梦去外婆家。醒来不知今夕何夕。在梦中我嗅到了黄浦区弄堂特有的气味,那是镇江陈醋、阴沟、油煎带鱼、风鳗、葱姜和磨出包浆的竹躺椅的味道,间或能听见蒋调的《夜探》,那是上海的布鲁斯。

从外婆家到爷爷家很近,同处一个弄堂网络,从后门出发,穿过两条弄堂主干道就到了。弄堂曲里拐弯,有着柳暗花明的幽微。

外婆家的石库门构造相对简单,爷爷家构造复杂,有东西厢房,曲径通幽,我从没弄清楚过里面到底有几间房。正门通常是虚掩着的,刚睡醒的妇女顶着卷发筒、穿着家居服在天井的水斗边刷牙,阿婆们坐在门口的小矮凳上晒太阳择鸡毛菜,男人们坐在客堂间读晚报,小孩吃着蛋筒冰激凌窜进窜出。弄堂口的过街楼使得整条弄堂有着独特的光影效果和人间琐碎,过街楼下总有早点摊,坐下来就能吃到热烫的粢饭和泡着剪碎的紫菜、虾皮和葱花的小馄饨。

复杂的弄堂网络通向哪儿,恐怕除了住户外谁也搞不清楚,就像没几个人能拿捏上海人心一样。但他们也见惯世面,正在吃泡饭酱瓜的老先生会边吃边指导小青年:衬衫配圆领毛衣时,领子不需要翻出来的。这些弄堂使上海完成了从生煎馒头到慕斯蛋糕的无缝接轨,每个细节都不忌讳细看,哪怕有不少痼疾和狼狈。

上海的百年历史,有一半封存在弄堂里。相比新天地、田子坊、愚园路等成功的商业项目打造,更多弄堂承载着宝贵的私人记忆,在沧桑岁月里安静地老去、消失。这些黄金地段的弄堂,与繁华一步之遥,开门是风景,关门是人生,指向曾经真正的上海生活,没有豪宴的味道,却考究到细枝末节。

弄堂小菜不铺张却自有一番坚持与讲究。红烧划水必须用吃螺蛳小虾的乌青鱼,否则有泥土气。银丝芥菜的酸甜度最考验分寸。上海有300多万宁波籍人士,因此弄堂菜系中有不少宁波菜,比如青豆瓣爆腌黄鱼。黄鱼用盐腌过后,稍微风干后清蒸,上桌时,婉转咸鲜,俊美秀目,很有宁波人的神韵。香菜小素鸡食材最普通,要做好也是考验功力的。素鸡滑嫩里带着嚼劲,洒上香菜,拌上麻油、辣油,清爽可人,过三得利啤酒或和酒最实惠不过了,以前夏日的弄堂人家里,十户中起码有六七户桌上有这道菜。

酷暑天,无论晚饭吃什么小菜,外婆在接近尾声时总爱拿出邵万生的黄泥螺瓶子,在小碗里挑出几颗来,倒点里面浸着的绍酒,一顿饭就圆满了。她说邵万生的黄泥螺来自沈家门,肉厚鲜润,非鸡毛小店可比。她还常嘱爸爸给她买采芝斋的虾籽鲞鱼,该店的虾籽密集灵透,鲞鱼咸鲜中带着细洁的甜,与之相比,别家的真是粗蠢笨拙了。而买火腿,外婆喜欢去宁波人开的三阳南货店,品相好,干净紧凑,稍微小贵,可送人体面。若是自食,也必须是三阳或万有全的。请南货店师傅斩开,上方中方下方脚爪,师傅切得规整漂亮,按部位入食品袋。外婆碰到某个老姊妹来家里玩,就塞一块给她。苏州许多老字号南货店的宝货,像稻香村的鸭胗干、孙春阳的熏鱼子,也都是外婆心心念念的毕生大爱。

好友曾写过一本书《外婆买条鱼来烧》,书名取得实在是妙。老人与小孩是最拙于表达感情,而情感又是最诚实充分的人。为什么上海菜江南菜里常常取"外婆红烧肉""外婆油爆虾""外婆家"而非"奶奶红烧肉""奶奶油爆虾""祖母家"？其中大有深意。上海小囡大部分是要与大人去外婆家度周末的，到奶奶家多数是逢年过节，因此与外婆显得更亲更要好，她是母亲的母亲，拥有一种翻倍的母爱表达。

小时候放暑假，我会住到外婆家，外婆用檀香皂给我洗澡，洗完吃光明牌紫雪糕，那是20世纪80年代。中学以后，寒暑假时外婆会住到我家。可外婆住一阵后就吵着要走，她总说厌气，不着地气。有个黄梅天，暴雨忽然而至，片刻将路人收集在弄堂过街楼下。雨安眠了现代的马路，却让古老的弄堂忽然间活起来了，即将绝迹的叫卖声和市井之声在彼时彼刻宛若天籁，我突然明白了何为地气。

千禧初年，推土机终于将市中心这片阡陌纵横的弄堂夷为瓦砾碎砖的小山，围起蓝色护栏的工地，新楼盘的地基已经打好了，吊车挖掘机等现代化机器正在日夜兼程……有些惆怅，老土地没了，才发现这片弄堂让我有一种肺腑之感，好与坏全部闷进去，留待日后慢慢回味。

在上海小学教材中曾有"姥姥"与"外婆"之争，语言文字学者普遍认为"外婆"和"姥姥"都已属于通用语范畴，两者都不再是方言。在我看来，"姥姥"称呼固然亲切，"外婆"则更和煦，符合上海或整个江南的文化体系。那些外表温存考究、有文化、笃悠悠、做人做事丝丝入扣的老年妇女，实在让人心生尊敬，"体面"两字形容外婆最合适不过了。以前上海电视台有档节目叫《时髦外婆》，此处的外婆不只是个称呼，也代表她们曾经有过的花样年华，代表一种记忆、乡愁和文化想象。

当年新天地改造时，新天地公关顾问、香港儒商问一位住在弄堂的上海老太愿不愿意搬走，她有点感慨地说愿意去住楼房，可还是有些留恋，毕竟住了一辈子，曾在这里结婚生子。儒商和老太聊了半小时。老太希望他能为她拍张照，但要稍等一会儿。当老太再次出现时，已经换了一身典雅的旗袍，穿上了高跟鞋，短卷发梳得一丝不乱，还涂了淡彩唇膏，香港人不由感叹："这就是上海。"

前不久某媒体请我去新开张的张园去做个采访。那阵子我一周之内去了三次张园。

在兼顾媒体需要和我的个人真实感受之间，我写了以下的文字：

"如今的张园（西区）从外表上确实容易满足不少新移民和游客对海派文化、海派高端生活方式、海派商业空间乃至公共空间的臆想，也试图营造一种蜿蜒迭代的审美意味、抒情意味和乡愁意味。一种精雅的意味。

"看得出修缮团队非常尽心，力求呈现张园的往日风貌，老建筑群外墙上的斑驳痕迹、每块特殊花纹的墙砖地砖，还是尽量予以保留或还原。看得出每一栋建筑都是被善待、被揣摩，花了大量心思，里面蕴含了对历史的敬畏之心，力求精细到肌理、毫厘。张园算得上是上海旧区改造、城市更新的范本之作，饱含诚意。

"张园从前是一片以中产阶级为主的高品质居住群，新中国成立以后则呈现出'七十二家房客'的烟火气，整体调性是偏于中产的、烟火的、本土气质的。如今入驻张园的品牌多为高端品牌，这与之前张园给人体面亲切的感受有着较大差异。从'基础体温'来看，之前的张园是温暖的、有松弛感的，现在偏于高冷。不过张园的底蕴和建筑特色为这些奢侈品牌在空间载体上提供了极大的加持，为这些大牌的定制化呈现提供了可能，这手笔出现在上海顶级商圈，有着强烈的逻辑感和十足的理性。

"今日张园，已非昨日张园，昨日是家园，今日是商业地标，也是全新的城市空间。希望张园能在商业和人文角度达到尽可能的平衡与自融自恰,并带动整个片区的产业升级。"

对于张园,初看比较惊艳,再看觉得太紧,没有松弛感,第三次我路过又走了很小一段,旋即拐了出去。如此弄堂,有乍见之欢,却无久处不厌,大概是因为里面没有时髦外婆吧。

朋友圈江湖

微信是个好东西,不过其生态也让人玩味。听说坊间就有不少因点不点赞而"友尽"的案例。

我发现"每条必点派"真心不少,往往是发帖后的即时,未必是真随手,而是直率地表达友善好意;也有极其爱护点赞羽毛,"赞"在指尖奇货可居;有位友人是深潜派,任何人的朋友圈他概不点赞评论,理由是一旦点了一个赞,他的大把时间就被微信捆绑了,必须时时刷朋友圈,给每个人尤其是交集圈大的那批熟人都点上赞,不能有遗漏,否则会被深度解读,且自己认识谁也极易暴露,无端生出是非。

好友素性温良厚道,有次憋不住向我吐槽:为何他每每点赞某几个人,他们从不点赞他呢?我没好意思回复真心想法:不管他们是真没看到还是假姿假颜,总隐含着某种潜在的优越感——在社交地位上,他高于你。

谁都有一群在微信上视如空气的熟人或半熟人,现实生活中见面至少要打声招呼,在微信上却可以陌路,却又不得不始终存在于通讯录。没有拉黑的爱恨情仇,设置成不让看也太生硬。这时"分组可见"的人性化就体现出来了,给了人们向不同群体展现不同自我状态的可能。

微信朋友圈容易让部分人沉溺。有位友人曾忙于社交,高峰时微信好友3000多,来来往往,闹猛风光使他好比食客三千的孟尝君,有了被点、线、面包围的安全感。每条微信得到的赞可以垒成一座虚拟的小山。后来是非也多了,痛定思痛后,他将队伍断舍离成1000多人,气场立刻清爽许多。过段时间若他又开始唧唧歪歪碎碎念,我知道一定是队伍又增长虬结起来。

因点赞而脑补剧情是戏精们的家常便饭,朋友圈也成为这类人重要的舞台。在微信上捆绑了大量人际关系,使得他们成了汗流浃背的打字员、编辑和摄影师。原本轻松的瞬间因为被围观,被迫承载了不必要的内涵与重任,成了秀场,这也让他们将玻璃包装得如水晶般耀眼的能力与日俱增。

朋友圈上的话痨让我挺受不了。有位女友,从孩子诞生到如今幼儿园中班,事无巨细,天天汇报。忍耐几年后,我删除了她。有位熟人,看过他一阵的朋友圈后,我就犯晕,随即将他设置为"不看":从每日清晨的祷告,到三餐的内容、与饭友的合影,以及谁谁寄给了他什么礼物,他们的身份……事无巨细均要发圈禀告,真让人崩溃,仿佛他就是为了展示和分享而生活的。当然,打开他(她)的朋友圈,花花绿绿繁荣一片,至少说明对方是个相对较少心防的人。如果有观点、有趣味,气息浑然天成,各板块内容比例平衡且分寸得当,就是一份高质量的个人杂志。

在我看来,朋友圈生态中,较为成熟的做法是向大众公开生活中并不太核心的内容,将说话的场合进一步梳理细分。据说掌握资源越多的人,发的朋友圈越清汤寡水,或只转不发或三天可见或干脆没有内容,十分冷感。他们的舞台和网,不在微信上。

其实人与人之间真正深层次的链接,怎会轻易示人呢?这不是秀场,城门大开被围观是忌讳的。论友谊,内心每个层级所能容纳的人数都有限。在一顿饭时间内看到本质的人,和花半辈子也看不清本质的人，是不会真正同路的，凑到一起也只是吃吃喝喝的关系。李泽厚的熟人说他走路顾盼自雄，而他的好友则说，他是踽踽独行。

比起自拍控、鸡汤控、截屏控、九宫格食物控和午夜怨妇，有一类人更让人烦：他们的朋友圈无一不在展示别人对其成就的夸奖，而这些夸奖却又是通过自己的嘴，甚至将它直接私信群发。这非常奇葩。更有甚者，其微信头像竟是与领导或名人的合影。头衔虚虚实实，通胀得可疑，实际含金量也很容易辨认。通常对你说话明显多过你对他说话的人、交浅言多的人，多半是在漏气或泄密——他更需要你的资源。

风衣好年华

总觉得中国没有哪个城市比上海更适合风衣了。当年周润发、赵雅芝版的《上海滩》快意江湖,风衣围巾礼帽的造型让许文强的表现力穿透世态表层,抵达某种既近又远的深度。

着装风格上,我是皮衣党、大衣党和风衣党,有些许凛冽感。软妹子服饰和卫衣、冲锋衣等中性服饰并不适合我。风衣是挑人的,且不论硬件,仅从软件上,并非所有爱穿风衣的人都有不错的情商,但我的确很少见到情商偏低的人爱穿风衣。曾看到一组权威财经媒体发布的数据,数据表明消费成熟度不同的城市在女装偏好上也存在显著差异:一线城市女性对半身裙、衬衫较为青睐,对雪纺衫、蕾丝衫和牛仔裤最不感冒。

有一搭没一搭看过几集《甄嬛传》《芈月传》和《琅琊榜》,发现剧中不论男女官庶,斗篷式长披风的出场频率都不低。若是棕麻质地,就是蓑,即雨衣;禽鸟羽毛质地的是氅,功能近似今天的大衣;而丝织质地的,则是风衣的古代版了。它们不仅能挡风御寒,更能让人产生"今生不借此身渡,更待何生渡此身"的强烈命运感。

27年前的深秋黄昏,我在外滩看到一位中年先生,身材高挺,无框眼镜,撑黑色长伞。米色长风衣随着秋风翻飞,面色冷峻地从我身边擦过,自顾自沉稳而飞扬着。海关大楼的钟适时整点敲响,我一时间惊愕非常,惊愕于那风衣、穿风衣的男人与雨中的外滩是如此配搭。万里萍踪,人生况味,似乎皆在这一景一布中了,这是对都会感觉的最佳阐释。对,是都会,而不仅仅是都市。于是之前想到风衣,会想到东京、巴黎和纽约(湿热的香港并不合适风衣,香港人把风衣叫风褛、干湿褛),从那刻起,还能想到上海。

彼时刚念大学的我对风衣产生了强烈的好感。那段时期我看了《蒂凡尼的早餐》,记住了雨中拥吻时赫本穿的那件米色风衣;也看过《北非谍影》,亦正亦邪的亨弗莱·鲍嘉穿着风衣在停机坪上拥抱英格丽·褒曼,目送她远去的一段戏,成为心中不朽的爱情经典。风衣从来就是一种有着欲说还休气质的服饰。日剧中男女主人公只要身高尚可,大多会有风衣造型出场,而且还会穿着风衣奔跑。霓虹国的风衣,做工是一等一的细致内敛,能亘于男女的内心和外表之间,多数时候将性情全都包裹住,仿佛要把人弹开很远,不过当被细节击中、音乐响起时,所有将爱未爱的情绪、将流未流的眼泪悉数释放,中规中矩的风衣立刻变得不羁和凌厉,实在是情感起承转合的好道具。风衣挑人,更衬人。

据说现代风衣起源于一战时的英国,著名面料商 Burberry 经反复试验,设计出堑壕战专用的防水薄大衣,双排扣,面料采用他的专利产品华达呢,透气耐磨,防风挡雨,后被指定为英军的高级军服。卡其色并非为了高级,而是配合战事、隐藏在战壕中的保护色。护肩则是钉显示军阶的徽章。而右胸的一片外幅颇有深意,竟是为了保护手枪而设。直至今天,Burberry 风衣始终保留着最初的风格和版型,成为经典。

有人说"中统""军统""保密局"最大的作用就是繁荣了谍战剧,其实也繁荣了复古战壕版风衣在大众心中的普及。《潜伏》里,余则成让人见识了高雅得体、睿智潇洒的男人该有的审美,无论西装、军装、中山装、衬衫、马夹、长衫,甚至睡衣都能驾驭自如,做到人衣合一。而他撤离大陆前最后一夜的皮风衣配格子围巾造型更让人发现一个相貌并不出众的男人原来可以如此英挺倜傥。

我的整个孕期多数时候穿着风衣和低跟长靴,尽可能显得利落优雅。女人的身体有着无限神秘性,她们贡献的不只是肉体,而是精神,一种果断和神性。衣服是心理的外化,风衣陪我度过了这一生中身心巨大变革的阶段,支撑了我将为人母的复杂情感。

风衣是外套界的长青款,之所以具有强烈的都会感,因为它是一种永恒的高雅着装。敞开着是胸怀,包裹着是线条,体现了某种路数,穿上它也有了某种人设感,仿佛住进了衣服里。前几年的热播剧《东京女子图鉴》可说是一部大都市职场女性的衣品成长史。在东京奋斗20年,女主绫实现了从一个日本18线小城镇的甜妞到GUCCI公关经理的转变。Oversize的米色风衣配大牌吊脖连衣裙,似乎是绫驾驭都市感的第一个转折,虽然那套装备是她分期付款买的。那件风衣她穿搭多次,实用性很强。

我有个男同学,他半辈子深受《东京爱情故事》影响。除了夏天,其他三季他穿着各款风衣,去日本出差则四处寻找完治所穿的那款,也渴望找到莉香那般有萝莉外表和御姐情怀的女人。风衣找到了,可女人始终未果。途中也有养眼女子,可稍一接触就明白她们没有穿风衣的气质。什么是穿风衣的气质呢?经过了岁月,我得出结论:爱一个人时能把自己全部交付出去,爱自己时能把自我全部包裹起来,有翩跹,更有硬气。

很喜欢一张黑白照片,中年的奥黛丽·赫本与她一生的蓝颜知己、著名设计师纪梵希在巴黎塞纳河边散步,赫本梳着优雅的发髻,穿着米色中长风衣,领子立着,手随意地插在兜里,完美的侧影,有一种活开了的女人独有的潇洒豁达感。纪梵希的脸微微侧向她,神情动作里有自然而然的呵护,身后是若隐若现的埃菲尔铁塔和一对情侣的背影。一米九的银发男神与一米七的高挑女神，虽已不再年轻，却是他们真正的好年华。我相信赫本这件风衣的品牌，一定是纪梵希。

型男的手表

智能手表风靡的当下,还戴正统手表的男人多少有点老派。不过从这种老派里辐射出的某种温暖和可靠,依旧是令人思慕的气息。

手表早已不囿于时间记录工具,而更是情趣和生活方式的样本。据说手表之于一个男人,好比中世纪的佩剑之于一个骑士。好友是位手表爱好者,这个看似严丝合缝却有着灼灼眼神的儒商老男人不仅收藏手表,还收藏李丽华、周璇等老上海歌星的原版胶木唱片和手摇留声机。他最大的私人快乐就是戴着贴合彼时心情的腕表,在起风的夜晚带着留声机和胶木唱片独自开车去杭州湾听歌。因缘际会,他竟然还投资创办了一本专业钟表杂志,一年出版春夏秋冬四期。在男人的世界里,一块精准的表、一辆心爱的车、一颗冒险的心和一个默契的女人,都属于灵神合一的存在。不管今夕何夕,时光经过的一切都是相通的。

欧米茄的 Constellation 星座腕表陪伴了一代建筑大师贝聿铭半个多世纪。这款腕表八卦面表盘,十分立体,有着很高辨识度,全钢不带日历的星座表当时售价 200 美元,包金的 250 美元,全金款 375 美元,贝聿铭的腕表是包金的。这在当年不算贵,如今在二级市场也是亲民价,但想来因为贝聿铭的佩戴而格外具有了传奇的味道,穿越时空,心有回响。

我觉得手表是所有装饰物里最具有精神内涵的,如果男人身上只能有一件装饰物,我认为应该是手表。手表是岁月的指针,习惯于戴手表的男人总让我感觉严谨、靠谱、格物致知。钟表诞生于手工时代,背后体现出一个行业的理学精神,同时优化配置了一个阶层的时间资源。在机械化时代,手表那些"奇技淫巧"让许多瑰丽的想象变成了梦幻般的现实。百达翡丽2001年的"天月"腕表,是品牌自创立以来最复杂的腕表产品,也被誉为当时最优秀的作品。海洋深潜是各大品牌展现潜水表实力的竞技场,这几年,时尚保值耐用的绿水鬼成为众多手表爱好者的谈资。而万国表昂首入深蓝的姿态,让人想到两个字:硬汉。

手表同时也是一种语言与默契。1936年西安事变后,张学良因兵谏蒋介石抗日而被蒋软禁。1956年,张学良在软禁中熬过了20年,时逢蒋介石70岁寿诞,张学良将一块瑞士名表托人送去,蒋介石深知个中寓意,立即回赠一本1936年的年历和一双绣花拖鞋。无需语言,彼此的想法对方已经明了。直至1990年获释,张学良的一生,有半个多世纪在囚禁中度过。

旧中国是没有手表制造业的,只有能力修理手表。1955年3月,中国第一块手表——海鸥表研制成功。1958年,我国正式生产的第一批手表——上海牌手表,开创了民族品牌手表的新纪元,承载了许多人的记忆和情感,成为国家轻工行业的荣耀。毛泽东、周恩来和邓小平等国家领导人都佩戴过上海牌手表。1961年,周总理看到《解放日报》刊登的上海牌手表广告,高兴地选购了一款乳白色表盘、帆布表带的腕表。有次出访非洲时,周总理特意向几内亚总统展示了这款腕表,以此来说明自力更生的必要性和可能性。周总理一生廉洁俭朴,这块手表伴随他工作、出访,一直使用到生命的尽头,在遗体火化前,才由医生从周总理手腕上摘下。后来这块手表被中国人民革命军事博物馆收藏,至今依然散发着柔和温暖的光芒。

20世纪70年代的"三大件"是手表、自行车、缝纫机。作为名表,上海牌手表是普通家庭逢到人生大事(比如结婚或考入大学)时才有可能考虑购置的大件,且凭票供应,十分紧俏。我父亲1964年考进大学那年,爷爷给他买了一块手表,一直戴到1976年结婚时,爷爷又给他买了一块上海牌手表。改革开放以后随着经济飞速发展,许多人拥有了更多更名贵的国外表,但上海牌手表却是许多男人一生的情结。21世纪,上海牌手表重现第二春,当人们经历了对洋品牌的追捧与倦怠的轮回后重新审视国货时,发现上海牌依旧是隽永高级的品牌。它标明的不仅是产地,更是文化、志气与自信。

对于爱情和承诺,时间仿佛是无比重要的事。人的很多焦虑与哀愁,都是从意识到时间开始的。闺密告诉我她的故事:29岁生日那天,他把车开到200千米外的漆黑海边。那是个有风的、涨潮的深夜,海浪拍打着礁石,天上星月如织。在海堤上,他拿出一块新手表为她戴上,这是第五个,每年生日必有的礼物,都是不俗的品牌与品质,他想让她记住在一起的每时每刻。

这块手表没有秒针,表盘上没有任何代表数字的刻度和标识,变化的只是长针短针的指向,时间看起来模糊而抽象,没有流失感,所以不显残酷。这迥异于上一年的陀飞轮表,因为他渐渐感到了她的焦虑。她有时看着这块美丽又虚幻的腕表会恍惚,不能辨读,明明戴着表,也会去问他,现在几点啊?仿佛时间从不会构成威胁。这是他要的效果。就像他试图围出一片属于他们的真空地带,不问前因,不想后果,只是静静地在一起,忘记岁月从不眷顾那些无缘走到老的人。

就这样又过了好几年。后来她离开了他,去往香港发展。因为她知道,他能陪她走的路,不会有太长,也不会有太远,终有一天,会只剩她一个人继续走下去,还要走得精彩。35 岁那年她结婚了,嫁给一个香港男人。这个男人温和勤力,谈不上情深,却也不凉薄,对她最大的确知竟是:她从不戴手表。

在所有饰物中,手表最具欲说还休的气质,有来自阅历和远方的况味。铁达时表的每个广告都很走心,成功地将这款四类名表打造成浪漫与隽永的化身。其中,广告巨子朱家鼎先生于 1992 年携手周润发与吴倩莲打造的那部广告片大气深情、荡气回肠,堪称爱情广告片的经典、顶级之作。烽火岁月,一对新婚夫妇恩爱缠绵,然而硝烟四起,空军飞行员丈夫毅然出征沙场。临别前,他将镌刻着"天长地久"的手表交给爱妻,两人紧紧相拥。战机起飞,她望断长空,透过泪水,往日甜蜜情景再现……广告词适时响起:"不在乎天长地久,只在乎曾经拥有。"

天长地久有时尽,曾经佳话终成恨。徐悲鸿与蒋碧薇一生相爱相杀,徐悲鸿移情孙多慈而孙多慈不胜压力与他人结婚后,他写信给蒋碧薇试图挽回,她回信:"既遭摒弃如前,无论处境如何,难再妄存荣华富贵之想。"徐悲鸿回复:"我之于汝,将成一魇,便令吾自责,亦徒然也。"奔腾尺幅间的大师徐悲鸿直至去世,还随身珍藏着早年与蒋碧薇在巴黎生活时,她省吃俭用为他购买的怀表。

在我看来,儒雅男人适合古董表,泛黄的表盘是岁月的承重,依然清脆的滴答声昭示高超的技艺。霸悍男人有一种盖世的气势,这样的男人适合怀表,长长的表链上系着圆表,按一下机簧,表盖"啪"地弹开,手掌一合,一切归于寂静。霸气的人需要恬淡的表来缓和,所谓圆满,就是时间刚刚好。

有些有钱男人喜欢戴伯爵表。伯爵满天星是很吃价钿的,还有爱彼的皇家橡树,不过它们是那种富贵都张扬在外边的东西,真正的贵族很少戴。比如欧洲真正的世家子弟戴钻戒时,会把钻石向手心戴,从手背看过去只有一道磨砂的铂金指环,翻过来才看到大得像小号麻将牌一样的钻石。不少有质地的上海男人,资金所限,并不会买特别名贵的、动辄几十万上百万元的表,而是喜欢较为经典优质的、能承受岁月淘换的表。有时我在想,国货上海牌若能出产一款类似劳力士蚝式恒动、浪琴名匠这类十分经典的基础机械表款,惠及国民,那就太好了。

一些有身家的男人除了收藏十大名表外,居然还有许多款斯沃琪。尤其在他们年老时,没有心力去远处了,只在上海转转,那时他们会变得像个卡通人物,开始喜欢斯沃琪了。也许是看多了世态和财富,他们会顿悟这样一个道理:太讲究表面上的精致,会使生活怎么过都是一种粗糙。我有位友人为自己的收藏专门打造了一个紫檀木柜,把柜子置于书房,让这些表也沾染些书卷气。每块表都像古董一样被精心的主人保护得非常完好,每一块表的后面都附有一张卡片,详尽记录了它们的历史、来历和背景,甚至还有它们的特点和主人的评语。也许特别炫目的东西背后,总有不为人知的隐情,而这些隐情恐怕才是最真实的人生。

好男人是块好手表。高贵的手表永远设计简单,皮表带,白色表盘上面一圈罗马数字,走时精确,守时守信,风雅低调,不让机会流失,也让自己过得从容不迫。好男人永远不让信赖他的人失望,也不会让爱他的女人期待落空,任世界喧哗世间熙攘,他们都站在风眼的中央。

如果没有这样的男人,不如给自己买一块好表,提醒自己不要误了找好男人的时间,或者将它想象成他,成为自己永不枯竭的守护与信仰。就像铁达时的广告语:"信誓是一个最美的约定。"

做　　头

看过一部都市剧,服道化很是精致并符合逻辑。女主从18线城市女学生到都市傻白甜再到气质御姐,发型的演变也是其个人风格的发现与塑造过程。用了20年,她逐渐完成了从双马尾,到老气无感的齐刘海长卷发,到蓬松度和弧度皆润物细无声的及颈短发的晋级,经历血洗了她的气质,骨髓里的不安分助推了高级感的形成,可见功夫就是时间。

女性发型变化如同一部都会白皮书。闺密曾与蓝颜知己两个多月没见面,理由是她头发剪坏了,她在煎熬中等待一撮头发长长。我说她噱头噱脑,她含笑承认了。毫无疑问,女人的头发和心情是拴在一起的,有时人生感觉没有活棋可走时,弄头发是最佳的减压手段。但头发若是弄坏了,无疑是噩梦般的存在。

我外婆生于五四运动那年,是个知识女性,姑娘时代一直梳着短发。那时短发是知识、进步的象征,但凡以短发出现的女子,几乎都希望被视为接受过新思想的知识女性,且一旦外出,都习惯在手中夹一本西方小说,犹如老派名媛的皮夹子。20世纪三四十年代的上海风月无边,浸淫于好莱坞爱情电影的女人们成为中长卷发的拥趸,老月份牌美人几乎都拥有一头妩媚的及肩卷发,她们的家常烫发工具是火钳。40年代出现的电烫给发型带来革命性的变化,南京、红玫瑰、华安等一批高级理发店应运而生,外婆的结婚照里,烫的就是油条卷。50年代的上海脱胎换骨,当时上海女人流行齐耳或及肩直发,有时耳后夹钢丝发夹,更显朴素利落,20来岁的年轻女孩则大多梳麻花辫,在发梢处扎小巧的蝴蝶结,烫发客逐年减少,最终烫发绝迹。70年代则满城尽是柯湘头,1978年改革开放以后,女性意识苏醒,烫发也开始松绑,女人们的向美之心重新被正名,无论头发长短,烫发者从数量上达到高峰,菜花头钢丝头是其中的风靡款式。

90年代初,上海女人的发型深受影视剧影响,全中国的中年女性都梳起了《渴望》里的慧芳头,满街遍布着用喷发胶固定出高耸坚硬刘海和中短直齐发的中年"好女人"。《上海一家人》里的"若男头"是北派慧芳头的南方版,一小半夹在耳朵后面,一大半则垂在面颊前,更妩媚灵动。《过把瘾》里江珊那款发梢向外翻翘的烫发造型也红极一时⋯⋯审美依旧带有明显的集体主义色彩。

进入千禧年,挑染技术和离子烫日益成熟,上海街头那些头路中分,长发笔笔直、间或闪过几丝金铜发丝的都市女郎脱颖而出,配合高挑纤细的身材和冷艳摩登的气质,与外省女人的距离瞬间拉开。又过了两三年,"波西米亚"这个词突然充满了全球时尚报刊的头条,"巨富长"、淮海路、徐家汇等高雅地带随处可见披着一头弹簧样长卷发的美女,她们喜爱穿吊带长裙或紧身微喇牛仔长裤,裤脚开叉,烘托出波西米亚气质。那时候的上海街头,真是活色生香。至今仍能回忆起那个年代关美人的《做头》,她在电影里演绎着日渐迟暮的自己,把寂寞而美好的身影印在了风情摇曳的淮海路、愚园路。据说当年已过不惑的关美人是怀着放手一搏的心情去拍这部戏的,很豁得开。

在越来越崇尚个体自由语境的今天,再没有哪款发型能引发集体风靡。各有各美,却都少不了精心侍奉。上海女人总是会找准适合自己的托尼老师。一旦认准,几乎终身牢靠。如今北上广的职场女性,及腰长发已经很少见了,利落简约的造型足见大都市节奏之快,态度之理性。如今她们的头发是精心修剪出来的,不复以前是"做"出来的。同样,上海女人也不是很作了。人与人之间是有交往密码的,一搭脉,一交手,就明白个大概。宁缺毋滥,惜时惜力。

  电视传媒行业有个心照不宣的看法:新闻、政论、财经类女主播绝大多数是端庄短发。如果改变头发的长短,也就改变了知性与权威感。《新闻联播》四代女主播的发型都是"邢氏短发"的微调版,她们的头发属于公众。

衣短情长

有经济学家说,若连续六个月每月置衫超过十件,即可考虑买房。宋美龄有"旗袍癖"。她有个勤奋的私人裁缝师,除了过年休息一天外,一年364天他几乎每天都在不停地为她赶制旗袍。几乎每件新作完成之后,宋美龄都只是大略地看一眼,就命人拿到衣橱里妥善保管。在侍从们眼里,宋美龄的旗袍穿来穿去总那么几套,并无太频繁的更换,也许她只是爱用纯欣赏的方式满足自己的梦。

张爱玲也说,再狠心的女人提起去年那件织锦缎旗袍时,眼神总归是温柔的。

当然那是明星和传奇人物的生活。对于普通女性来说,形式虽有不同,可梦却相似。

很喜欢看民国上海老照片,看那些照片里的女性装束。学生派无疑是最时尚的,春天是青布旗袍配平底皮鞋,夏天是白布衫、黑短裙配白皮鞋或球鞋,秋天是灰布旗袍或灰布衫、黑短裙,冬天是黑色旗袍配呢大衣或藏青旗袍配绒线衫。眼镜、手表、自来水笔是必需品,到百货公司购物也喜欢在手中夹着数册书籍,苦心打造思想进步的知识女性形象。而小姐派则最大程度发挥着女性的性别感,不进步、不高冷,风格类似于近些年日本的"好嫁风"。烫发、胭脂水粉、唇膏、指甲油、高跟皮鞋、长丝袜、手包必不可少,饰物多多益善。风头主义派则是介乎前两派之间且尽其可能学步时髦,效仿明星的新奇装束。

青涩时穿"流行",成熟后穿"时尚",修炼到一定境界时穿"自己",穿衣是对自己人生的再发现。无疑,当下都市男女都是爱衣人,可男人不像女人那般乐享购衣过程,他们通常直奔主题而去,就像打猎,乐趣在于准确高效地命中目标,衣服对他们而言只是穿着作用和帮衬必要场面的社会作用,并无多少光阴、记忆和情感的附加值;而女人则像收藏家,乐趣在于永不停歇地搜寻、整理、比较,在不断试穿中找到梦想中的感觉,每件衣服对她们而言都承载着人生的重要章节和意义,使她们不经意间想起路过的人、路过的自己。从这点上说,对于女人刻骨铭心的回忆,男人多数早已经忘记了。

虽说这几年消费降级,不过最近我的闺密和她的男闺密还是在香港进行了一次长达七小时的购物。从铜锣湾到中环,再过海到尖沙咀。当然95%的时间是在女装店和化妆品店里游荡。其间,闺密买下一双雾霾蓝缎带晚装鞋,尽管她清晰地预见回上海穿上它的一周内它就会真的染上挥之不去的尘霾;一件大露背的黑色连衣裙,她想象着自己穿着它将在半个月后的晚宴上艳惊四座,尽管为了穿它,她不得不添置一款同色宝格丽指环;一件修身款Burberry长风衣蛊惑人心地打了八折,这令她抓狂,她认定自己能穿它十年也不过时,且即刻拥有张曼玉的风韵,尽管在此之前她还不得不减掉五千克的脂肪,并购买一款植村秀的大米色眼影……尽管有这么多的"尽管",闺密还是一一买下了这堆在不久以后的将来,有至少一半会让她后悔的东西。

而她的男闺密在这七个小时里,仅仅出过一次手:一条纪梵希的灰色休闲长裤,最新款,无折扣。

闺密问他:"难道没有其他东西让你动心吗?"

他坚定地回答:"没有,我只需要一条灰色的长裤。"

据说逛街购物对于女性具有某种减压效果,但对男人则适得其反。不少男人一进入商店便心动过速血压升高,这种压力的最高峰值,甚至相当于战斗机飞行员执行危险任务时所经历的心跳。这往往使得男人们只好首先看到什么就买什么,而懒于比较。

如今是网购时代,快递小哥是城里最忙的职人。前几天遇到10楼邻居李先生,他抱着一堆盒子进电梯,腾不出手按开关,由我代劳了。他说今天家里没人,小哥把快递都放在楼下大堂了。这些盒子全是太太的,有些是新买的,有些是换货的,来来回回忙得不得了,他从没搞清楚过。

爱衣如命的10楼李太三天两头扫货,淘一堆实用价值并不高的衣饰。比如曳地雪纺长裙、镶珠嵌宝的手袋、狐狸毛抹胸、各种颜色的贝雷帽、丝绒绣花长裤等,仿佛随时准备cosplay。家里的衣帽间,李先生的衣服最多只占1/5空间,剩下4/5空间里,一半挂着她每天通勤穿着的,一半塞着供她每日做白日梦的。虽然李太日常只穿平底鞋和三厘米的低跟鞋,可这并不妨碍她的鞋柜里收藏有数排10厘米以上尖细如锥的恨天高,只是为了或许有一天,她会需要它们。

李先生对太太的浪费不以为然。每次他们一起出去,他五分钟就能换好衣服,而她至少要磨蹭50分钟,面对衣海举棋不定。从这件试到那件,还让李先生提意见。以前李先生总说这也美,那也靓,可久了她便不满先生的敷衍态度,命他说出美的理由,他就头大如斗。如今在她试衣时,他打一小时网游,互不干涉。在他看来,那些衣服实在区别不大,哪怕太太穿粉红上衣搭配大红裤子,他也看不出有何不妥。

多数女人认为总是买固定的几样东西便证明自己开始老了,

所以常会非理性地买许多满足自己一瞬间心情而非需求的东西。经济不佳,女人若想让衣饰发挥较大利用率而非仅供意淫,不妨向男人学习,他们的衣橱里很少会堆满一年难得穿上一次的衣服,他们在购衣时会考虑使用率,或许会为了一件外套花上10倍于女人衣服的价钱,但他们想的是未来的三年,而非仅仅是一次派对或旅行。男人们深知,时尚有时是写在纸上、留在屏幕上的,是生活这道大餐上装饰的花,不可太当真。在看与被看之间,在诱惑与抗拒之间,要会入戏,也要会出戏,这是最重要的。

尽管购衣之道天差地别,男人还是理解了女人:一个看到限量版手袋而不会双眼发亮的女人,又怎能算是女人呢?女人也还是理解了男人:连买件衣服也要东挑西选的男人,你能望他做成什么大事呢?

《射雕英雄传》里郭靖请黄蓉吃饭,一次就花了19两7钱4分银子,末了还送给她盘缠2锭金子、貂皮大衣和宝马坐骑等,出手大方,虽忠厚钝感,却毫无土豪油腻气。从世俗层面,是高富帅的准驸马郭靖提升了黄蓉,但黄蓉的伶俐聪慧又是郭靖的软肋,是最吃得住他的所在。《滚滚红尘》中,没落的大户人家小姐韶华与在日伪政府做事的能才初次相拥而舞时,用钩花桌布充当披肩,在他疼惜的注视中,敏感的她将桌布除下。他苦笑说:"韶华,你没有披肩,我没有灵魂。"她不在乎自己是否有披肩,因为她拥有完整的灵魂,因此能对他在颠沛浮沉的乱世中的无能为力随波逐流有深切的懂得,最终她将逃命的那一张船票交到他手中:"于是不愿走的你,要告别已不见的我,至今世间仍有隐约的耳语,跟随我俩的传说……"

陈凯歌当年拍摄《梅兰芳》时,给章子怡做旗袍的过程可真够龟毛。原本用的是台湾面料,完工后他不满意,几经辗转他找到一法国面料商,那种料子极吊诡,看上去既厚又薄,盖因糅合了许多古怪成分,染色效果是国内达不到的雅静至极。当年2000多元一米,空运了40来米,总共做了12件,用了8件,造价昂贵。有件旗袍上他想配铜色珍珠扣,但淘不到,有个搞化学的朋友教他把玻璃扣在高温下嵌入颜色……片中,孟小冬的旗袍都简单得没法再简单,有一件甚至连扣子都没有,这恐怕也是最妖娆的地方:人衣合一,衣服里几乎宿有人生。这渗透了一个男导演婉转细腻的心思,当然,如此购衣行为绝计不是为了她,而是为了戏。

换季向来是考验女人耐性并引发诸多回忆的时段。气温变化峥嵘,须对衣物进行多次重新排序和清理。对于旧衣服,偶尔回忆是有的,再拾起来的劲道是不大有了。从这点来说,女人对衣服薄幸,对男人长情。我是属于新衣服买来马上就要穿的类型,挂着不穿的总不会是热盼的,属于鸡肋,浮萍任由。所以我基本不会买跨季衣服,尽管折扣大得吓煞人。每一季不知要处理掉多少衣衫,删掉它们心里微微不舍时,我就会想它们是带负能量的,是要拽住我手脚的,常陷在里面不知不觉或无法自拔是不可能轻装上阵的。如果储衣空间乱七八糟,能期待有什么好事发生呢。

当然那些很贵很新很有记忆却不会再穿而依然舍不得处理掉的衣服是心里的执念,总还会有一些,算是箱底货,是时间之轴,是前尘隔海,暗香如故。有畅销书说看得见的收纳空间五成满,看不见的七成满,这是高级的表现,可是于我,十分满的新欢旧爱加箱底货构成了庞大、有序而流动的衣物梯队,深情而磅礴。而使我迷恋的始终是有灵性的美,那种与美的万物发生内在感应的美。若无灵性与觉知,就像戴着名表却不知时间吧。

"衣到破时方我衣,妻到死时方我妻。"那是男人亘古的心声。对于女人来说,男人是件一言难尽、一生流连的衣服,衣服的特性,男人都具有。尘世中男人对于女人是块遮羞布,若两人之间有一些情,在茫茫人海里心就有了温暖的寄托,这是男人对于女人的保暖作用。衣服的另一功能是审美，真正的好衣服不是给好身材女人穿的衣服，而是让身材欠佳的女人穿起来也显得不错的衣服。这也正是上等好男人的魔力：不是他给了她需要的东西，而是他给了她从未有过的感觉。

　　好友是个豪门阔太，衣食住行优越，但光鲜外立面下的背面也有着无人之地的沧桑。这几年她醉心编织，一条条披肩作品各具特色，巧夺天工。她说："女人床头有一副毛线针，有一本书，这辈子就不会看不开。"

胸中有丘壑

胸大为美是西方的审美,隐忍而不失优雅的性感才是东方的审美。很欣赏巴西名模吉赛尔·邦辰,她是东西方气质融通的尤物,拥有完美胸型和身材,不经意间就将里约奥运会开幕式变成她个人告别演出的秀场,强悍气场如她,方能驾驭。

她虽拥有美胸,却并非肉弹。事实上如今阅历略深层面略高的男人,也并不欣赏丰乳肥臀的肉弹格局。纤长匀称、精致懂事的女人,才是他们眼中的尤物。

玉婆伊丽莎白·泰勒的价值几乎全部由外在美获得,她骨肉匀停,胸臀紧实饱满,中年以前,她就是美本身,无须归类与加持,展现出某种强大的生命活性。20世纪50年代,她的胸被视作传世奇珍,到70年代更加波澜壮阔,却在影评人眼里显油腻了。但总而言之,泰勒赶上了影迷长情的慢时代尾巴,一生恣情恣意,及时行乐,她有足够的资本只为愉悦自己而活。

我国出土的新石器时代女体雕像,丰乳肥臀,焕发原始生命力。《汉杂事秘辛》里描写东汉皇后选美,极尽笔墨写颜值、身段、秀发乃至声音,而对胸部就是"胸乳菽发"一语带过,显然汉代对女性美的标准,胸并不占重要地位,且以小为美。

唐朝博大而开放,女性丰腴的身材和低胸的着装,足以鉴出唐朝男性整体心态的自信豁达。据说唐朝太医曾发明一道秘制健胸粥品,在月事结束后第四天开始食用,连续食用10天左右即可见效。然而从宋朝到明清直至民国初年,男性深感压抑,不再自信,某些负面能量转嫁到女性身上,将其渐渐束缚成窄肩、平胸、纤足形象。束胸使女性美的性征备受压制,不但不美,而且使社会失了很多兴趣。男权社会,胸部的文化意义不受女性自己界定与主导,女性的价值高低取决于男性的生理和美学需求。

近百年来,胸部审美的时尚变迁,让曲线美得以充分释放。时隔多年,我们或许早已忘记《菊豆》《满城尽带黄金甲》的剧情,唯记住满屏的"波涛汹涌"。也可以说,巩俐把身材最好的岁月,留给了张艺谋和他的电影。如今,无论中西,成年男女都已不再片面追求罩杯大小,开始真正关注胸型与体型、气质的适配。自然、匀称、健康才是胸部审美的前提,正所谓高级美。

文胸是女人的第二层肌肤。在女性的身体意识被唤醒的时代,Bra已成为整体时尚的必要元素。

很多年前在一个派对上,我和一家马来西亚公司的总裁聊天时,一位穿着改良旗袍的美女从眼前飘过。总裁突然用中文对我说:"她穿的是古今。"他怕我不理解,强调了一下:"Her bra。"

他说这句话时,眼里流露出的不是轻佻的欲望,而是对东方式庄重与性感的欣赏、神往。

无论魔都能让人见识到的物质与精神有多么丰富,"古今"始终是上海女人心中的名牌。它是上海女人用西式内衣美体塑形的启蒙。据说古今品牌的创始人是20世纪30年代流落到上海的白俄。不知是为了保持自己的生活习惯,还是看到了其中的商机,在热闹的霞飞路上,开创了这一品牌。于是"古今"成了当时文胸的代名词。

"古今"曾率先在玻璃店门上绘制只穿Bra的美女,被当时市民视为有伤风化的异类。后来店外广告是从上海弄堂里走出来的、身穿 Bra 的家庭妇女照片,居家的散漫和性感也让人不好意思直视。再后来"古今"最别致的广告是支持《文汇时评》栏目。时评由 Bra 品牌赞助,是唯有放在魔都方显和谐的奇妙混搭,也让"古今"有了知性和独立的气质。

而从前淮海路上朴实坦白的"古今胸罩公司"这些年也渐渐有了大牌的既视感,"Gujin 古今"并不标明店的性质,其实也无须标明。上海女人对于 Bra 的理解是深刻的,让她们讲述自己与文胸的故事,真是一言难尽,一生激荡,其中,"古今"是绕不开的品牌。

我们这代人中("75 后"),出身中等人家的上海女孩的第一个文胸多数是"古今"的,纯棉质地,白色或嫩粉色,透着青涩娇羞。从小妈妈灌输给她们一个思想,女人的外衣可以不必华贵,干净得体就好,但穿在里面的一定要好的,这样才是真正自爱的表现。她们念大学时,拥有了此生第一个"黛安芬"。被性感的名字和造型蛊惑着,她们感觉女性意识被强烈地唤起,从此内心暗潮起伏。此后的几年,她们拥有了一大群"黛安芬"的闺密抑或是情敌:华歌尔、奇丽尔、思薇雅、百利安……

许多刚刚工作的女孩,阅历不多但有一柜子五颜六色、奇形怪状的 Bra,正如她们的内心常常处于多风多雨的季节。又过了几年,已从女孩蜕变为美眉的她们失意(通常是失恋)时,会在白天的职场上笑靥如花,下班后自闭起来,不去思想,远离一切可能触发伤感的东西,却不忘穿上温柔旖旎、蕾丝重重的"华歌尔"文胸。

终于战胜了自己,解脱时,她们同样也可以解脱文胸。风在她们通透的胸前抚摩,那是一股安抚包容的力量,让心情渐渐晴朗起来。她们断定自己还有能力投身新的生活,颠沛于时光和情感的路途,也不会熄灭理想与激情的火焰。自此,她们完成了一次蜕变,心智进阶。

从上海美眉变成上海姐姐,她们会穿"维密",也拥有奢侈品牌文胸 La Perla 和香奈儿。阅历丰富的女人,Bra 的颜色与款式不会很多,却必定是阅尽千帆后的最佳选择。她对 Bra 的偏执,是比外衣和妆容更挑剔的,丢掉厚重海绵甚至钢圈,Bra 只为自己而穿。如果有一天,她为你而改变了 Bra 的款式与调性,自此那片只属于她自己的天空也就属于你和她共有了。而人到老年,许多上海女人们又会转而选择"古今",天下大事必作于细,古今事业必成于实,从古今到古今,一生也算圆满了。

　　在日本,华歌尔文胸销量一直居于首位,近年来却受到优衣库休闲舒适型 Bra 的紧追。而法国熟女们则更喜欢无钢圈、质地上乘的蕾丝文胸。摆脱钢圈束缚就像以运动鞋摆脱高跟鞋一样。与年轻时的紧张用力不同,熟女们更善于自我松绑和找乐。胸中有丘壑,眼里存山河,生活不仅有美容、健身和购物,不仅有柴米油盐、星辰大海、诗和远方,更有夯实的专业技术、价值观的力量和日臻完善的内在成长。而那些可有可无的人或物,就是可无。

　　据说女人一生用过的 Bra 平均在 300 个左右,是她们的终身闺密和心事延展的版图。许多执着深藏的欲念,我们无意间都从 Bra 里重新学习获得满足和解脱。

　　近日重读郁达夫作品,发现他的情爱心理与蒲松龄有神似之处:淡化灵与诗意色彩,强化肉的气息和欲的冲动,却又无法以荷尔蒙的外向扩张来减轻内在痛苦,于是对女体的某些露骨描述成为他某种情感畸形的表现。其实男人天生具有孩性,对世界永远充满好奇,大到宇宙,小到女人胸。而他们所欣赏的女性高级性格,也如她的胸部一样充满了质感、弹性与神秘。至于男人的胸,从肉体角度似乎无多大意义,更重要的是其精神意义:胸怀。男人的胸怀是男性魅力的最大来源,毫无疑问。

论 美 女

初见冻龄美女是在徐家汇的一家怀石料理店。氛围优雅,二男三女格局,美女姗姗来迟。她是钢琴老师,宝蓝衬衣白短裙,梨花头丰润的内卷把巴掌脸儿烘托得更精巧,化妆技术高级。

实话说她的美不具有把彼时情境瞬间照亮的攻击性,却合宜耐看,功底非凡。趁她补妆之际,同桌男士让我们猜她芳龄,我猜35岁,心想大约43岁,同桌在桌下双手伸出五根手指,闺密倒吸一口冷气。同桌夸她是资深美女,她说:"不要这样啊。"嗔怪他暴露了她的年纪。我想起一个妙词:冻龄。遂搬来套到美人头上,她深以为然。一直也不老的尹雪艳是有江湖气的,因而妖,然而冻龄美女却有着女孩子的娇憨坦直,过一点就是油腻,不及就显世故,她竟然刚刚好。

英雄末路和美人迟暮是世上两大哀事。萧小姐从前美得多精致,既有西人喜欢的形体美,也有东亚人崇尚的意态美,然而她的内力却没随时光而精进,尤其是遇到了林小姐,则更显心急气盛,使劲将逞强进行到底。那些年萧小姐的状态很别扭,努力表达给公众的是她确实在用整个生命诠释她的绝代芳华,真真是把自己顶在杠头上了。谁都不可能是涂了防腐剂的小龙女,聪明的美女在30—35岁就该逐步转型为大青衣,若还自矜为花旦,到后来总会有数不尽的难堪。有时看着已过不惑之年还在娱乐节目里蹦蹦跳跳的女主持人,日常妆贴着一寸长的假睫毛和cosplay般的着装,实在有点苍凉。唐代虢国夫人深知自己丽质天生:"却嫌脂粉污颜色,淡扫蛾眉朝至尊。"这才是资深美妇高级的化妆术。学会藏拙,将该隐的部分隐,该显的部分显,方能完成对己实现和对他魅力。

男人的上半身和下半身都是女性美的拥趸,若有文化和品位,审美会更别致多元。自古我们追求的都是郎才女貌。郎才是有变化的,当下最认同什么,"才"就是什么,女貌却是不变的。几乎所有励志类书籍都安慰女人:真正的美女重内涵不重外表。可男人对女人内涵的发现之旅必须有不错的外形做支撑,否则还没起锚就易搁浅。那些背离了发妻的新文化运动悍将们,比如鲁迅、郭沫若、徐志摩,他们的确是反封建包办婚姻的斗士,可仔细观察会发现一个规律:他们的发妻无一不是外表土气平凡。即使她们深怀女德,也是他们在若干年后才体会出来的。年轻时,他们没有给她们机会,在揭起红盖头后的不久,他们都愤然远走高飞。

用老派的想法,做美女最实际的价值是嫁入豪门,然而能变现的凤毛麟角。电影版《欲望都市》里对男人冷嘲热讽的专栏作家卡莉在奔五年纪穿着无牌套装和多金型男举行了简朴婚礼,拥吻时神抖抖翘起的小腿无意间透露出满足和得意。最美港姐李小姐自小就下了非豪门不嫁的决心,辗转富豪圈,终在迟暮前尘埃落定,也使半世烟花无碍。最美亚姐杨小姐与之相比道行尚浅,或许命运没抛给她一个翻盘机会,至今仍欠花好月圆……说到底,女人的命运其实是认识自己手里有什么的过程,许多的挫折在于看不清更不会组合手里的一把牌。如果是美女,她能赢得更多的目光,可未必长久;如果是财女,她能赢得更多财富,却未必幸福;如果是才女,也许能赢得更多掌声,但未必幸运。如果是三位一体,也许会有更多传奇,却也必须适应命运的颠簸诡谲。如果一头也不占,踏实本色地做自己,无须招摇,也未必不会有安适稳妥的一生。

美女的人生从不会平顺,尤其是有核心技术的美女,存在感太强,再低调也会被人嚼舌。阮玲玉楚楚可人,妖娆与悲情气质并存,是很迷男人的。胡蝶除了肤白与酒涡,姿色并不出众,形似北方年画人物。不过胡蝶有好人缘,周到得体,健康爽利,不来事无是非,在各种纷争中保持沉默,很快跻身主流公认的美女行列,当选电影皇后第一名,阮玲玉屈居第三。当时人们对两人的评价是"胡蝶貌美,玲玉艺佳"。关于谁更美貌见仁见智,可对付风雨的情商,胡蝶实在高出纤弱的阮玲玉许多段位。她与那些要员的故事,即使到了晚年,回忆录里也只字不提,忍功一流,沉默是金,静故了群动,空故纳万境,充满对生活的理解力和耐受力。

李敖说前妻胡因梦是美女想变才女的失败案例,而陈文茜是才女想变美女的失败典型,他真是个毒舌。林青霞有次在台北街上与两年轻小妞擦肩而过时,一小妞与另一个作不屑状:"林青霞,好老哦……"她是笑着主动跟人说这段子的,勇于自嘲和解围的美女始终是有底气的,果然她成功转型为才女,也让人们有了更多的驰想与期待。

最私密的事

中国人对吃喝艺术臻于化境,对如厕却十分难以启齿。对建筑的营造博大精深,对厕所的记载却寥寥无几。

看过一篇小说:20世纪80年代一群青工从南京来上海玩,女神级厂花内急,众男帮其找寻厕所,数小时未果,最后她在百货公司当众尿了裤子……这个灾难事件使她的心性和生命轨迹从此发生重大变化。《暗算》里美女科学家黄依依被悍妇荼毒于厕所,成为植物人,由男主角照顾了877天之后溘然长逝,这也是让我深感郁闷的事。她才华卓越,浪漫优雅,有效生命却终结于腌臜之地,足显时代的残忍和主创者的冷酷。上述两美女的人生最大变局都源于一场关于厕所的梦魇。

各国厕所在古代皆有雅称,中国称溷、圊,日本称雪隐、东司、河屋,韩国称解忧室、净廊。这些高雅称谓有不少发端于中国。传说北宋禅僧雪窦曾长期于灵隐寺打扫厕所,这不啻为一种修行,厕所便有了"雪隐"的雅号,后传入日本的茶舍。日本庭院建筑对雪隐的描述大致如下:"细白砂石铺地,四尺见方石坑,上掩青松枝条,底下水流汩汩……"倒也清雅有禅意。如今日本厕所通常称为"御手洗"或"化妆室"。

在梁孝王刘武墓中,考古学家发现了中国最早的冲水厕所,距今已有 2000 多年。东晋将军王敦刚和公主结婚时,在新家如厕,完全不开眼,豪华厕所里用来塞鼻孔挡秽气的枣被他误当成零食全吃了。南唐后主李煜曾亲自削竹片供僧徒如厕时使用,《巨人传》里拉伯雷则描写了一种高大上的厕纸:活的毛茸茸的小鹅。

在 19 世纪的法国,平民的厕纸是草叶和过期报纸,而有钱人却能享用麻布、蕾丝和羊毛织品。当年法国甚至有专门负责国王如厕事宜的岗位,也是享有特权的岗位:厕卷骑士。路易十三和路易十四喜欢在如厕时接见朝臣,而亨利三世国王正是在马桶上遇刺身亡的。

能否吃苦与忍受肮脏的能力从来是两回事。我不喜欢去有着奇异风光的穷乡僻壤游玩的重要原因在于沿途如厕是种灾难经历。尤其山野公路的茅厕,魑魅魍魉的氛围让人未及靠近就几欲晕厥。不过有次去吐鲁番葡萄沟,当地农家厕所的干净宽敞程度让我讶异不已,从此维吾尔族人清洁整齐的生活习惯烙印在了我的记忆里。同样洁净的还有延边朝鲜族。在我去过的国内景区中,乌镇西栅的公厕整体水平算是很高的。这些年国内大城市公厕条件大有改善,只是排泄后不冲水便扬长而去的仍大有人在,令人十分费解无奈。曾有两次赴某地采风的机会,阴差阳错我都放弃了,等闺密回沪后我问及该地民宿的住宿水平,她形容了一种碉堡状高耸悬空的旱厕,一脸的玄妙与不可说。

女友在俄罗斯冬宫时如厕差点遭遇尴尬。冬宫是一幢结构非常复杂的大型单体建筑,只有一楼接待大厅的附近设有洗手间。在这幢迷宫里,她不辨方向,初来乍到只得跟着大部队一直往前走。在冬宫的近七小时里,后两小时她几乎坐立难安。如今回忆起冬宫,她想到的不是那些艺术瑰宝,而是内急对她的严峻考验。

俄罗斯厕所稀少,不过据说世界上最豪华的厕所就隐匿在莫斯科有着 120 多年历史的古姆商场内。厕所入口处有用于寄存外套的衣柜,有专门的服务生,还备有香水供使用,单次使用须支付约合人民币 12 元。

我去法国时怎么也没想到巴黎戴高乐机场的厕所清洁度那么糟糕。浊气、下水道味、香水味与蒸腾湿气混杂出诡异刺鼻的气味,是一种包含着冷漠、兴奋、厌倦等复杂都市体验的集合体,是不加修饰的巴黎配方。一本有关城市设计大全的书里写道:假如你问巴黎警察厕所在哪儿,他会一脸茫然地耸耸肩,做个手势表示整个法国都可以用作厕所。据说巴黎妇女到了 20 世纪才拥有自己的洗手间(之前只有男用的),因为人们普遍认为,她们能够克制自己的自然冲动。

荷兰阿姆斯特丹史基浦机场的厕所优于戴高乐机场,却明显不及韩国仁川机场,后者的马桶盖只要一按按钮即能自动更换塑料坐垫。在韩国的公厕经常能看到这样一条标语:卫生间就是一个国家的脸面。韩国多数城市的公厕窗明几净,设计不仅实用还兼具艺术感,韩国甚至有诸如卫生间恶臭研究所这样的学术机构。

世界上对厕所的硬件要求和对如厕礼仪的追求登峰造极的国家,无疑是日本。日本人在生活方式上始终与粗鄙抗衡到底,也使得厕所这种功能性的污秽之地有了审美的表现。厕所不再仅仅是行方便之处,还是女性补妆和私聊、男性稍作休息的多功能场所。

日式房屋中对厕所的称法最多,按其所在方位而分别命名,据说有百十来个,东司、西净、登司等都是禅寺用语。即使在荒野郊外,日本的公共洗手间都很少有异味,安装在马桶两侧的支架让坐得腿脚麻木的人起身时能借把力。尽管有可任意取用的擦手纸,但日本人总是先将手烘至不滴水,然后只取一张擦手,顺带将台面的水滴擦干,再将纸丢入垃圾桶,这套标准化动作显示了该国国民的文明自觉。去和式餐馆用餐,如厕时要另换一双拖鞋。待每位用毕,店员兢兢业业跪地擦拭洗手间地板的样子总让人感到一丝不安。不少日本古籍里都提到了厕神,传统日本女性从小教育儿孙辈厕所里住着神灵,打扫干净会变成美女。

如厕消音术在日本古已有之。江户时代上流女性外出时,由女仆带上专门的消音壶用来制造流水的音响效果,以掩饰如厕动静。"音姬"是一种能发出流水声的电子装置,作用于女厕所,如今也普及到中国、韩国等国的共同空间的豪华卫生间。日本人认为如厕声十分不雅,必须加以遮掩,这一文化现象也体现出女性意识的觉醒和对女性细微心理的关照。日本人总是处处顾及他人,这种顾及的初心,未必源于对他人的关怀,而是对羞耻意识的注重,总在考虑别人如何看待我。

中国台北桃园机场内的长荣航空贵宾休息室让人感到台北特有的小确幸气质。化妆室内品牌洗手液、护手霜、化妆棉等一应俱全,如厕区域很私密,人性化地备有卫生棉等女性用品,贴心到极致,让人宾至如归,安心释放,得到生理和精神的双料享受。

在我生活的魔都上海,商场洗手间基本是各家商场风格与品位的缩影,甚至有了专门的美学图鉴。恒隆、高岛屋、国金中心、港汇、K11、兴业太古汇……它们的洗手间都是自身定位、细节、调性、审美的集中体现,也无不是集颜值与功能于一身。说来好笑,我每次去徐家汇主要是弄头发,做头结束后,都会去华山路的 One ITC 国贸汇用一下洗手间。国贸汇定位是重奢,商场空间不大,与生活配套几乎没有关联度,店员比顾客还多,洗手间的品质简直是高级感满分,我总是在那间洗手间的化妆室区域仔细检视刚刚完成的发型的细节。

曾有调查显示我们一生中约有 11 个月是在厕所中度过的。我从不认为若干年前国人去抢购马桶盖值得戏谑,这至少说明中国出现了一大批愿意为高性能日常用品买单的族群。某期"梦想改造家"节目让我很感动:如何将 12 平方米老式石库门房子改造成能让两岁孩子和年迈爷爷都活得有尊严的生存空间。最终设计师突破极限,使其成为四室一厅。改造后的洗手间尤其活泼舒适,相对宽敞,让最私密的事成为一件乐事,显示出设计师深深的人文关怀。

其实对于都市人而言,不管住宅大小,完全隐私的时空仍是一种奢侈品,在如厕的私人时间做个短小出离的梦是对抗现实的某种有效壁垒。套用好友的名句:"彼可如山如阜,此中在道在心。"

我在上海这一年

昨天与好友聊天,翻看我 2019 年 12 月底以前的照片,不过 3 年多,容颜并没有沧桑许多,但内心状态发生了嬗变。尤其是 2022 壬寅年 4 月到 6 月间。

从壬寅年 3 月中旬开始,坐班时我会背着能装一些洗漱用具的双肩包,还在办公室放了一个新睡袋,以备不时之需。电台工作的闺密经常会连续几天轮岗上直播,她支起临时行军床夜宿办公室,这个不足一米宽的小床两边无靠,我问她不怕摔下去吗?她笑答,不会,因为床会先陷下去……一如既往的乐观爽朗。在浦西静态管理前两天,我借着出去转一圈再买点啥的名义,去黄金城道看了半小时樱花。

我不是个心重的人,不过凭直觉,在整个春天也慢慢储备了不少物资。我总觉得即使在鲜花着锦、烈火烹油般的国际大都市,一定数量的家庭储备也是自在有序的生活必需的托底。

在浦西静态管理前一天,我囤了大量咖啡豆、黑巧克力和拷扁橄榄。表哥甚至还囤积了十盒青团、刀鱼馄饨和生巧。对这些"非生活必需物资"的坚持的背后,其实是上海市民好好过日子的心志。这种心志,历经 100 多年也从未曾改变。

回顾那两个月,之前十指不沾阳春水的我做了 100 多顿饭。

我的庖厨技艺也被疫情倒逼出来了，不看菜谱、不请教，只凭瞎琢磨，烹饪的菜肴也堪入口。烧菜料酒没了，就用白酒红酒对付，小葱没了，恰好得赠大葱一捆，也能替代。今天浓油赤酱，明天清新婉约，后天粗犷豪放，风格因食材和心情随性而定，也深切体会了家庭妇女的艰辛和社会分工细化的重要性。

我家小区小，团购很难成团，想吃些额外的东西还得靠外卖。外卖只在4月初完全中断过两天，4月2日中午竟然买到了大富贵酒楼的熏鱼、咸鸡。后来物资日渐丰富起来，人间烟火又起。当4月下旬我家吃了线上订的王品牛排当午餐时，我有点激动，这多少让我觉得与之前的生活有了一定程度的衔接。尽管分量很少，价格比静态管理前贵不少，但于无声处，上海慢慢熬过了物资最危机时段。

成年人的内心有时是一口压力锅，解决了物资问题，精神的欲念偶尔也会通过限压阀悄悄跑出来。在相对艰苦的日子里，我经常听一首粤语歌：《高山低谷》，以距离为母题，一静一动都在山水之间。

闭环40天开始，我连续三夜在梦中出游，分别是北京、青田、张掖。那天清晨，梦到降落张掖机场，坐车爬山时我看到壮美的七彩丹霞欣喜若狂，突然被从睡梦中叫醒："做核酸啦！"果然生活如梦，梦如生活，不同维度空间，都是那么真实。

后来能骑着小黄车在街区溜达，给了我很大抚慰，有一次竟不知不觉骑行了24千米仍意犹未尽。

道口有隔离带，有路障，但警察先生很 nice，亲切讲理、风度翩翩。车兜里装着可乐，初夏的风轻盈可人，法国梧桐看上去宛如巨大的莴笋，上海醒了！虽还未洗漱，但我的心渐渐晴朗起来。这座能从失败中学到的东西与从成功中学到的一样多的城市，文明的基因与自觉从未离开。

这三年我离开上海的次数不算多,与疫情以前无法同日而语。少帅禅园是疫情爆发前一个月我去中国台北时留有深刻印象的地方。禅园在北投,依山而筑,是俯瞰台北的绝佳取景地,因张学良曾幽禁于此而闻名,灰色木质建筑仍能依稀触摸到少帅的无奈与落寞。这两年多很多安排无法预设,常常被迫中断,却也并非全无裨益,因为我有更多精力与热情去领略本城各街区的边边角角。谁知道今天的因缘际会不会是明天的命运收获呢?傅作义都曾说:"我后来走上起义的道路与早年与王若飞的交往有很大的关系。"

那段日子各种信息乍暖还寒,我有时也感慨万千。这个诞生了中国革命第一代普罗米修斯的城市,这片流光溢彩、国际化程度最高的土地,前所未有的静默寂寥……S兄是一家著名三甲医院的主任医师,奋战在抗疫一线,他在我的朋友圈下评论:"我爱你上海!你短暂抽风,我尽量除颤。"

那两个月,家里的北阳台成了我最喜欢驻足的地方,那是能看到最远方的所在,拿着望远镜,就着黑咖啡。鲁迅有过沉默的几年,那几年的沉默,是他最终完成凤凰涅槃的必要反省,也是他最终实现自我价值的必要重构。

7月初,友人们可以大方明正地坐下相聚了。我们连喝三杯,一杯敬过去,一杯敬未来,一杯敬离去的友人。很快有人喝醉了,睡在地板上直到半夜,而他曾设计建造了魔都地标东方明珠塔的裙房。走在回家的延安路高架上,魔都灯火依旧精致典雅,其高级冷艳气质远非其他城市可比肩。当时明月在,曾照彩云归,期待被伤过的这口元气,早日复原。

壬寅年我们高频率使用的一个词汇是"应约尽约"。时间提前量尽量小,人员范围尽量小,人必须对,在对的磁场里,怎么都对。快意江湖,千言万语,都在酒里了。

疫情把全世界的运转逻辑都一定程度改变了。疫情以前全球飞、主要负责亚太市场的迈阿密发小在2020年大年初一因工作离开上海后,再没回来过。疫情之后他第一次出国度假,是2022年8月和他居住在上海两年半没见面的父亲相约巴黎。春夏那几个月,他一直活在上海时间里,对各家超市、药房、生鲜店的开业情况如数家珍,他记挂着他80岁的老父亲。我也神往阔别七年之久的巴黎。他说:"这辈子,我们总得安排至少一次去巴黎喝咖啡吧。"

2022年壬寅年,我只离开过上海四次,最远跑到浙江宁海。没坐过飞机。

虽然家住得离淮海路很近,却也很少逛街。至少在我眼里,最传统的那段淮海路已经不再是香街美陈。女人们越穿越侘寂,男人们则转向"厅局风"。淮海中路上的枝枝杈杈,比如茂名路、南昌路、思南路、雁荡路等,陆续有小店开了关,关了开,新陈代谢速度不同而已,乍看不习惯,却也习以为常。在淮海路的鼎盛时期,五步一个内衣店,十步一个钟表行,还有各式各样奇怪的小店,比如做石膏手模的、卖东南亚佛牌沉香的、卖苏州丝绸、云南火腿、各式烘焙的……同时期的烘焙店我记得有克莉丝汀、香特莉、可颂坊等,宜芝多算是其中的翘楚。渐渐地,这些都没有了。

真要惆怅,是惆怅不过来的。惆怅皆因经历少,心平只为折磨多。时代的车轮滚滚向前,总有些东西要下车,然后上来一些新的。

在壬寅年年尾,很多人开始回忆过去,我也时常会想起一二十年前的往事。

那是消费气息旺盛的时代,也恰好赶上了我这代人闹猛的时代,就连那些年我写的书里也充斥着浓浓的消费味。那些年上海著名的都市生活类报刊有几十种,用大量篇幅描述该如何有格调地吃喝玩乐。夜晚10点以前的著名商圈、商业街沿线马路总是水泄不通,许多百货公司的周年庆仿佛是永不落幕的狂欢。

那时的上海真是个五光十色的欲望都市,每个人都像打鸡血般在全球化进程中努力地自我实现,也为行业创造出一个又一个奇迹。

那时这座城市的消费、情绪曲线外放且高亢,鱼龙混杂,层次参差,涌动着人间烟火与当代都市的暗流。不过任何一种商业模式都有保鲜期,慢慢地,很多业态如同一梦,速热也速朽。后来氛围渐渐沉寂,日益静水流深。上海仿佛也迈入了中年。各圈层人群之间的心门逐渐闭合,心防趋于深沉,old money 是 old money,工人新村是工人新村,高净值人群是高净值人群。有醉生梦死躺平摆烂的,有撸起袖子加油干的,有理想照耀未来的,有保存实力等待出击的。不知不觉间,上海已大不同,因为世界已大不同。

这几年,不少友人的状态也都发生了嬗变。2020 年大年初四,开旅行社的好友林桑刚从日本回来,当即驰援我 20 个日本 N95 口罩。我们从剑河路龙溪路一直走到虹桥路,他说这回他可能要休息三个月,日本樱花季这波生意恐怕错过了。

转眼 2022 年,做了二十几年日本旅游生意的林桑也错过了三个樱花季,不得不暂时歇业改行,其间他做过免税店化妆品代购、对日籍人士的房产中介服务等。这两年不太景气,但能比较健康愉快地活着,韬光养晦、保存实力、展望未来,也不失为积极的生活方式。这就如同恋爱,年轻人恋爱是互相拥有,成年人恋爱是互相拥有过,人生的乐趣多着呢。

有位友人从事文化出版业,在"新三板"坚持了五六年最终寥落退场,因为离转板主板的营收标准差距巨大。我说为理想拼搏过,也无悔了。他表示赞同,并准备待疫情结束投身纯文学领域,过更纯粹的、向内求诸的生活,那是他从小的情结。

几家传统媒体和友人也都搭建了微信购物群或担任分销。有用没用的,我也会参团买一些作为对他们创收的支持。家里囤了不少东西,大多是没见过的品牌和代工厂货,它们在上海闭环的几十天里,也都发挥了作用。

疫情以来,许多人越来越喜欢安静与纯粹的生活,重新拾起书本并珍视亲情。成年人的世界,现实领域的重要构架已然定局,要在生存空间和心理延拓上有实质性突围,是很难实现的神话。好在她和她的人民有种天然的自省、超脱、适应力,以及某种无法磨去的底色。

20世纪90年代浦东开发开放,上海商业飞速崛起。那时溢出资源很多,勇于把蛋糕做大的人大多实现了阶层跃迁,这些经历了浪奔浪流的弄潮儿,如今多数功成名就,坐看云起。而"65后"的优秀人士当时虽然年少清苦,求学艰辛,却也搭上了时代与机遇的快车,成为各领域的头部和掌门人。在秩序稳定的社会,草根逆袭是不容易实现的事,但是上海相对公允的竞争机制和较为清晰的上升渠道,仍能让人闻到机遇的味道。

上海向来不仅仅是个地域的概念,更是文化的概念。上海不仅经历过从小渔村到国际大都市的蜕变,也见证了中国共产党从石库门到天安门筚路蓝缕的奋斗历程,其做出的贡献是几代人的贡献,上海精神也是历经百年才塑造而成的,看上去云淡风轻,回想起来波杳云深。疫情使得原有的秩序运转逻辑被不同程度改变,也一定程度格式化了每个人的生活,不过上海人却依然从容得体、温暖有序,没有哗众取宠,也没有文明降维。这样的城市和它的子民,自开埠至今始终默默地励精图治,值得被尊敬与祝福。

转眼到了2023年,癸卯年的春天来得特别早,车流、人流、信息流又再度澎湃。人生真是最大的内容产业。经历过或短或长的阵痛,有些东西希望还能归来。

我们这代人,很小就会背《岳阳楼记》:"先天下之忧而忧,后天下之乐而乐。"从小思想里就被注入了忧患意识与远大志向,要当穿裙子的士大夫,难免累心,能有所成就的人却凤毛麟角。度过了疫情三年,我想忧乐的顺序也是可以变通的。专注于当下,享受当下,所有的最好,不过是此时此刻此情此景刚刚好。

希望今后种种,都刚刚好。